Allitera Verlag

edition monacensia
Herausgeber: Monacensia
Literaturarchiv und Bibliothek
Dr. Elisabeth Tworek

Alle bisher von Oskar Maria Graf in der *edition monacensia*
erschienenen Bände:

»Die Chronik von Flechting« (2009)
»Gelächter von außen« (2009)
»Zur freundlichen Erinnerung« (2009)
»Bayerisches Lesebücherl« (2009)
»Wunderbare Menschen« (2010)
»Finsternis« (2010)
»Notizbuch des Provinzschriftstellers Oskar Maria Graf 1932« (2011)
»Dorfbanditen« (2011)
»Der harte Handel« (2012)
»Im Winkel des Lebens« (2013)
»Einer gegen alle« (2014)

Oskar Maria Graf

Finsternis

Sechs Dorfgeschichten

Text der Erstausgabe von 1926

Mit einem Nachwort von Ulrich Dittmann

Allitera Verlag

Weitere Informationen über den Verlag und sein Programm unter:
www.allitera.de

Bibliografische Information der Deutschen Nationalbibliothek:

Die Deutsche Nationalbibliothek verzeichnet diese Publikation in der Deutschen Nationalbibliografie; detaillierte bibliografische Daten sind im Internet über http://dnb.d-nb.de abrufbar.

Mai 2010
Allitera Verlag
Ein Verlag der Buch&media GmbH, München
Copyright © Ullstein Buchverlage GmbH, Berlin
1926 erschienen im Drei Masken Verlag A.-G. / München
Umschlaggestaltung: Kay Fretwurst, Freienbrink
unter Verwendung des Umschlagmotivs der Erstausgabe
© 2010 für diese Ausgabe: Landeshauptstadt München / Kulturreferat
Münchner Stadtbibliothek
Monacensia Literaturarchiv und Bibliothek
Leitung: Dr. Elisabeth Tworek
und Buch&media GmbH, München
Herstellung: Books on Demand GmbH, Norderstedt
Printed in Germany · ISBN 978-3-86906-008-8

Inhalt

Der Zipfelhäuslersepp 7
Die Wachelberger Geschichte 23
Das Aderlassen... 88
Die Puppen.. 104
Der Martl 127
Die Ballade vom Peter Greiner........................... 152

Nachwort 159
Editorische Notiz 164

Motto:

Wo Finsternis ist, geht es allemal
heroisch, lächerlich, derb und banal
tragisch und komisch zugleich zu.
Und wo Leben wirkt, ist immer
Finsternis.

Der Verfasser.

Die Geschichten wurden geschrieben in den Jahren 1918/1924

Der Zipfelhäuslersepp

I

Seltsam gehts oft zu auf der Welt, und wenn man es recht anschaut – so ein Menschenleben ist eigentlich eine arg verwickelte Sache. Man setzt dich auf die Welt, du wächst auf, kommst gerade so einigermaßen über alles Zuwidere hinweg, hast dir derweil auch die Hörner abgestoßen und lebst gleichmäßiger ins gesetztere Alter hinein. Du weißt ungefähr was du willst und wie du mit dir dran bist – da auf einmal kommt etwas, packt dich und macht dir durch alles einen dicken, groben Strich. Und nichts mehr bist du als wie eine willenlose Kreatur ....

Es ist schon allerhand Unerklärliches in unserer großen Pfarrei vorgekommen: Die Finsterer-Fanny ist vor zwölf Jahren als blutjunges Ding vom Kirchturm heruntergesprungen und war auf der Stelle tot. Kein Mensch wußte warum. Der alte Schlemmlinger von Kergertshausen hat seiner einzigen Schwester seine Hinterlassenschaft nicht gegönnt, ist eines Tages hergegangen und hat sein Gütl von allen vier Seiten angezündet, hockte sich hinein und verbrannte mit. Endlich die Pfahlerin von Murling brachte man seinerzeit ins Irrenhaus, weil sie an einem Sonntag, mitten im Hochamt, auf den Pfarrer laut zu schimpfen anfing. Noch heute ist sie dort.

Aber das Rätselhafteste von allem ist doch die Geschichte mit dem Zipfelhäusler-Sepp von Buchberg, oder wie er in Wirklichkeit hieß, mit dem Gütler Joseph Gotzinger.

Beim Zipfelhäusler waren bloß er und die Resl, seine jüngere Schwester. Als vier Jahre nach dem Tod der alten Zipfelhäuslerin auch der Bauer starb, bekam der Sepp den Hof. Alles ging ohne Streiterei bei den Geschwistern. Die Resl heiratete den Meixner-Peter von Offelfing, und der Sepp gab ihr dazumal zu ihrem hinausgemachten Heiratsgut auch noch eine Kuh dazu.

Jetzt war er allein im Haus, und es blieb ihm nichts anderes übrig, als wie auch eine Hochzeiterin zu suchen. Das ging schwer, sehr schwer und dauerte schier zwei Jahre bei ihm. Er war ein arg menschenscheuer Patron, der Sepp, und wußte sich absolut nicht zu helfen bei den Weibsbildern. Endlich aber wurde es doch was mit der Bernbacher-Fanny von Furt, und der Zipfelhäusler-Sepp dankte unserm Herrgott, als alles glücklich vorüber war. Schier noch dankbarer aber war er der Fanny dafür, daß sie ihn genommen hatte.

Die Bernbachers von Furt, das sind keine gesunden Leute. Schon der alte Bauer und der zweite Sohn, der Martl, waren an der Lungensucht gestorben. Und auch die Fanny war ein recht speres (hageres, kränkliches) Ding. Doch es schaute gerade nicht darnach aus, als ob sie auch so was hätte. – – –

Für den Sepp fing jetzt eine gute Zeit an. Sehr verträglich lebten die beiden Eheleute zusammen. Die ganze Woche hörte man kein unrechtes Wort. Das lag vielleicht an allen Zweien, aber doch mehr am Sepp, denn der war seit jeher kein lauter Mensch, ja, wenn man will, er war überhaupt nur ein halbes Mannsbild, wie man bei uns sagt, und mitunter konnte er seltsam kindisch sein. »Mammi« nannte er seine Fanny ihr Leben lang, und sie hat auch von Anfang an die Hosen angehabt. Das war auch ganz gut, denn mit dem Zipfelhäuslersepp hätte jeder Schindluder treiben können. Erwischte man ihn richtig und trug ihm was auf, er schüttelte nie den Kopf, zu allein sagte er »Ja«. Er schaute dich verlegen an, nickte eigentümlich verwirrt und stieß mit seiner unreinen Stimme abgehackte Jaworte heraus.

Beispielsweise kann ich mich noch gut erinnern, wie ihn die Buchberger einmal als zwanzigjährigen Burschen zum »Klauwaufmachen« verleiteten. In unserer Gegend – ob es heute noch so ist, weiß ich nicht – kommt nämlich am Vorabend des Nikolaustages der »Klauwauf«. Das ist eine Art Teufel, der die Kinder streng ins Gebet nimmt. Er hat meistens einen Strumpf übers Gesicht gezogen, die Joppe verkehrt an, trägt einen großen Getreidesack mit sich und ist mit einem Reisigbesen und einer Kuhkette bewaffnet. Erst kommt er polternd in die ganzen Häuser, läßt sich von jedem Kind ein Vaterunser vorbeten und geht wieder. Draußen schlägt er noch einige Male an die Fensterläden mit der klirrenden Kette, und wenn er alle Häuser abgegangen ist, stellt er sich mitten auf den dunklen Dorfplatz, schlägt furchtbar um sich und schreit wie angestochen.

Natürlich kamen wir Kinder bald dahinter, was für eine Art Klauwauf das war, und wie der Zipfelhäuslersepp ihn gemacht hat, den haben wir sofort an seiner Stimme erkannt. Scheinheilig, wie man als Kind stets ist, drückten wir unser Lachen zurück und machten die frommsten Gesichter von der Welt. Hernach aber, wie der Sepp auf dem Dorfplatz gelärmt und mit der Kette gerasselt hat, sind wir mit einem wahren Kriegsgeschrei hinaus und auf ihn los. »E–e–he–e! Klauwaufsepp! Zipfisepp – äläpätsch! Äläpätsch!« plärrten wir in einem fort und zupften ihn bald da, bald dort, daß er ganz und gar wütend wurde und immer noch wilder herumfauchte. Und da ist es passiert, daß ihm der Maurerfeschl einen Schusterhammer auf den Kopf geschlagen hat. Der Zipfelhäuslersepp zuckte einen Moment zusammen, taumelte und fiel dann in gestreckter Länge dumpf und stumm auf den Boden. Jäh stürzten wir auseinander und verschwanden in den Häusern. Am andern Tag erfuhren wir, daß der Sepp sofort ins Krankenhaus nach Edering gebracht hat werden müssen, weil er ein Loch im Kopf habe. Beinahe zwölf Wochen lag er darnieder, und anfangs sah es gefährlich aus. Er wurde aber Gottseidank wieder. Die Gemeinde Buchberg hat damals einen schönen Batzen Geld zahlen müssen für den Doktor, und den Maurerfeschl haben wir Kinder von da ab immer »Mörder« geheißen. - - -

S o also war der Zipfelhäuslerepp. Überall schüttelte man den Kopf darüber, dass d e r überhaupt ein Weibsbild zum Heiraten gefunden hatte. Das änderte ihn aber von Grund auf. Was er noch nie getan hatte, kam jetzt ab und zu vor. Sonntags ging er mitunter in die Wirtschaften, und wenn er auch gerade nicht viel redete, man sah es ihm im Gesicht an, daß er recht zufrieden mit sich war. Einmal, als man so auf die Weibsbilder zu schimpfen anfing, hatte er sogar eine höchst selbstbewußte Miene und lächelte beinahe spöttisch überlegen. Scheel schaute ihn der Bätzbacher an und sagte dann zu ihm: »Ja mei! … Du host leicht guat schaug'n! … Dei Fanny is eb'n aa a richtig's Leit', aba wieaviel gibts denn scho solcherne? … A dö Finga konnst ös ob'zähln …« Dem Sepp stieg eine Hitze auf, und über und über rot wurde er vor Freude und Stolz.

»J–ja–hja …. Mei Mammi, dös is oane …« hastete er stockend heraus und verzog seine Mundwinkel.

»Geh! … Mammi, sogt er …? … Geh?! Du redst grod daher ois wia wennscht noch an ihrern Rockzipfi hängerst! … Tha! … Jetz sowos Kindisch's, ha! … Mammi zu sein'n Wei sog'n …?!« spöttelte da der Nerhofer, und alle machten hämische Gesichter. Der Sepp riß verwirrt das Maul auf und schaute ganz entgeistert aus seinen Augen. Dann bezahlte er und ging hastig zur Tür hinaus. Das Gespött hörte er nicht mehr, aber sehen ließ er sich von da ab auch nicht mehr in den Wirtschaften.

Spotten läßt sich ja schließlich leicht, und das kommt überall vor, aber sich so zusammenfinden, wie er und die Fanny, das nicht. Es verging ein Jahr und noch ein halbes, und schon wieder regten sich die bösen Mäuler. Man tuschelte im Dorf herum, zum Kindermachen langts nicht mehr beim Zipfelhäuslersepp, und glucksend lachte man dabei. Auffallend zweideutig musterte man die zwei Häuslersleute, und einmal warf der Bätzbacher einen Strohhansel über den Zipfelhäuslergartenzaun und rief der Fanny spöttisch zu: »Do, Zipfihäuslerin, daß'd aa wos Kloans host …!« Hingegen die Fanny war genau so schlagfertig und gab ihm ziemlich grob zurück: »Schaug nu liaba, daß'd deine zehn Dreckfratz'n aufbringst und kimmert di um di! Saukerl, dreckiger … !«

Von da ab war man den Zipfelhäuslerleuten gegenüber zurückhaltend, und die kümmerten sich auch nicht weiter um die Dörfler. Einen schweigenden, ja, vielleicht sogar einen neidigen Respekt hatte ja doch jeder vor diesem guten Zusammenstand. Beim Sepp sah man nie ein Loch in der Hose, und die Fanny war sauber, wo man hinschaute. Nicht anders war es auch im Zipfelhäuslerhaus selber. Es ging den beiden auch was von der Hand. Jedes Jahr hatten sie zu allererst ihre Ernte herinnen, und im Winter drangen die frühesten Dreschflegel-Schläge aus ihrer Tenne.

An einem Februartag, eben bei einem solchen Dreschen aber verkältete sich die Fanny. Geschwitzt hatte sie und war in den Zug gekommen. Das packte sie schnell. Etliche Tage schleppte sie sich noch herum, dann mußte sie sich niederlegen. Weiß Gott, sie war keine zimperliche Person, aber es wurde einfach immer schlechter mit ihr. Nach einer Woche holte der Sepp den Doktor Perlsahmer von Edering, und der machte schon gleich, als er in die Ehekammer trat und die großen, hitzigen roten Flecken auf dem Gesicht der Kranken sah, eine bedenkliche Miene. Dem Sepp entging das nicht. Er blieb trübselig stehen an der Wand und schaute während der ganzen Untersuchung unablässig mit hilflosen Augen auf die Fanny. Die Arme hingen ihm schlaff herab, seine Stirn war gefurcht und auf alles, was der Doktor zu ihm sagte, nickte er mechanisch und wortlos. Tapsig begleitete er den Perlsahmer hinunter und kam dann wieder hinauf in die Kammer mit einem Gesicht, daß die Fanny selber erschrak.

»Wos host denn, Sepp? ... Is dir net guat?« fragte sie beunruhigt: »Wos sogt er denn, der Dokter ...? ... Sepp ...? ... Wos is's denn? ... Sepp ...?«

Der Sepp hatte sich auf den Sessel gesetzt, der vor dem Bett stand, und schaute noch verstörter drein. Dicke, ängstliche Falten standen auf seiner Stirn, und die Hände faltete er.

»Sepp ...? So red' doch ...?« rief die Fanny schmerzvoller. Da rührte er sich und fing auf einmal wie ein Kind zu weinen an. Seine Lippen bewegten sich, und in einem fort wischte er sich die immer ärger hervorbrechenden Tränen aus den Augen. »Mammi–Mammi–Mammi–Ma–a–Ma–ami–Mammi .. – Fannymammi–Fanny ...!« plapperte er unablässig und immer verzweifelter, und zuletzt schluchzte er und brach mit dem Oberkörper kraftlos aufs Bett nieder.

»Mammifanny–Ma–Ma–Mammi–Fanny–Fa–anny–Fanny!« heulte er und streichelte mit seltsam linkischer Hast immerfort ihre heißen Arme, ihr Gesicht, ihre Brust. Die Fanny wurde selber hilflos und fing gleichfalls zu weinen an ....

Etliche Tage sah es um das Zipfelhäuslerhaus aus, als ob überhaupt kein Mensch mehr darin lebte, und als am dritten Tag endlich der Doktor Perlsahmer wiederkam, fand er den Sepp droben am Bett der Verstorbenen. Wie zerfallen hockte er da, hatte die Hände gefaltet und bewegte in einem fort mechanisch die Lippen. Etwas Verlöschtes war an ihm. Der Doktor wußte sich anfangs selber nicht recht zu helfen mit ihm, so grauenhaft weinte er. Er ging schließlich persönlich zum Bätzbacher hinüber, dann läuteten die Zinnglöcklein des Buchberger Kirchleins. Erst als der Bätzbacher-Christl die Meixnerin von Offelfing geholt hatte, wagte der Doktor das Zipfelhäuslerhaus zu verlassen.

Am Abend fuhr der Leichenwagen vor und brachte die Zipfelhäuslerin zum Pfarrkirchhof. Steif und mechanisch tappte der Sepp neben seiner verheirateten Schwester mit gefalteten Händen hinter dem Leichenwagen her. Er weinte nicht mehr. Er schaute nur hohl vor sich hin. Dahinter schritten die Buchberger und beteten laut und gleichmäßig.

Zwischen den zwei Meixnerleuten stand am andern Tag der Sepp am Grab. Alles an ihm war wie verdorrt, wie abgestorben. Seine Schwester und der Meixner hielten ihn an den Armen. Keiner getraute sich recht, den Zipfelhäuslersepp anzuschauen, so zerrüttet sah er aus.

Es war wirklich ein Begräbnis, wo man merkte, wie grausam unser Herrgott oft sein kann. Sogar beim Pfarrer schienen die Worte im Halse stecken zu bleiben, und er machte es so kurz wie möglich mit seiner Predigt ....

II

Lang ging es her, bis der Zipfelhäuslersepp nach diesem Unglück wieder so halbwegs ins Gleichgewicht kam. Der Alte war er sowieso nicht mehr. Das merkte man schon auf den ersten Blick. Ja, wie die Fanny noch lebte, da ging er ruhig daher und alles an ihm war glatt und zufrieden. Jetzt hatten seine Bewegungen alle eine merkwürdige Fahrigkeit, etwas unentschlossen Linkisches an sich. Leutescheu war er ja von jeher gewesen, aber jetzt lief er geradezu vor jedermann davon. Und das mit seinem Arbeiten war schon ganz und gar seltsam. Er fing bald da an, dann wieder dort, und plötzlich wieder wo anders. Nichts an ihm hatte mehr den richtigen Halt. Es schaute eher darnach aus, als wie wenn er bloß herumhetze, daß nur die Zeit vergehe, und sich vor dem Stillstand fürchte. Ganz Buchberg schüttelte über ihn den Kopf.

Schön war es, daß sich seine Schwagersleute in Offelfing in der ersten, schweren Zeit angelegentlichst um ihn kümmerten. Die Resl schaute fast jeden Tag herüber, und schließlich brachte man die alte, bigotte Lechnerin soweit, daß sie als Dirn und Haushälterin zum Sepp zog. Jetzt ging doch wenigstens alles wieder den gewöhnlichen Gang, die Stallarbeit geschah und das Hauswesen wurde besorgt, wie es sich gehörte. Aber den Sepp selber änderte das alles nicht um ein Haar, im Gegenteil, es ärgerte ihn eher. Er sagte zwar gar nichts zu allem, er ließ es eben geschehen. Es lag ihm überhaupt nichts mehr daran, was um ihn herum vorging. Mürrisch und einsilbig lebte er gleichsam an allem vorbei, und die alte Lechnerin kümmerte sich nichts um ihn. Sie ließ ihn laufen, wie er eben lief. Denn wenn man einmal ins Achtzigste geht und schon halbwegs mit einem Fuß im Grabe steht, was kümmern einen da die Menschen noch? Alle Wichtigkeiten auf der Welt haben so ziemlich an Sinn verloren und man rührt sich eben, so lang man sich rühren kann und betet. Was wartet denn schon noch auf einen: der Sarg und sonst nichts ....

So ging 's also von da ab dahin im Zipfelhäuslerhaus. Anfangs lief der Sepp fast jeden Tag in die Frühmesse. Ganz versteckt schlich er jedesmal am Bätzbacher seinem Heckenzaun vorbei, und erst wenn er aus dem Dorf draußen war, ging er etwas freier auf der Landstraße dahin.

»A richtiga Bätbruada werd er jetz.... Der loßt mit der Zeit sei' ganz's Sach verkemma...« sagte der Bätzbacher einmal zu seinem Weib, als sie ihm nachschauten.

»Hmhmhm...« meinte daraufhin die Bätzbacherin nachdenklich: »A so a g'sunds Mannsbild! ... A so a Trumm Kärpa (Körper)? ... Er geht ganz ein dabei ... Aufwecka konn er's noch aa nimma, sei Fanny! ... Hmhm! ... Do rennt er und laaft er jetz jeden Tog auf'n Gottsacker und bohrt so grod no mehra in sei Unglück nei.... Dös is doch aa wieder net dös Rächt'...! .... Waar ja doch g'scheiter, wenn er wieder heirat'n tat.... Is doch in Gottsnam a ganzer schön's Sach', sein Haisl.... Und hausn lossert si doch aa leicht mit iahm ... hmhmhm ...«

»Ja mei! Heirat'n?! ... Der noch a moi heirat'n? ... D e n müassert ma ja 's Weibert's direkt ins Bett nei'legn, nachha kunnt scho sein, daß's gang, « brummte der Bätzbacher und setzte hinzu: »Der traut si doch net amoi oane o'schaugn, für weniger wos anders ...«

Ganz recht hatten sie, die Bätzbachers. Man sah's ihm doch auf Schritt und Tritt an, dem Sepp, daß ihm ein richtiges Weib abging. Seine ganze Beterei und sein ewiges Auf's-Grab-laufen, was war's denn schon anderes, als d a s, daß er nicht mehr wußte, für was und wozu er auf der Welt war. Und je mehr er in's Bigotte verfiel, desto versteckter wurde er. – – –

Alles hört schließlich einmal auf, und als so an die zwei Jahre vergangen waren, sah man auch den Sepp nicht mehr so oft in die Frühmesse laufen. Komisch war es direkt, mit was für eigentümlich gierigen Augen er manchmal so eine Weibsperson anschaute und wie er verwirrt wurde, wenn ihn wer anredete. Er gab nie an, höchstens daß er nickte, und dann schielte er auf einen und ging rasch weiter, gleichsam ängstlich. – – –

Zu damaliger Zeit versandte eine neu gegründete Zeitung aus der Hauptstadt wochenlang probeweise Freiexemplare, und der Postbote Lampl brachte sie in jedes Haus. Diese Zeitungen interessierten den Sepp seltsamerweise ausnehmend. Die alte Lechnerin bemerkte ihn einmal mitten am Tag in der Stube am Tisch. Er hatte das Tintenzeug, einen Briefbogen und die Zeitung vor sich. Den Federhalter hielt er in der zittrigen Hand und schien unruhig über etwas nachzudenken. Sie mußte durch die Tür, um sich eine gute Schürze zu holen, und da geschah etwas Sonderbares. Jäh hob der Sepp den Kopf und schaute mit erschreckten Augen auf sie, sein Gesicht war über und über rot und finster, und hastig breitete er seine großen Hände über Zeitung und Papier.

»Nacha moant's, daß ma koa Gsott nimmer braucha heunt? ... I geh auf Ogling 'nauf zum Grobrichtn (Grabrichten) ...«, sagte die Lechnerin beiläufig, und gleich erwiderte der Sepp mit einer fast auffordernden, groben Hast: » Jaja! Geht's nu zua ...« Die Alte schaute nicht mehr weiter auf ihn und ging. Erst als sie am Fenster vorbeikam und durchs Gartentürl ging, wurde der Sepp wieder lebendig. Schwer schnaufte er auf, schaute dann wieder auf die Zeitung, tauchte abermals die Feder in die Tinte, legte sich massiger in den Tisch und fing zu schreiben an.

»Lüpes Frailen«, malte er mit aller Bedächtigkeit dick aufs Papier, und weil er zu stark eingetaucht hatte, gab es einen Patzen. Er stierte eine Zeit lang ganz entsetzt darauf, wußte gar nicht recht, was er anfangen sollte, drückte endlich erst vorsichtig und plötzlich fest den Daumen auf den Klecks und wischte ruckhaft gegen den oberen Papierrand. Aber diese Manipulation verdarb alles. Er war ratlos. Jetzt war das Papier sowieso schon versaut. Er probierte seine Feder aus und schrieb in einem fort mit aller Mühe »Lüpes Frailen«, machte bald ein Ruf-, dann wieder ein Fragezeichen dahinter und prüfte, was nun am besten ausschaute. »Lüpes Frailen? Intem tas ich in ter Zeudung glessen hap, daz es heuradn mächtz ...«, brachte er endlich fertig, musterte wieder und war offensichtlich erfreut über diese schöne Leistung. Er riß das erste Blatt vom Bogen und wollte nun endgültig mit dem Brief beginnen. Wie aber der Teufel sein wollte, rührte sich in diesem Augenblick etwas in der Küche draußen und der Gemeindediener Loskarn tauchte in der Glasfüllung der Stubentür auf. Zu Tode erschreckt schnellte der Sepp vom Sitz auf und wischte mit einem hastigen Ruck das ganze Schreibzeug unter den Tisch, das Tintengläslein klapperte auf die Bank herab und sein Inhalt rann wie ein dicker Fluß auf der Landkarte herab auf den Boden. Zitternd und unschlüssig stand der Sepp da.

»Herrgott, bist du aba g'schrecki! ... Do! Do, dö ganz Tintn laaft dir ja aus,« sagte der Loskarn selber etwas erstaunt und hob schnell das Tintenglas auf, stellte es auf den Tisch: »A so a Sauerei, hmhmhm ...«

»Wos is's denn?« fragte Sepp hastig und rückte gleichsam schützend näher an den Tisch heran.

»Gemeinde-Umlag' muaß i kassiern ... Zwoa Mark fufzg Pfenning kriag i und do muaßt unterschreibn,« gab der Gemeindediener Auskunft und legte sachlich einen großen Bogen auf die andere Tischkante. Schnell beugte sich der Sepp nieder und hob den Federhalter auf, umständlich unterschrieb er, tappte ebenso hastig auf das kleine Milchkastl zu und holte eine Zigarrenschachtel hervor.

»Do–do is's Geld ... Loß's nu steh, dös mach' i scho ...« schrie er fast, als der Loskarn unter den Tisch schaute und sich schon bücken wollte. Zittrig zählte er das Geld aus der Schachtel auf den Tisch. Und eilig kroch er, ohne sich um den gehenden Gemeindediener weiter zu kümmern, unter den Tisch, griff nach der Zeitung und nach dem tintenbespritzten Briefpapier. Mit klopfendem Herzen wartete er, bis er nichts mehr hörte. Heiß war sein ganzer Körper und sein Kopf brannte förmlich. Als er endlich wieder aufrecht an der Tischkante lehnte, atmete er wie ein vom Ertrinken Geretteter. Er blickte völlig mürrisch auf das Zeitungsblatt und knirschte schließlich. Immer wieder, immer wieder las er stumm und ganz selbstvergessen:

»Fräulein, 38 Jahre alt, katholisch, Gütlerstochter, zur Zeit Köchin, fleißig, häuslich und sparsam, möchte gern in ein Gütl einheiraten. Ernstgemeinte Zuschriften unter »Gütlertochter« Nr. 98 160 an die Expedition des Blattes.«

Jetzt quietschte das Gartentürl. Er zuckte zusammen und schob schnell das Zeitungsblatt in die Hosentasche. Die alte Lechnerin kam. Sepp ging in den Stall hinüber und fing das Arbeiten wieder an. –

Am andern Tag, als der Postbote wieder die Zeitung brachte, lauerte der Sepp schon darauf. Gespannt suchte er nach dem Inserat. Richtig, da stand es wieder. Er las es einmal, zweimal, dreimal. Heiß und kalt wurde es ihm. Es läutete gerade zu Mittag. Die alte Lechnerin tauchte im Küchentürrahmen auf und sagte: »Essen konn'scht ... «

Er drehte sich um, hockte sich aufs Kanapee und murmelte gedankenlos mit der Alten das Vaterunser und das Gegrüßt seist du Maria, unruhig schaute er ins Leere und schlang mechanisch die Rohrnudeln hinunter.

Kurz nach dem Mittagessen sahen ihn die Buchberger im Sonntagsgewand aus dem Haus gehen. Er lief förmlich am Bätzbachergarten vorbei und ging Edering zu. Von da aus fuhr er mit dem Dreiuhrzug in die Stadt.

III

Ganz einfach hatte er sich's ausgemalt, das mit seinem neuerlichen Heiratmachen, der Zipfelhäuslersepp. »Geh lieber nicht zu einem Schmiedl, geh schon gleich zum richtigen Schmied« heißt es bei uns und das hatte auch er im Sinne. In der Stadt wollte er kurzerhand zur Expedition der Zeitung gehen und sich dort nach einem gewissen Fräulein, einer Gütlerstochter, erkundigen, »die wo sich in die Zeitung habe setzen lassen und in ein Häusl einheiraten wolle.« Dort mußte man es doch wissen. Und das Weitere? Schließlich, wenn eine einmal schwarz auf weiß drucken läßt, daß sie heiraten will, da brauchte einer doch kaum noch viel Worte verlieren. –

Als er jetzt aber unter weiß Gott was für Leuten im dahinsausenden Zuge hockte, wurde der Sepp auf einmal wieder zaghaft und sein Mut schmolz immer mehr, je näher man der Stadt kam. Vielleicht waren daran die drei schwatzenden, gutgekleideten und duftenden Weibsbilder schuld, die ihm gegenüber saßen und sich mit einem Herrn, der neben ihm in einem fort lachte, unterhielten. So fein und so schnell redete man ineinander, daß er gar nicht mitkam und das meiste nicht verstand, der Sepp. Wie eingepfercht saß er da und schaute mitunter benommen in die Gesichter der drei, verwirrt glitt sein Blick herab auf den Blusenausschnitt, über die geschwellten Brüste, die sich füllig an den seidigen Stoff schmiegten. Er wagte kaum noch richtig zu atmen, schlug die Augen ganz nieder und bekam mit der Zeit ein trübseliges Gesicht. Jedesmal, wenn der Zug anhielt, hob er den Kopf wieder und immer standen dann wieder die Brüste vor ihm. Er verfiel momentweise in ein Glotzen und drückte schließlich die Augen ganz zu.

Als man endlich ausstieg in der Stadt, wartete er bis zuletzt und tappte wie traumwandlerisch aus dem Coupé, ging hinter den vielen, geräuschvollen Menschen her und erschrak wie ein ertappter Dieb, als ihn der Beamte an der Personensperre anhielt und die Fahrkarte verlangte.

Ja und dann, nach all diesen Ekelhaftigkeiten, stand er mitten auf dem belebten, weiten Bahnhofsplatz, ging unsicher dahin, mürrisch über sich selber, ärgerlich auf dieses ganze Stadtfahren und überhaupt auf seine saudummen Heiratsabsichten, kurz und gut auf alles, was er angefangen hatte. Er konnte doch nicht so mir nichts, dir nichts auf die Zeitungsexpedition gehen und zu völlig fremden Menschen sagen: »Sie, i mächt' heiratn ... Geh, san's so guat, wo is denn dös Frailein? ... Ich mächt glei red'n damit ... i bin a Gütla ...« Das ging doch nicht. Womöglich kamen da die größten Kalamitäten heraus. Womöglich setzte man es dann in die Zeitung, und die ganzen Buchberger erfuhren es. Es wurde ihm furchtbar unbehaglich zu Mute, dem Sepp. Es war auch schon spät. Wo wollte er denn eigentlich hin in diesem Getriebe, in dieser Fremde? Er kannte sich auch gar nicht aus. Dreimal war er in seinem ganzen Leben in der Stadt gewesen, einmals als siebenjähriger Bub mit seinem Vater, einmal als Firmling und das letzte Mal, vor jetzt ungefähr vier Jahren, mit dem Bürgermeister Loßlinger als Zeuge beim Schwurgericht, als man den Mutz-Anderl verurteilte, weil er den Bärenwirt von Kergertshausen gestochen hatte.

Er war froh, als er jetzt vor sich einige Arbeitsleute bemerkte, die nicht so fremd ausschauten, und trottete hinter ihnen drein. Er hörte sie reden und das heimelte ihn auf irgendeine Weise an. Diese Leute redeten Buchbergerisch, das verstand er wenigstens.

»Mi leckst am Orsch mit dem Schinagln, verstehst! ... Mei' ganzer Hois (Hals) is wia ausbrennt ... I leg mir a poor Maß üba, gehts weita,« sagte einer davon und riß die Tür einer Wirtschaft auf, aus der eine breite, schmetternde Blechmusik drang. Die drei Arbeiter gingen in das volle, lärmerfüllte Lokal, und der Sepp folgte. Der dichteste Menschentrubel empfing ihn. Er kam gar nicht vom Fleck vor lauter Leuten, schaute verlegen hinum und herum und hockte sich an irgendeinen vollbesetzten Tisch.

Sonderbar, mit seiner Menschenscheuheit war es gar nicht so arg, wie es auf dem Dorf immer ausschaute, hier zwischen ganz fremden Leuten löschte sie ein einziges Wort aus.

»Do, bleibts no bei üns! ... Hockt's enk nu zuawa, Baur ... Do is's zünfti«, sagte nämlich sofort ein ganz passabel aussehendes, barköpfiges Weibsbild und lachte den Sepp wie einen alten Bekannten an. Und gleich rückte es näher und schrie der dicken Kellnerin zu: »Fanny, do! ... Gib a Maß her!« Ganz gerührt war der Sepp, daß man so aufmerksam und hilfsbereit zu ihm war und er lebte sichtlich auf. Arglos legte er seinen ledernen Zugbeutel auf den Tisch und bezahlte.

»Do gehnga schon no verschiedene Maß'n,« meinte ein Mann neben ihm und blickte auf das Geld vom Sepp. Im Handumdrehen war man im schönsten Gespräch.

»Hobts guate G'schäftn g'macht in der Stodt?« fragte der Mann wieder und der Sepp nickte, ohne sich lang zu besinnen.

»Dös siehgst ja ...«, erwiderte das Weib für ihn: »Bauernleit fahr'n doch net umasunst in d' Stadt rei ... Oder net? ... Hob i net recht?«

» Jaja, freili ...« sagte der Sepp nun auch.

»Seid's vo der Näh oder vo weiter weg?« erkundigte sich der Mann wieder.

»Vo Buchberg,« gab der Sepp zurück.

»Soso, vo Buachberg? ... No, dös is aa a schöne Streck, bis ma do reinkimmt a d' Stodt ... Drei Stund guat?« meinte das Weib und schaute ihn leger an, griff auf seinen Maßkrug: »Gell, i derf scho amoi trinka ...?«

»Jaja, trinkt's nu ...« erwiderte er und schob ihr bereitwillig den Krug hin. Sie nahm einen tiefen Zug.

»Oes seid's a guata Mensch,« sagte sie mit einer Art dankbarer Wärme: »Enker Bäurin, moan i, hätt's schö bei enk ...?« Und wieder schaute sie den Sepp offen an. Der wurde einen Moment rot, als er ihren Blick auffing. Er brachte nicht gleich die Antwort heraus. Sie kam ihm zuvor.

»Oda hobt's gor koane ...?« fragte sie.

»G'storbn is's ma vor zwoa Johr ...« erwiderte er etwas bedrückt und der Mann neben ihm stand auf. Das schien dem Weib und dem Sepp ganz recht zu sein. Sie unterhielten sich jetzt viel freier und interessierter miteinander. Die Kellnerin brachte Bier und wieder Bier. Der Sepp bestellte für seine Bekanntschaft und für sich je vier Dicke mit Kraut und machte ein zufriedenes, ja, fast heiteres Gesicht beim Essen. Seine Augen hatten einen Glanz und ein wenig zitterten mitunter seine Hände. Er redete jetzt auch leiser und schaute in einem fort mit einem seltsam verlegenen Lächeln auf sie.

Und das war ein Anschauen, genauso wie damals, als er zur Fanny selig gekommen war, um sie zur Heirat zu bewegen ...

»Fanny, geh weita, zoin! ... Geh her! Mir müass'n geh!« schrie jetzt das Weib der Kellnerin zu. Die zwängte sich zwischen die Leute hindurch und kam. Der Sepp hörte kaum hin, was sie verlangte, zog wieder seinen vollen Zugbeutel und bezahlte mechanisch. Dann erhob man sich und ging.

Es war schon dunkel auf den Straßen. Die Lichter brannten gelb, die Automobile hupten langgezogen, die Straßenbahnen surrten, die

Menschen wälzten sich wie ein geräuschvolles, dunkles Gemeng dahin und plapperten geschäftig. Der Sepp torkelte neben dem Weib, rülpste mitunter und lächelte dann wieder. Alles vor seinen Augen schwamm unwirklich ineinander, er hörte seine Begleiterin manchmal reden und spürte dann wieder seinen Arm in dem ihren. Schwerfällig gab er jedesmal nach, wenn sie eine Wendung machte und ihn mitzog. »A–a–a guat's Weiberl bischt ... a–a–a guats Weiberts ...« plapperte er ab und zu heraus und brummte unverständliche Laute vor sich hin. Man landete schließlich in einer unaufgeräumten, ziemlich kahlen Kammer, in der es nach Heringen und verdorbenen Kartoffeln roch. Auf dem wachstuchüberdeckten Tisch standen leere Bierflaschen, Zigarettenasche lag herum und Brotreste, das Bett in der Ecke war ungemacht und schmutzig, das Gaslicht fiel grell über einen zerschlissenen Diwan, auf den der Sepp schwer niedersank. Er glotzte ausgehöhlt und dösig auf das Weib, das sich vor ihm auszog. Noch immer rührte er sich nicht, als sie endlich neben ihm auf dem Diwan saß und sich an ihn drückte. Auf einmal aber, nachdem sie ihren nackten Arm um sein Genick legte und ihn niederzog, ruckte er mit dem Körper herum, sein Gesicht zerfiel förmlich, sein Mund brach auf, und wie ein Sack warf er sich auf sie ...

Die alte Lechnerin stopfte ziemlich lange in dieser Nacht an den zerrissenen Socken Sepps, sie schlief dabei ein und wachte erst wieder auf so um Mitternacht. Eine Zeitlang blieb sie nachdenklich sitzen, nahm dann die Kerze, zündete sie an und schaute in Sepps Kammer hinauf, und als sie sah, daß der Bauer immer noch nicht da war, schlurfte sie schließlich in ihre Schlafkammer und legte sich nieder. Am andern Tag wurde es ihr doch ein wenig unheimlich und sie fragte beim Bätzbacher drüben und erzählte dem Kratelfinger auf der Straße von der sonderbaren Sache. In jedem Haus beredete man das Vorkommnis und zog allerhand Schlüsse. Die alte Lechnerin ging gegen Mittag, als immer noch nichts vom Sepp zu sehen war, zum Meixner nach Offelfing hinüber.

»Jetz – jetz dö is guat! ... Ja – ja, wos is denn jetz do wieda? ... Er werd si' doch nix to hob'n ...?« sagte die Meixnerin beunruhigt und ging mit der alten Lechnerin auf der Stelle mit. Als die beiden Weiber zum Dorf hereinkamen, sagte der Banzer: »Jetz is er scho do! ... Vor a hoibi (halben) Stund' is er bei'n Bätzbacher sei'n Gaßl auffa und hint'n eini ...«

Die beiden gingen schneller und trafen den Sepp in der Küche auf dem Kanapee hockend, ganz und gar verstört. Er rührte sich nicht. Er schaute auf einen Fleck.

»Ja, Sepp? ... Wos is's denn?« fragte die Meixnerin und blieb stocksteif stehen. Er drehte den Kopf nach ihr und schaute sie schmerzhaft an. »Sepp? ... Säpp ...? ... Red doch! ... Wos host'd denn?« wiederholte die Meixnerin bekümmert und trat einige Schritte näher. Er senkte das faltige Gesicht, schüttelte ein paar Mal schwer den Kopf und brummte einsilbig: »Nix ... Nix ... Hätt'st net kemma braucha ... I hob ... I hob bloß an Zug versaamt ...«

»An Zug ...?«

»Ja ...« Er richtete wieder sein Gesicht auf sie. Noch trauriger sah es aus.

»Wo bischt denn g'wen? ... A da Stodt ...?« fragte die Meixnerin bedrückt und verwundert. »Worum bischt denn 'nei'gfahrn ...?«

Der Sepp blieb stumm. Sein Blick hing hilflos an ihr. Es vergingen einige Minuten. Dann sagte er: »Geh nu wieda hoam, Resl ...« erhob sich und tappte ohne sie noch einmal anzuschauen in den Stall hinüber. Die Meixnerin blieb einen Augenblick völlig ratlos stehen. »Hm ... Jetz dös is scho seltsam ... ha-hm,« brümmelte sie abwesend vor sich hin und schüttelte den Kopf. Dann drehte sie sich um und sagte zur Lechnerin: »Wenn wos is, na' kimm hoit glei uma und gibs üns z'wissen ... « Und während sich die Alte, die mit gefalteten Händen und unablässig bewegten Lippen dagestanden hatte, bekreuzigte, tauchte sie den Finger in das Weihwasserfäßchen, machte ebenfalls schnell ein Kreuz und ging ...

Mit dem neugierigen Argwohn, der bloß danach trachtet, daß die bösen Mäuler was zu reden haben, verfolgten die Buchberger seit diesem sonderbaren Zwischenfall alles, was der Zipfelhäuslersepp tat. Aber man sah nicht recht viel. Auffallend war bloß, daß der Sepp von Tag zu Tag schlechter aussah. Gelb und verbraucht war sein Gesicht und merkwürdig trüb seine Augen. Auch sein Gang hatte etwas recht Mühsames, Dahergezogenes. Schwer schien er seine Füße zu schleppen und wenn man genauer aufpaßte, konnte man bemerken, daß er bei jedem Schritt die Backen einzog und die Zähne aufeinanderbiß, grad als wie wenn er einen Schmerz verbeiße.

Die alte Lechnerin brauchte aber doch nicht nach Offelfing zum Meixner hinübergehen. Gar freundlich war er ja nie zu ihr gewesen, der Sepp, und daß er seit dem Stadtfahren ein noch griesgrämiges, ja, fast gehässiges Gesicht machte, kümmerte sie weiter nicht. Das Meiste, was er redete und brummte, hörte sie sowieso nicht.

Vierzehn Tage waren schon verlaufen. Am Samstag in der Frühe aß der Sepp keinen Kaffee und als ihn die Lechnerin doch ziemlich mißtrauisch anschaute, weil er sein Sonntagsgewand anzog, schrie er sie auf einmal grob an. »Brauchst net so schaug'n und glei auf Offelfing numlaafa! ... I geh bloß zon Beicht'n und zo der Speisung (Kommunion) ...!«

Die Alte war zufrieden damit und sagte nichts darauf. Durch das Fenster schaute sie ihm nach. Er ging wirklich nach Ogling hinauf. Beruhigt machte sie sich wieder an die Arbeit. Der Tag verging wie jeder andere. Am Nachmittag, beim Gsottschneiden (Häckselschneiden) auf der Tenne, schaute der Sepp öfters die verschiedenen Balken des Dachstuhls an und stieg, nachdem man fertig war, auf den Getreideboden, anscheinend um nachzusehen, wo das Ziegeldach undicht sei. Nach ungefähr einer guten halben Stunde kam er herunter und hatte zum erstenmal wieder ein ruhigeres Geschau. Wie es sich gehörte, betete er nach dem Nachtessen noch eine ganze Weile stumm für sich. Das war der alten Lechnerin immer recht. Eine Zeitlang blieb auch sie noch mit gefalteten Händen sitzen und betete ebenso. Dann ging sie ins Bett.

Der Sepp hörte zu beten auf und horchte. Er schaute furchtsam im Raum herum, drückte dann mit der Hand in die vordere Körpermitte, die ihn anscheinend schmerzte, mit der anderen auf sein Kreuz, biß die Zähne zusammen und erhob sich mit einem schnellen Ruck. Schwerfällig harpfte er erst an das eine, dann an das andere Fenster und spähte in die Dunkelheit hinaus. Wieder lauschte er. Dann holte er das Tintenzeug aus der nebenanliegenden, dunklen Stube. Plumpsig ließ er sich endlich in das Kanapee fallen und hockte lange über einem Stück Briefpapier, malte zittrig und mühsam Buchstabe um Buchstabe. Sein Gesicht zerfiel langsam. ---

Als die Lechnerin am andern Tag, nach dem Gebetläuten, in die Küche herunterkam, stand das Tintenzeug noch immer so da, ein Briefbogen lag daneben und einige Sätze standen darauf. Sie achtete nicht weiter darauf und legte alles auf den Küchenkasten.

Seltsam, heute kam der Bauer gar nicht herunter wie gewöhnlich. Es verging eine gute halbe Stunde und sie hatte den Kaffee schon längst fertig. Sie schrie schließlich hinauf, hörte aber keine Antwort. Sie schrie wieder und horchte angestrengt. Wieder nichts.

Sie humpelte schließlich in die Kammer hinauf und klopfte. Als niemand antwortete, holte sie den Kerzenleuchter und ging in die Seppkammer. Das Bett war genau noch so, wie sie es am Tag vorher gemacht hatte. Der Sepp war verschwunden.

Die Alte ging zum Bätzbacher hinüber, und Bauer und Nachbarsleute kamen. Das ganze Dorf lief zusammen. Man schrie im Zipfelhäuslerhaus herum und suchte.

Nach einiger Zeit fand der Bätzbacher auf der Tenne etwas Sonderbares. Der Körper Sepps hing vom Dachgerüstbalken herunter. Schlaff und schief in die linke Schulter gezogen lag der Kopf in der Schlinge. Die Augen waren schrecklich herausgequollen, aus dem Mund hing die Zunge geschwollen und grauenhaft …

Später, als die Meixnerin kam, sagte die alte Lechnerin etwas von dem Tintenzeug und einem Zettel, die sie in der Frühe auf dem Tisch gefunden hatte. Die Meixnerin langte auf den Küchenkasten nach dem Briefbogen und las:

»Ich habe eune Krangheid von der Stadt heimprachd. Die Sach gehörd der Resl. Ich mächt nepen der Fanni eingraben werten, Ammen. Joseph Gotzinger.«

Die Wachelberger Geschichte

I

Eine Geschichte fängt gewöhnlich da an, wo eine andere aufhört. Meistens muß man die eine wissen, um die andere richtig zu verstehen. Dabei soll gar nicht gesagt sein, daß die letzte aus der ersten hervorgehen muß. Nein, die auffälligen Zusammenhänge sind es nicht, sondern – man möchte fast sagen – das Darunter-Schwingende ist's, was gewissermaßen erhellend auf das Ganze wirkt.

Die Wachelberger Geschichte begann zur selbigen Zeit, als der »Jud Schlesinger«, der Augsburger Viehhändler, in unserer Gegend auf dem Höhepunkt seiner Popularität stand und eine wichtige Rolle spielte. Wichtig insofern, weil jeder Bauer von ihm das Vieh unter Bedingungen in den Stall bekam, die mehr als einladend waren. Und seine Popularität verdankte Schlesinger ausschließlich seiner Menschenkenntnis. Er kam hereingefahren ins Dorf, hielt vor einem Bauernhaus, band die Zügel seines struppigen »Fuchsen« an einen Baum oder an ein Gartentor und trat kurzerhand in den Stall, immer nur in den Stall. Weiter kam er meistens nicht. Stets, wenn er die Kühe musterte, ihnen den Schwanz aufhob, dann ihre Euter abgriff und schließlich die Ringe an den Hörnern zählte, erschien auch schon der Bauer.

»Lauter Menzkuih habt's, Baur? ... I hätt' Enk a Kälberkuih! ... A Stickla, wia'ds as im ganza Dorf it sehets, a Prachtstickla!« redete ihn der Schlesinger sogleich in unverfälschtem schwäbischem Dialekt an, und dann begann ein Handel. Der Bauer zuckte mit den Achseln, murrte beiläufig, schielte auf den Händler und klagte, wie man eben so klagt, wenn es gilt, alle Vorteile für sich aus dem andern herauszuholen. Schlesinger widersprach nie. Er ließ alles gelten. Er bekräftigte womöglich noch da und dort. Mit dem gewiegten Instinkt, der da weiß, ein Geschäft kann man nur machen, wenn der Kunde vom Entgegenkommen überzeugt wird, hantierte er. »Ah was! ... I kann Enk doch's Geld it aus die Rippa schneida! ... Davon redt man doch it! ... I sag Enk, i stell Enk mei Kuih rei, baschta! ... Ihr zahlt, wenn's geht!« wiederholte er einmal, zweimal und endlich zum drittenmal, lobte des Bauern ehrliches Gesicht, erkundigte sich nach dem ungefähren Ertrag der Ernte, nach dem wehen Fuß der Bäuerin, erzählte noch irgendeine Neuigkeit vom Schwager in Berblfing drüben und sagte zum Schluß mit der bekannten Gestikulation: »Wia g'sagt, a Kuih, wo'ds Enker Freid dra habt's! ... Aba no, was ma it ka, ka ma it ... Aba, wia g'sagt, für Enk wär dies a Stickla ... Und das wißt'r, der Schlesinger ka warta mit'm Geld ...!«

»Ja mei, a so Koibakuah, dö könnt i scho braucha. Dös waar scho wos jetz amoi wieda und, noja, wenn i's auf zwoa a dreimoi zoin ko, na kunnt i's ja schliaßli riskiern,« meinte der Bauer noch zögernd. Der Widerstand war gebrochen. Der Schlesinger fuhr ihm resolut ins Wort.

»Ah–ah! Ah, keine Mais mehr von wega dem Bezahla! ... Beim Unterwirt z' Rauschabach steht mei Kuih, baschta! ... Holt's es! Bis ibrmorga is's noch für Enk!« fuhr er auf, und der Handel war gemacht. Am andern Tag holte der Bauer die Kälberkuh. Nach ungefähr zwei Wochen – scheinbar zufällig – kam der Schlesinger wieder vorbei. Der Bauer machte ein malitiöses Gesicht, aber der Händler sagte nicht ein Wort vom Bezahlen, nicht ein Sterbenswort. Er lobte sein geliefertes Stück Vieh und ging rasch darüber hinweg.

Was die scheckige Menzkuh, da hinten an der Wand, koste, wollte er wissen. Der Bauer besann sich eine Zeitlang, schielte schräg auf den Händler und nannte einen Preis. Es verlief eine Viertelstunde, eine halbe Stunde unter hartnäckigem Hin- und Herreden, dann zählte der Schlesinger dem Bauern die ganze Summe auf die flache Hand. Und wieder sagte er nichts vom Bezahlen der gelieferten Kälberkuh, im Gegenteil, wollte der Bauer eine Anbezahlung machen, wehrte er entschieden ab: »Baura finda doch's Geld it auf der Straß'! ... Deßderweg'n hat's noch lang Zeit! ... Ihr steht's mir guat, baschta!« Ja, er ging sogar noch weiter. Er lieferte womöglich noch eine Kälberkuh und es gab Bauern zu damaliger Zeit, die hatten oft drei oder vier solche »Schlesinger-Kühe« im Stall. Auf diese Weise bekam der Händler das ganze Schlachtvieh von den Bauern der Umgegend und brachte seine Kälberkühe ohne Futtergeld und Einstellgebühr unter. Denn meistens ging's dann so: Zu irgendeiner ungünstigen Zeit tauchte der Jud Schlesinger ungewünschterweise auf und wollte Geld. Der Bauer kratzte sich, beteuerte und vertröstete. Aufdringlichkeit konnte man dem Schlesinger nie nachsagen. Er fand immer eine geeignete Einigung. »Leben und leben lassen«, sagte er sich.

Im Herbst hatte die Kuh ein Kalb gebracht. Da war verkauft worden. Die Milch hatte der Bauer auch gehabt. Jeder war eigentlich anstandslos auf seine Kosten gekommen. Etliche Tage später ließ der Jud Schlesinger seine Kälberkuh vom Viehtreiber wieder abholen und der Bauer war froh, auf so leichte Weise aus einem schwierigen Handel herausgekommen zu sein. Keine Freundschaft war verdorben, niemand war betrogen worden. Nach wie vor kam Schlesinger, kaufte die Menzkühe und lieferte die Kälberkühe, war beliebt und geschätzt, wo er hinkam.

Eines Nachts aber wurde er erstochen aufgefunden; zwischen Auging und Heimertshausen lag er. Sein Fuchs kam mit dem leeren Wägelchen in Heimertshausen an und blieb stehen vor dem Pollwinklerhof. Der Pollwinklerknecht ging gerade aus dem Abtritt heraus und sah scharf hin. Das Pferd stand und scharrte. Er ging hin. Er wußte nicht gleich, wie ihm war. Er zündete ein Zündholz an. Der Sitz war leer und zeigte Blutspuren.

»Ja ... jetz? ... Jetz dös is scho guat? ... Jaja, do muaß ja doch schier wos passiert sei?« brummte er unschlüssig. Dann zog er den Fuchs durchs Gartentor und weckte die Leute auf. Man suchte und fand den toten Schlesinger.

Das war ein ungeheures Ereignis in der ganzen Pfarrei Auging. Kurz darauf wurde der Schlefflinger von Wachelberg vom Wachtmeister Mair verhaftet und es stellte sich alles genau heraus bei der Verhandlung. Großsprecher waren die ganzen Schlefflinger seit jeher gewesen und der Ignatz, der den Hof bekommen hatte, war gar der ärgste. Fünf »Schlesinger-Kühe« standen in seinem Stall. Der Händler kam und kam und eben, weil der Ignatz absolut nicht zeigen wollte, wie wackelig es mit ihm und seinem ganzen Viehstand bestellt war, weil er es nicht verwinden konnte, daß die Wachelberger über ihn redeten, darum nahm er das Messer und lauerte dem Juden auf. –

Aber es kam noch viel mehr ans Tageslicht bei der Verhandlung. Die weinende Schlefflingerin deutete im Gerichtssaal auf den Metzger und Gastwirt Weixler und auf den Hauptzeugen, den Unterwirt von Wachelberg, und schrie herzzerreißend: »D e r hot'n aufg'hetzt, Herr Amtsrichta! ... Der und der Unterwirt! Dö zwoa san schuid, daß er's to hot, Herr Amtsrichta! ... I schwör's! Dö zwoa hob'n ja scho lang an Hock (Haß) g'habt auf'n Schlesinger, weil er iahna oiwai 's Schlachtviech vor der Nos'n wegkaaft hot! ... I schwör's, Herr Amtsrichta! ... Dö san oiwai beianander g'hockt. Dö zwoa san schuid!«

Es war richtig. Mit dem Unterwirt von Wachelberg hatte der Schlefflinger kurz vor dem Mord beim Weixler in Auging gesessen. Es stimmte auch, daß der Weixler und der Unterwirt als Metzger und Wirte auf den Schlesinger schlecht zu sprechen waren. Aber die Zeugenvernehmung ergab dennoch nichts Belastendes für die beiden, im Gegenteil, die Schlefflingerin wurde deutlich zurecht gewiesen. Denn daß in einer Wirtsstube schließlich über den und den Menschen nicht zum besten geredet werde, das sei doch noch kein Beweis dafür, daß man dem Beschimpften nach dein Leben trachte, noch weniger, daß man damit wen dazu verleiten wolle. Solche Ansichten könnte nur ein voreingenommener und gehässiger Mensch in »ehrabschneiderischer Absicht« äußern, drückte sich der Vorsitzende aus. Der Schlefflinger wurde verurteilt. Grausam war es. Jeder hatte Mitleid mit der Schlefflingerin. Mit vier Kindern auf dem verschuldeten Hof so weiterwirtschaften, das war doch, weiß Gott, keine Kleinigkeit. –

»Aba sowos g'härt si net! ... Soweit loßt mas si net hinreiß'n und rennt oan's Messa nei, wenn man iahm wo's schuidi is, dös is a Saustoi (Saustall)!« äußerte sich aber trotzdem nach der Verhandlung der Walk von Wachelberg, und alle stimmten ihm mehr oder weniger bei.

»Freili! ... Und der Jud Schlesinger hätt' doch red'n loss'n mit sich ... Dös is a reeller Mensch g'wen!« warf der Kranzeder hin und wieder nickten alle. –

Der plötzliche Tod Schlesingers hatte eine Unsicherheit und ein Hin und Her von Meinungen in der ganzen Pfarrei Auging heraufbeschworen, wie man so was noch nie erlebte. Mit dem Schlefflinger wollte kein Mensch mehr was zu tun haben, wenn es gleich zum Erbarmen war mit der armen Bäuerin. Lange Zeit ging man auch nach dem Hochamt, Sonntags, nicht mehr gern zum Weixler hinein und auch über den Unterwirt von Wachelberg redete man manchmal wenig schmeichelhaft.

Im großen ganzen nämlich hatte doch fast jeder Bauer eine »Schlesingerkuh« oder zwei im Stall und wartete nun ab. Recht betrübt wartete man ab. Weiß der Teufel, eines Tages konnte sich – ja, mußte sich doch irgendein hinterlassener Erbe des Erstochenen melden und sofortige Bezahlung verlangen? Das war eine heikle Sache. Leicht erklärlich also, daß man auf den verurteilten Schlefflinger nicht gut zu sprechen war. Man interessierte sich auch nicht sonderlich für seine Begnadigung zu einer Zuchthausstrafe von fünfzehn Jahren, die kurz darauf erfolgte. Das Andenken des Juden Schlesinger war viel lebendiger in der Pfarrei, und als dann nach einem vollen Jahr immer noch nichts kam, was aussah nach einer Forderung, als langsam durchsickerte, der Viehhändler hätte überhaupt keinen Erben gehabt, da wurde aus diesem pietätvollen Andenken eine Unvergeßlichkeit.

Die Zeit verlief, die Bedrückung wich. So arg nahm man dem Schlefflinger den Messerstich gar nicht mehr übel und einige brummten hin und wieder in bezug auf denselben: »Is doch schod' für'n Nazi ... Auf oana Seit'n is er ja doch a rechtschaffna Mensch g'wen, er sollt hoit net so gachzorni (jähzornig) g'wen sei ...«

Der Hirntoni, ein ärmlicher, eigensinniger und spitzmäuliger Häusler, sagte sogar einmal: »Jetz wenn ma's recht o'schaugt ... eigentli hot er üns ja schier an Gfoin (Gefallen) to, der Schlefflinger!« Und als er merkte, daß die ganzen Bauern, die herumsaßen, nicht »Gick« und nicht »Gack« sagten und recht unbehaglich dreinschauten, setzte er dreister hinzu: »Für'n Nazi ist schod und für'n Schlesinger zwoa moi ... Aba so billige Küah werd'n ma so schnell nimma kriag'n ...« Er lachte hämisch und schaute flugs mit seinen Mausaugen rundherum, wie es seine Art war. Die meisten verzogen vorsichtig die Mundwinkel und sagten gar nichts, aber wer genauer hinschaute, erkannte eine allgemeine wortlose Zustimmung.

Der Schlefflinger hatte Glück. Nach zirka acht Jahren traf ihn die Amnestie. Er kam wieder heim nach Wachelberg. Sein Weib hatte besser gewirtschaftet als er. Ruiniert war er keinesfalls. Anfangs mied man ihn, aber langsam löschte die ganze Geschichte aus. Die Äußerungen, welche der Walk und der Kranzeder nach der Verhandlung getan hatten, vergaß er nicht, der Schlefflinger. Er war schweigsam jetzt und freilich still war's auch um ihn herum. Aber für jedermann schlägt einmal eine Stunde und – Wachelberg? Wer hätte d a s damals gedacht?! – – –

II

Nämlich niemand, kein alter Hund und kein schäbiger Teufel, hätte sich so um 1910 herum, also vier Jahre nach Schlefflingers Entlassung aus dem Zuchthaus, träumen lassen, daß es noch einmal so weit mit dem Dorf Wachelberg kommen würde!

Und auf einmal geschah das Wunderbare.

Im Sommer war es, an einem himmelblauen Sonntagnachmittag, als ein Mann mit einem Spitzbart, einer Brille, einem Schlapphut und einem Gebirgsstock aus der Muckwaldung heraustrat, ziemlich eilsam über die Felder ging und ins Dorf kam. Ein seltsamer Mensch war das. Anscheinend verärgert, weil um diese Zeit Wachelberg so still war, schaute er wie in alterierter Wachtmeister herum und ging dann schnurstracks auf den Lermoser-Adam zu, erkundigte sich bei diesem nach dem Ortsvorsteher.

»Ortsvorsteha …?« fragte der Adam mißgünstig zurück, weil der Herr nicht einmal zu wissen schien, daß Wachelberg das Gemeindedorf sei. »Ortsvorsteha …? … Ja, mir san ja a Gmoa (Gemeinde) …«

Der Fremde verstand nicht und fragte eindringlicher: »Ich meine … Ich habe eine wichtige Mitteilung zu machen. Wo geh ich da hin …?«

»Ja–a … Mitteilung? … Mitteilung? … Ja, wia dös?« fragte der Adam schon interessierter und nahm langsam seine Pfeife aus dem Mundwinkel, musterte den Herrn mit seinen Luchsaugen. »Ja, da Bürgermoasta, der werd' jetz kaam do sei … Den, moan i, werd's jetz it treffa …«

»Ja, hören Sie mal, es handelt sich … Ich habe eine große Entdeckung gemacht!« rief der Herr nun etwas ungeduldig und furchte seine Stirn.

»Entdeckung? … Ja so! … Ja ja, jetz hob i's,« erwiderte der Adam jetzt belebter und lächelte ein wenig. »Na, mächt' g'wiß zon Hirntoni? … Ja ja, der lest oiwai so Büacha vo dö Entdeckunga … Ja ja! … Von Columbus, net? Do vozoit er oiwai! … Ja ja … Do geht's jetzt do bein Schlefflinga hinten umi … Dös Haus do glei! … Und na üba's Bergl aufi, glei dös erste Haus, sehngs, glei do ob'n! … Da Toni is ganz g'wiß dahoam … «

Der Fremde wußte sich nicht mehr anders zu helfen und ging brummend weiter. Der Adam rief ihm nach, weil er nicht den von ihm gewiesenen Weg einschlug, und deutete immer wieder in die Gegend des Hirn-Anwesens, und als der Herr nicht auf ihn hörte und beinahe wie vor ihm fliehend hinter dem Reglingerhof verschwand, brummte er murrend: »Hm, jetz sowos Trapfts (Verrücktes)! … Do frog'ns und frog'ns und na laafas doch wo anders hin! … A so a spinnerter Teifi, a so a spinnerter!«

Kopfschüttelnd ging er in sein Haus zurück. Umständlich und mit leichter Ärgerlichkeit erzählte er es seinem Weib, das mit dem Fremden. Unbegreiflich war es ihm, warum der Mensch nicht zum Hirntoni hinaufgegangen war.

»Sowos Lapperts wachst ja dengerscht bloß in der Stodt drinn auf!« schloß er und damit war für ihn die Sache abgetan. –

Viel besser erging es dem Fremden beim Bürgermeister Schondorfer droben. Als er endlich nach einigem Herumsuchen dorthin gefunden hatte und ins Haus trat, stieß er gerade auf die Bäuerin, die eben zum Melken in den Stall hinübergehen wollte. »Grüaß Gott! ... Wos mächt's denn?« fragte die nicht unfreundlich, und als der Herr den Bürgermeister zu sprechen wünschte, setzte sie hinzu: »Der werd' vor auf d' Nocht net kemma ... Um drei is er furt ... Is wos passiert?«

»Es handelt sich um eine sehr wichtige Angelegenheit, Frau Bürgermeisterin ... Sie können mir wohl auch nicht sagen, wo sich der Herr Bürgermeister momentan befindet?« erwiderte der Herr mit einnehmendster Verbindlichkeit.

»Braucht's wos schreib'n? ... Dös mach ja so oiwai i oder d' Hanni! ...« erkundigte sich die Schondorferin und stellte die Milchkübel hin. »Oes seid's g'wiß von' Bezirksamt? ...«

»N–nein, nein,« lächelte der Fremde endlich, »ich bin keine amtliche Person, Frau Bürgermeisterin, nein, nein ... Es handelt sich nämlich um – um die Quelle da drüben in der Waldung ... Aber es wird wohl besser sein, ich spreche morgen noch einmal vor beim Herrn Bürgermeister selber ... Da treffe ich ihn doch sicher?«

»Ja ja, do is er scho da ...« konnte die Schondorferin gerade noch sagen, und mit kurzem Gruß ging der Fremde. Eilig durchschritt er den Garten und ging auf der Straße nach Heimertshausen weiter. Die Schondorferin blieb einige Augenblicke etwas verblüfft stehen und schüttelte endlich den Kopf. »Hmhm, jetz sowos Seltsams!« Dann ging sie in den Stall hinüber.

Am andern Vormittag kam der fremde Herr auch richtig wieder und eröffnete dem Bürgermeister, daß es sich bei der betreffenden Quelle in der Muckwaldung um ein heilkräftiges Wasser handle. Allem Anschein nach mußte es ihm gelungen sein, den Schondorfer restlos von der Bedeutung dieser Entdeckung überzeugt zu haben, denn der ging auf der Stelle mit ihm zum Lehrer Menglein nach Heimertshausen. Auch dort redete man eine Zeitlang und schließlich kamen die drei wieder nach Wachelberg zurück, suchten den Muck auf und erzählten ihm von seiner Wunderquelle. Die Sache hatte sich aber inzwischen schon im ganzen Dorf herumgesprochen, und als der Muck, der Schondorfer, der fremde Herr und der Lehrer Menglein aus dem Muckhaus heraustraten, standen fast die ganzen Dörfler neugierig vor ihnen und fragten und schauten so interessiert, daß sich der Schondorfer gezwungen sah, einige erläuternde Worte zu sagen.

»Indem, daßt's ös scho beinand stehts, will i enk eröffnen, daß der Herr Apothäka do untersuacht hot, daß an Muck sei Quell'n an Schluchtl drunten an Heilquell'n is!« hub er an und stellte sich in Positur. »Ich meechte an eich die Aufforderung richt'n, daß dös ein G'sundwassa is für Podagra und Gichten, und wer jetz mitgeh wüll, der ko mitgeh zo da Besüchtigung.«

Und da die kurze Rede ziemlich förmlich geklungen hatte, schlossen sich die Bauern und die Kinder und Weiber mit einer gewissen Zurückhaltung an und folgten den vier Männern. Kühn und gewichtig schritten Schondorfer und der Lehrer mit dem Fremden voraus. Der alte Muck, neben ihnen, machte sein gewöhnliches, mürrisches Gesicht und schien für die ganze »Entdeckung« wenig eingenommen zu sein. Die Schar landete schließlich nach einigen fünf Minuten am Schluchtl – wie die zerrissene kleine Kluft in der Muckwaldung hieß – und schaute die uralte Quelle an, die da aus einem nackten Felsen heraussprudelte. Der fremde Herr und der Lehrer stiegen ganz hinunter und schöpften mit mitgenommenen Gläsern Wasser und reichten es dem Muck und dem Schondorfer hinauf, und dann redete der Fremde eine Zeitlang von den Eigenschaften des Wassers. Der Schondorfer trank das Glas mit einer sichtlichen Bedeutsamkeit aus und nickte zum Lehrer hinunter; der Muck gab das seine der Blessingerin, die neben ihm stand, und schaute noch griesgrämiger. »Is doch a g'sund's Wassa?« fuhr ihn der Bürgermeister an. »Is ja doch a Kapitai für di …?!«

»Ha …! A g'sund's Wassa …?!« entgegnete der Muck noch verächtlicher, und als der fremde Herr gar von der Nutzbarmachung der Quelle, von der guten Eignung des Wäldchens zu Kurzwecken und von der Zukunft Wachelbergs etwas daherredete, wurde er ganz und gar mürrisch und brummte: »Mei Hoizl bleibt mei Hoizl! Dö damisch Quell'n do! … Wega sowos loß i mir net ois z'grund richt'n …« Der Schondorfer wollte ihm zureden und ihm alles näher erklären, aber der Muck war schon kritisch. Interessen bleiben Interessen und müssen Hand und Fuß haben. Diese einzigen zwei Tagwerk Waldung, die er besaß, der Häusler Kajetan Muck – dieses Holz, das seit Großvaterszeiten immer vom Vater auf den Sohn übergegangen war, so was aufgeben, hergeben, einfach weil irgend so ein hergelaufener Stadtmensch den Leuten die Ohren vollschwatzte mit der Heilquelle, das gab es nicht.

Die Unterredung zwischen Lehrer und Bürgermeister, dem fremden Herrn und dem Muck verlief ergebnislos.

»Jetz, i sog amoi sovui, Herrgottsakrament-sakrament! ... Jetz laaft dö Quell'n scho ewi und hot no koan Mensch'n schiniert (geniert), und jetz aufamoi soit i mei Hoizl hergeb'n und zu oi'n ja und amen sog'n! ... Kapitai hi, Kapitai her! ... Dös is koa Hoiz! ... Meinatweg'n, wenn wer dös Wassa saufa wui, no soit er sie oans hoin! ... Meinatweg'n sauft er si z' tot ... Aba obg'schlog'n und herg'richt werd ma nix!« schnitt der Häusler alle Einwürfe und Erklärungen der drei ab. Gleichsam mit Händen und Füßen wehrte er sich gegen die Pläne derselben. Es kam zu einem wütenden Streit zwischen ihm und dem Schondorfer und schließlich verließen dieser, der Lehrer Menglein und der Fremde das Muckhaus ganz konsterniert über eine solche »Dickkopfigkeit«.

Von da ab entbrannte ein geradezu unterirdischer Kampf in Wachelberg. Der Schondorfer berief eine Gemeindeversammlung um die andere ein, aber der Muck erschien einfach nicht. Der fremde Herr tauchte eines Tages wieder im Dorf auf und kurz darauf besichtigte ein Sachverständigen-Komitee die Quelle und stellte abermals die Heilkraft des Wassers fest. Mit List, mit aller Freundlichkeit, mit Drohungen und mit Flüchen versuchte man den Muck umzustimmen. Nichts nützte. Die glänzenden Kaufangebote lehnte er ab, weil er dahinter doch nur eine Finte witterte und ganz genau wußte, daß, selbst wenn er noch soviel böte, er nie und nimmer von irgendeinem Bauern etliche Tagwerk Wald bekommen würde. Und eine Waldung wollte er unter allen Umständen. Sein Gütl ohne Holz dabei, das kam ihm vor wie eine Kirche ohne Altar oder Turm. Der Pfarrer kam ins Muckhaus, sogar der Bezirksamtmann, ein äußerst forscher Herr, kam und redete befehlshaberisch und zuletzt drohend auf den Häusler ein.

»Saufa ko, wer wui, Herr Hochwürden! ... I gunn's an jed'n, aber i konn doch um der Gottswuin mei oanzigs Hoizl net hergeb'n,« hatte dieser zum Pfarrer gesagt, und zum Bezirksamtmann sagte er: »Herr Bezirksamtsmann! ... I bin jetz sechz'g Johr oit und hob koan Mensch'n mehr auf da Welt...aba daß ma oan a so schikaniert, dös konn doch net rächt sei ... I moanat, do gaab's ja doch no an G'setz an

Paragraph, der wo dös verbiat't ... Ma konn ma ja doch net mei Sach einfach nehma ...?«

»Es wird Ihnen doch nichts genommen! Davon ist doch keine Rede! ... Sie haben doch, soviel ich weiß, die glänzendsten Kaufangebote?« erwiderte darauf der Amtmann streng und schaute den Häusler forschend an.

»Wos tu i mit'n Geld, wenn i nix kriag dafür, Herr Bezirksamtmann? ... Koaner vo dö ganz'n Bau'rn gibt mir a poor Togwerk Hoiz! Net oans ...!« klagte der Muck förmlich, und als der hohe Herr mit gerichtlichen Entscheidungen anfing, gab er völlig weinerlich und verdrossen zurück: »Ja no, wenn ma an kloan Mo ganz umbringa wui, na soit ma's nu glei toa ...«

»Merken Sie sich ein für allemal, man kann eine oberste Verfügung durchbringen gegen Sie .... Ihre Waldung wird dann ganz einfach geschätzt und die Heilquelle der Allgemeinheit übergeben!« versuchte der Bezirksamtmann den Häusler noch einmal einzuschüchtern und ging. Der Bürgermeister Schondorfer hatte ihn begleitet und brachte diese letzte Ansicht bei der darauffolgenden Gemeinderatssitzung aufs Tapet.

»Do werd einfach a Komitee beruffen und dö G'schicht hot sich g'hob'n! ... Der Muck kriagt sei Geld und aus is's ... Quell'n g'härt der Gmoa nachha und aus is's mit dera Streiterei ...!« rief er über den Tisch hinweg und alle horchten auf, als er vom Besuch des Bezirksamtmanns im Muckhaus erzählte.

»Ja eb'n, eb'n! ... Dös hob i oiwai scho g'sogt ... A Komitee! A richtig's Komitee! Dös is's, wos do herg'härt!« stimmte der Kranzler zu. Jeder nickte.

Die Ergebnisse solcher Gemeinderatssitzungen sprachen sich meistens am andern Tag schon im ganzen Dorf herum, und der Muck erfuhr alles. Der Hirntoni, sein Nachbar, erzählte ihm, daß man von einer obersten Instanz einen Gerichtsbeschluß erwirken wolle, wonach die Heilquelle der Gemeinde zufallen sollte. Der Bezirksamtmann habe bereits die Sache in die Hand genommen. Der Bürgermeister habe gesagt, ganz sicher ginge der Beschluß durch.

Zum erstenmal wurde der Muck unsicher. Verwirrt und bedrückt schüttelte er den Kopf und schaute den Toni halb mißtrauisch und halb hilfesuchend an, gleichsam als wenn er ihn fragen wollte. Und da sagte der Toni spitzfindig: »Jetz woaßt wos, Muck? ... I wenn wia du

waar, i tat voreh selba wos macha mit den Wassa ... Nachha waar'ns oisamm ausg'schmiert ...«
»Voreh ...? ... Ja mei, wos soit i denn do toa?« fragte der Muck.
»Voreh! ... Verstehst mi denn net ... I wenn wia du waar, i tat dö Sach mit den G'sundwassa selba in d' Hand nehma .... I tat ma Flaschl hoin z' Kegelhausen drent'n, Flaschl kaafa und o'zapfa und dös Wassa einfach verkaafa .... Na kinna's dir gar nix mehr macha ...« erklärte ihm der Toni, und das leuchtete dem Muck auch ein. Tatsächlich fuhr er am andern Tag mit dem Sauwägerl nach Kegelhausen hinüber und kaufte beim Limonadenfabrikanten Finsterer drei Dutzend Flaschen. Der Hirntoni lugte zum Stallfenster hinaus und lachte verkniffen in sich hinein, als er den alten Häusler heimfahren sah.
»Do schaug nur grod' ... Schaug! ... Er hot si wirkli Flaschl kaaft, dös Rindviech! ... Paß auf, der zapft o und moant wirkli, wos er tuat ... Hahaha-ha, a so a Lapp!« kicherte er seinem Weib zu und erzählte ihr die Geschichte.
»I woaß's net, du bist dir aa scho a rächter boshafter Tropf! ... Du konnst aa deiner Lebtog nix anders, ois d' Leit für an Narrn hoit'n!« sagte die Hirnin, mußte aber trotzdem lachen, daß ihr spitzer Bauch hin und her wachelte.
Ganz verstohlen fuhr der Muck am andern Vormittag bis vors Schluchtl und fing das Flaschenfüllen an. Mit erregter Hast tat er alles und horchte von Zeit zu Zeit immer wieder auf wie ein Einbrecher, der irgendeinen verdächtigen Laut vernommen zu haben glaubt. Er schwitzte und keuchte, als er fertig war, deckte die Flaschen sorgfältig zu und fuhr wieder heim. Dummerweise aber begegnete er dem Bürgermeister, der gerade Mist aufs Feld fuhr und der sagte sofort zu seinen Ochsen: »E-eha, e-eha!«, um den Muck wieder einmal ins Gebet zu nehmen. Der aber trieb sein Zugtiere erst recht an und machte ein fuchsteufelswildes Gesicht, das sich erst wieder etwas auflichtete, als er glücklich entronnen war. Er schaute um und verzog zufrieden seine Mundwinkel, als er den Bürgermeister den Kopf schütteln sah.
»I werd' enk kemma ... wart's no!« brummte er in sich hinein und nickte einige Male mi seinem Kopf, gleichsam als wolle er sich selber beistimmen.
Am andern Tag sahen die erstaunten Dörfler vor dem Gartentür Mucks einen großen Pappendeckel, worauf mit ungelenker Schrift geschrieben war: »Mineralwasser hier zu haben. Muck Kajetan.«

Aber es kam kein Mensch. Der Schlefflinger ging vorüber und redete den Häusler an, fragte beiläufig: »Host jetz selba o'zapft? ... Mächst ös jetz selba treib'n, dös G'schäft ...?
»Ja! ... Grod daß d' Gmoa aa net rächt hot ... !« erwiderte der Muck.
»Moanst daß do wer so dappig is und kaaft dir dei Wassa o?...Do geht doch a jeder naus und sauft's selba, wenn er's will ...« warf der Schlefflinger hämisch hin und blieb stehen.
»Na verstopf i's einfach, dös Sauloch! ... Na werd' glei a Ruah sei! ... Lang schaug i nimma zua!« rief der Muck verstockt und verärgert. »Jetz werd's ma dengerscht scho boi (bald) z' dumm .... «
»Sovui i woaß', verspielst .... D' Gmoa hot ja scho sovui wia d' Genehmigung,« meinte der Schlefflinger abermals.
Mißtrauisch maß ihn der Häusler.
»Wia dös? ... Genehmigung? ... Vo wen denn?«
»No ja, Genehmigung hoit! ... Genehmigung! ... Dö werd scho wo herkemma sei! ... Hob'n ja a so allsammt mit Händ' und Füaß' g'arbat (gearbeitet), der Lehra und der Bürgermoasta ... Hob'n ja net auslossen,« erzählte der Schlefflinger.
»So? ... So? ... Soso«, brummte der Muck nur noch und ging ins Haus. In der Stube angekommen, ging er hastig an den Spiegel und zog die Kaufangebote hervor, setzte sich an den Tisch und las sie durch. Langsam und gleichsam buchstabierend gründlich las er sie. Er mußte bei jedem Satz genau überlegen. Zuletzt machte er ein ziemlich verzweifeltes Gesicht. Griesgrämig schaute er Augenblicke lang in der Stube herum, ja, nicht bloß griesgrämig, fast schon hilflos. Sein borstiges Kinn zitterte ab und zu ein wenig, dann wieder drückte er die zahnlosen Kiefer hart aufeinander, daß die breite Unterlippe die Oberlippe ganz und gar verdeckte ....
In den darauffolgenden Tagen sah man ihn öfters scheu hinten beim Gartentürl hinausgehen, dem Wald zu. Der Hirntoni rief einmal über seinen Gartenzaun herüber, aber der alte Häusler gab nicht an, er tappte weiter, in sich zusammengeduckt und wie zugeschlossen.
Von jetzt ab schaute es beinahe so aus, als wie wenn im Muckhaus überhaupt kein Mensch mehr leben würde. Schier die halbe Nacht bemerkte der Hirntoni, daß in der Häuslerstube Licht war. Neugierig, wie er schon einmal war, der Toni, schlich er sich einmal ans Haus heran und linste durch die Fenster. Drinnen am eschenen Tisch hock-

te der Häusler, das Tintenzeug vor sich, den Federhalter in der Hand, und malte langsam und schwerfällig Buchstaben auf ein weißes Blatt Papier. Was war denn jetzt das für eine komische Sache? Der alte Muck, so mitten in der Nacht mit Schreibereien beschäftigt?

Der Hirntoni wollte noch näher ans Fenster, trat aber dabei im Dunkeln auf ein Stück dürres Holz, das knacksend abbrach unter seinem schweren Fuß, und schon rührte sich drinnen der Muck, stand auf und schaute durch das Fenster. Gerade noch konnte sich der Toni davonmachen. Als er hinten in seine Stalltüre schlüpfte, sah er, daß die Häuslerstube dunkel war.

Ungefähr eine Woche darauf fuhr eine Chaise ins Dorf und hielt vor dem Muckhaus. Ein älterer, beleibter Herr und ein schmächtiger, etwas jüngerer stiegen aus und kamen lang nicht mehr zum Vorschein. Neugierig hatten sich einige Dörfler gesammelt und betrachteten das Fuhrwerk mit eigentümlichem Mißtrauen. Der Kutscher auf dem Bock saß aber so bildsäulenstarr, daß ihn kein Mensch anredete. Schließlich kamen die zwei Herren und der Häusler wieder durchs Vorgärtl und stiegen ein, der Kutscher fuhr scharf an. Dem Wald zu rollte das Gefährt.

Wie ein Lauffeuer verbreitete es sich im Dorf: Der Muck verkauft seine Waldung!

Es stimmte auch. Noch am selben Tag nahmen die beiden Herren den Häusler mit zum Notar Meinhardt nach Kegelhausen hinüber, und »ja« und »amen« sagte der Muck zu allem. Mit zitteriger Hand unterschrieb er das Protokoll.

»Jetz is' scho ois gleich, ganz gleich!« brummte er, als sich die beiden Herren allerfreundschaftlichst von ihm verabschiedeten, und wanderte mißmutig heimwärts. Es war schon Nacht, als er in Wachelberg ankam. Der Hirntoni sah ihn durchs Vorgärtl auf das Haus zugehen und ging schnell über die Straße.

»Muck! ... Muck!« rief er gedämpft und trat noch näher. Der Häusler blieb stehen und schaute ihn an.

»Host verkaaft?« fragte der Toni vertraulich.

»Ja! ... Is mir scho ois gleich jetz,« gab der Muck mürrisch zur Antwort und man sah ihm doch an, daß ihm das nahe ging.

»Grod rächt host g'hobt, Muck!« sagte darauf der Toni aufmunternd. »I hätt's aa a so g'macht! ... Jetz host iahna an richtig'n Strich durch d' Rechnung g'macht, dö damisch'n G'schaftlhuaba, dö damisch'n! ... Do konn er jetz schaug'n, der sell vorlaut' Schondorfer .... Grod rächt host es g'macht, Muck, ganz rächt ...« Und dann erzählte er dem Häusler von der Aufregung im Dorf.

»Jetz ist scho ois gleich! Ganz gleich!« warf der Muck nur noch hin und ging ins Haus. – – –

Jetzt also gehörte die Muckwaldung einem Doktor Lammersdorfer. Der Bürgermeister Schondorfer, der Lehrer Menglein, der fremde Herr, der ab und zu wieder auftauchte, überhaupt die ganze Gemeinde samt dem forschen Bezirksamtmann, alle konnten sie dagegen nichts mehr machen mit ihren Eingaben, ihren Gemeinderatssitzungen und dergleichen. Es war alles rein für die Katz. Im darauffolgenden Frühjahr kamen Arbeiter, eine ganze Masse. Erst wurde der vordere Fichtenstrich vollkommen ausgeholzt, dann ein Zaun gezogen. Den ganzen Tag sägte es, die umfallenden Bäume krachten und die schweren Holzfuhrwerke ächzten durchs Dorf, Kegelhausen zu.

Den alten Muck sah man kaum noch. Er hockte trübselig herum, ging hin und wieder zur Waldung hinaus und schaute zu, kam zermürbt nach Hause. Alt und älter wurde er. Er schrumpfte förmlich zusammen wie ein Baum, der keine Wurzel mehr hat. Die Wachelberger waren vielleicht auf keinen Menschen je so erbost, als auf ihn. Die Wassersucht hatte er ja schon immer gehabt. Jetzt wurde es schlimmer mit ihm. Er mußte sich niederlegen. Die Hirnin schaute manchmal hinüber ins Häusl und holte am »Himmelfahrtssamstag« den Pfarrer. Der Doktor kam diese Nacht noch. Am Himmelfahrtstag in der Frühe um fünf Uhr starb der Muck. Sein ganzes Hab und Gut hatte er der Kirche vermacht. Die Hirnin erzählte es im Dorf und meinte: »No ja, ma sogt ja nix dageg'n .... Es is ja schö von iahm .... Aba no, Kirch' hätt' ja aa grod net ois braucht ....« – –

Obwohl der Pfarrer aus diesem Grunde ein Begräbnis erster Klasse veranstaltete, waren nur ganz wenige Leute beim alten Muck seiner Leiche.

III

Leicht gibt der etwas sandige Boden im Wachelberger Geviert seine Frucht gerade nicht her. Das weiß man von jeher. Aber mit der diesjährigen Ernte konnte man zufrieden sein. So ein Heu gab es schon lang nicht mehr. Auch der Haber war besser als sonst, aber so einen dichten Weizen und so ein schönes Korn hatte man seit Jahr und Tag nicht mehr erlebt. Da hieß es zugreifen. Schon um zwei Uhr in der Frühe hörte man die Mäher in den tiefen Feldern und abends, noch lang nach dem Gebetläuten, ächzten die schwerbeladenen Fuhren durchs Dorf und in die Scheunen. Arbeit über Arbeit gab es, und da hatte man nicht mehr recht Zeit, sich um die Dinge hinten in der Muckwaldung zu kümmern.

Dort wurde gebaut wie wild. Eine verwegene, landfremde Gesellschaft arbeitete hinter den hohen Gartenpfählen. Viel Italiener und Böhmen waren darunter. Schon setzte man die ersten Ziegelsteine auf die betonierten Grundmauern. Die Wachelberger gingen vorbei, schauten hin, ärgerten sich und trotteten brummend weiter.

Zweimal in der Woche raste das Lammersdorfersche Auto auf der Kegelhauser Landstraße daher. Dicke Staubwolken wühlte es auf. Meist saßen zwei oder auch drei Frauenzimmer mit unheimlichen Brillen und fliegenden Schleiern neben dem Doktor in diesem Stinkwagen, und auf den ersten Blick kannte man es, was es mit diesen Begleiterinnen für eine Bewandtnis hatte. Die Bauern hielten von der Feldarbeit inne und schauten feindselig auf die Landstraße herüber.

»Siehgst es! Siehgst es! ... Do kimmt er wieder daher mit seine Menscher .... Mit seine Saug'schlärfa!« knurrte der Schondorfer. »Do hob'n wir scho dö richtige Bagasch reinkriagt ... !« Und wütend spießte er mit der Gabel das Heu auf.

Jeder Wachelberger dachte so, aber der gute Sommer verging ohne besondere Ereignisse. Der Herbst war sehr kurz, und fast zu plötzlich fiel der Winter über alles her. Eine solch strenge Kälte setzte ein, daß man mit dem Bauen aussetzen mußte. Still und tot lag in der Muckwaldung hinten alles bis tief in den März hinein. Dann aber kamen noch bedeutend mehr Arbeiter und brachten auch mitunter ins Dorf eine recht widerwärtige Unruhe. Schon nach einem Monat standen die roten, rohen Ziegelmauern des Kurhauses fertig da, und die Zimmerleute begannen bereits mit dem Dachstuhl. Nach etlichen Wochen hieß es, die Brunnengebäulichkeiten seien bereits betriebsfertig. Im Kegelhauser Anzeiger las man einen langen Artikel über den »Wachelberger Sprudel«, und kurz darauf bekamen die Wachelberger die ersten, merkwürdig beklebten Flaschen zu sehen, in die das Muckwasser abgezapft war. Klirrend und scheppernd fuhr der geschlossene

Wasserwagen jeden Tag aus dem Kurgartentor nach Kegelhausen hinüber. Jetzt kam auch der Doktor Lammersdorfer täglich und kreuznotwendig hatte er es. Erst beim Hereinbruch der Nacht surrte sein Auto wieder durchs Dorf und verschwand in der Dunkelheit.

Das Bild in und um Wachelberg herum wurde jetzt überhaupt ein ganz anderes. Jener fremde Herr, der eigentlich das Muckwasser entdeckt hatte – ein gewisser Oberapotheker Nefflinger – tauchte wieder im Dorf auf, kam und kam zum Bürgermeister Schondorfer und eines Tages verlautbarte, er habe die Waldbreite, direkt vor dem Kurhaus, gekauft und baue sich eine Villa dorthin. Es stimmte auch. Schon nach vierzehn Tagen fingen dort Maurer zu arbeiten an. Belebt wurde es mit einem Male. Immer mehr und immer mehr Fremde kamen nach Wachelberg und erkundigten sich bei den Bauern nach vermietbaren Zimmern. Das war doch noch nie vorgekommen. Die Wachelberger waren anfänglich selbstredend sehr mißtrauisch gegen diese Zuzügler. Schließlich aber, als sich herausstellte, daß so eine Vermieterei direkt spottleicht Geld einbringe, gab man die guten Kammern doch her. Sie standen ja sowieso das ganze Jahr leer da.

Jetzt war Wachelberg nicht mehr der stille Ort, wo die fleißigsten Kirchgänger herkamen. Der Pfarrer Mair von Auging kam jeden Sonntag bei der Predigt auf die gottlosen Stadtleute zu sprechen. »Indem wo grad jetzt, wie mir's sehng, christliche Zuhörer und Zuhörerinnen, überall in ünserne Gegend dö Fremden kommen, mächte ich eich ermahnen und es eich ans Herz legen, daß dös, wo aus der Stodt kimmt, noch nia was G'scheites gewes'n ist ... Als eier Seelsorger mächte ich es erwähnen, schaugt's enk dü Gefaahren an, die wo enk ins Dorf kemma! Schaugt's enk das Leben tüser Leite an, und ös sehcht's ös! Sowas gehärt sich nicht für einen christlichen Mensch'n!« hub er fast jedesmal an und hob dabei warnend die dicke Hand. Und mit einem finsteren Blick schaute er hinab von der Kanzel, auf das Kirchenschiff, wo die meisten Wachelberger hockten. Und mit lauter, drohender Stimme schloß er: »Ünser Herrgott, lübe Zuhörer, siehgt alles, und die Straffe bleibt nücht aus, solang's eine reemisch-katholische Kirche gübt! Amen!« Sein dicker Kopf wurde dunkelrot, und nach Schluß der üblichen Gebete stapfte er fast beleidigt von der Kanzel herab.

Unrecht hatte er auch nicht ganz. Schon lange spöttelte man in der ganzen Pfarrei über die Wachelberger »Geldbauern«, denn es kamen nicht bloß Sommerfrischler dorthin. Beim Kranzeder erkundigte sich ein dicker, grauköpfiger Herr mit einer fetten, preußischen Aussprache nach dem Preis der Fünferlende, seitwärts von der ehemaligen Muckwaldung. Schon nach etlichen Tagen kam der Verkauf zustande. Dies als Anfang und vor allem der Neid, den man bei uns stets hat, wenn ein anderer schneller ins Glück kommt, wirkte auf die ganzen Bauern im Dorf. Rasch entwickelte sich ein lebhafter Grundhandel. Der Berberger, der Wenwieser, der Amschuster und der Walk verkauften Baugründe. Dann gelang's dem Spohrer und schließlich kam auch einer zum Schlefflinger und erkundigte sich. Der spekulierte schon lange darauf, seinen einsamen, weit weg gelegenen »Vogelacker« anzubringen, aber merkwürdigerweise, aus dieser Handelschaft wurde nichts. Verdrossen kam der Schlefflinger heim. Mit verschwiegener Wut verfolgte er die Verkäufe seiner Nachbarn. Jedesmal, wenn wieder einer verkauft hatte und davon beim Unterwirt die Rede war, gab es ihm einen Stich. Seine Kinder waren groß; zwei Töchter heiratsfähig, der Barthl und der Feschl kamen nie gut aus miteinander, und hinten und vorn, wo man hinschaute, war's Not beim Schlefflinger. Rundherum die Nachbarn wurden reiche Leute.

Der Schlefflinger ging herum mit einem Gesicht wie neun Tag Regenwetter. Er kam sich zurückgesetzt vor und gab heimlich allen seinen Nachbarn schuld. Er erinnerte sich, was der Walk und der Kranzeder damals nach seiner Verurteilung gesagt hatten. So war's auch heute noch, sagte er sich. Man freute sich heimlich über sein Mißgeschick in allem.

Wieder einmal saß man beim Unterwirt. »Is ja weiters nix riskiert mit a ran Grundverkaaf ... Der wo bei mir kaaft hot, sogt, baun tuat er erst aufs Johr und do wart' er, bis i mein Woaz'n (Weizen) herinn hob .... Dös is doch g'wiß schön gnua,« sagte der Amschuster und der Kranzeder und der Walk erzählten das gleiche.

»Da mei will überhaaps net baun vorläufi,« sagte auch der Wenwieser zufrieden.

»Bloß an Neffelsberger pressiert's .... Dö baun auf Hautsdrein,« sagte der Unterwirt zum Schondorfer und dieser nickte mit einem nicht gerade glücklichen Gesicht.

»Da Neffelsberger, dös werd aba aa a so ziemli der oanzige sei, der wo nix weita im Sinn hot,« warf in diesem Augenblick der Schlefflinger dazwischen und schielte vielsagend auf die Bauern.

»In'n Sinn ...? Wia dös?« fragte der Berberger interessiert.
»Ja no, vo dö andern woaß ma ja nix,« gab der Schlefflinger zurück.
Alle Bauern hoben auf einmal die Köpfe.
»Ertl hoaßt er, der wo bei Enk kaaft hot, net?« fragte der Schlefflinger mit der gleichen hämischen Beiläufigkeit den Amschuster, den Berberger und den Wenwieser, und als diese nickten, wandte er sich an den Spohrer und an den Moderer: »Und der, der wo bei enk kaaft hot, den hot der Ertl rekommadiert, hot er g'sogt, oder net?«
»Ja, worum?« forschte der Spohrer mißtrauisch.
»Hot grod net a so herg'schaugt, ois wia wenn er an Haufa Geld hätt',« sagte der Schlefflinger, und alle Bauern machten jetzt schon bedeutend verdutztere Gesichter.
»Aba zoit (bezahlt) hot er bar und sofort,« erwiderte der Spohrer und auch der Moderer nickte.
»Ja, zoit, dös glaab i scho,« brummte der Schlefflinger mit einem verächtlichen Mundwinkelzucken und setzte hinzu: »Aba wißt's ös, wo dö dös Geld herhob'n? ...«
»Dös Geld ...? ... Wos red'st denn jetz du für an Zeig daher?« brach der Moderer ungeduldig aus.
»Dös Geld? ... Dös, moan i, kaam vo dera Geg'nd do hint'n an Muck seiner Quell'n,« erwiderte endlich der Schlefflinger und schaute kalt auf seine Nachbarn. Für einen Augenblick brachte überhaupt keiner einen Ton heraus. Dann sagte der Hirntoni boshaft: »Do hobt's ös jetz mi enkern Verkaafa! ... I hob mir's scho lang denkt, daß hinter der ganz'n G'schicht der sell hintervotzi Dokta steckt .... Der hot enk schön stad (still) oisam nachanander ei'g'wickelt und regiert jetz nachha ....«
»Der Hund, der nackert!« stießen alle auf einmal heraus. Finster wurden die Gesichter.
»Der werd's hoit aa a so macha, wie der Schlesinger mit seine Küah. ... Er werd wart'n, bis enk're Gründ dös Doppelte und Dreifache wert san und nachha nochanander, wos er net braucht, verkaafa... Do hoit er si dös ganz Baugeld für sei Kurhaus raus und ös hobt's ös zoit,« schloß der Schlefflinger siegessicher, und der Hirntoni stimmte ihm bei. Die ganzen Bauern waren rebellisch. Alle Wut kehrte wieder. Plötzlich erinnerte man sich wieder an die Lammmersdorfersche Geschichte.
»Der Sauhund!« knurrte der Schondorfer und schlug in den Tisch.
»Do muaß wos g'schehng! ... Dö Hundsbagasch muaß naus aus'n

Dorf!« drohte der Wenwieser. »O'zünd'n soit ma dö ganz Huarnhütt'n do hint'n ...!«

Fluchend und verbittert bis ins Innerste ging man auseinander. Anfangs Juli war es schon. Das Kurhaus stand bereits fertig da. Möbelwagen fuhren durchs Dorf und hielten im Kurgarten, den ganzen Tag trugen die Arbeiter elegante Kästen, Klaviere, Tische, Stühle und Betten in den mächtigen Bau. Im Kegelhauser Anzeiger las man von »der demnächstigen Inbetriebsetzung des Lammersdorferschen Kurhauses in Wachelberg«. In der darauffolgenden Nacht wurden die Fenster des neuen Hauses an einer Front eingeworfen. Der Brunnenwart hörte das Scheppern, aber als er herausrannte, war es weit und breit still. Gegen Mittag am andern Tag fuhr das Auto des Doktor Lammersdorfer beim Bürgermeisterhaus vor. Sehr aufgeregt kam der Kurherr in die Bürgermeisterstube. Der Bürgermeister schaute dem energisch schimpfenden, wütend gestikulierenden Herrn kalt und unbeteiligt in die Augen und erwiderte ziemlich trocken: »Ja mei, Lackln gibts überoi.... Do konn i aa nix macha....«

»Ja – aber ich meine – ich meine, Herr Bürgermeister – es ist doch eine ganz hinterlistige Buberei?! ... Bedenken Sie doch, was das für einen Eindruck auf die Fremden macht? ... Sowas ist doch einfach haarsträubend.... Seit mein Kurhaus gebaut wird, hat sich Wachelberg doch zu einem Fremdenort entwickelt und die Sommerfrischler und meine Kurgäste tragen doch schließlich ihr ganzes Geld nach Wachelberg?! ...« fiel der Doktor über ihn her und machte plötzlich ein verblüfftes Gesicht, als er den Bauern immer noch so unberührt dastehen sah.

»Mit dö Fremd'n hot ma's bei üns nu nia net g'habt, Herr Dokta! ... Und na' daß Iahnane Bauleit durch dö ganz'n Wies'n Fuaßweg macha, dös gibt grod aa koa guat's Bluat.... Sowos hätt' si aa net g'hört,« sagte der Schondorfer, und das machte den Kurherrn ganz und gar ärgerlich. Zornrot wurde er. Wütend stampfte er mit einem Fuß auf den Boden: »Ja, zum Donnerwetter nochmal! ... Ich verbitte mir ganz einfach solche Flegeleien! ... Das sieht ja aus, als ob Sie den Kerlen helfen wollten! ... Ich mache die Gemeinde dafür haftbar, und wenn ich weiter keine Gewähr für die Sicherheit meines Besitzes und meiner kommenden Gäste bekomme – da gibt es doch eine Polizei auch noch!«

Er schrie das letzte, riß ganz außer Rand und Band die Tür auf und ging. Der Schondorfer blieb stehen und schaute ihm durchs Fenster verächtlich nach. Er zuckte geringschätzig die Achseln, als jetzt die

Bäuerin eintrat und fragte. »Hm, Sicherheit für an solchern Saulumpn, für an solchern mis'rablinga! ... Der werd scho noch so verschiedenes derleb'n, daß iahm d' Freid vergeht bei üns do ...!« brummte er und erzählte seinem Weibe das Vorgefallene.

Der Lammersdorfer fuhr auf der Stelle nach Kegelhausen hinüber und erstattete auf der Polizei Anzeige. Schon am andern Tag kam der Wachtmeister Beischl zum Schondorfer und wollte Erhebungen machen.

»Ja mei, i woaß aa nix ...! I konn doch net's Kindamadl für dö ganz G'meinde sei,« sagte der Schondorfer auf alle Fragen. Von da ab streifte der Beischl jeden Tag auf den Feldwegen in der Nähe des Kurhauses herum. Über diese neuerliche Maßnahme war ganz Wachelberg aufgebracht. Beim Unterwirt ging es oft direkt bedrohlich her.

»Naus muaß er, der Huarnhund!« knurrte der Wenwieser. Der Hirntoni spöttelte. Der Schlefflinger hetzte heldenhaft. Einmal lagen haufenweise Glasscherben auf der Kurhausstraße, und als das Lammersdorfersche Auto daherbrauste, lauerten die ganzen Bauern in den Feldern. Aber der Doktor ließ plötzlich halten und den Chauffeur die Glasscherben wegräumen. Hastig fingen die Bauern wieder zu arbeiten an. Der Juli war vorüber. Der Doktor wohnte bereits im Kurhaus. Eine Unmenge Bedienstete bevölkerten den Riesenbau. Mit ohnmächtiger Wut verfolgten die Wachelberger alles. Mitte August, so erzählte man sich, sei Eröffnung. Beim Unterwirt besprach man geradezu mörderische Dinge. Da plötzlich machte ein viel größeres Ereignis durch alles einen jähen, furchtbaren Strich – nämlich es brach der Krieg aus. Der Doktor Lammersdorfer mußte schon am sechsten August einrücken. Die Sommerfrischler verließen fast fluchtartig den Ort. Im Kurhaus hinten blieben nur der Brunnenwart und ein Gärtner. Die meisten jüngeren Bauern und alle Burschen mußten fort. Die Neffelsberger-Villa war halb fertig. Nun hörte man auch damit auf. Der Herr Oberapotheker – hieß es – sei auch in die Stadt, um dem Vaterland noch zu nützen.

IV

So, jetzt war's aus mit dem ganzen Zauber dahinten in der Muckwaldung. Jetzt hatte unser Hergott selber auf einmal einen Strich durch die ganzen Machinationen dieses miserabligen Doktor Lammersdorfer gemacht. Schöner hätte man sich's nicht wünschen können. Die

Wachelberger waren direkt dankbar, daß der Krieg ausgebrochen war und eine so schöne Wendung für sie gebracht hatte.

»Und hoffentli werd a Kugl so g'scheit sei und werd den Schlawak'n wegputz'n!« sagte der Schondorfer befriedigt beim Unterwirt in bezug auf den eingerückten Kurherrn, und jeder stimmte bei auf seine Weise. Bloß der Hirntoni war wieder anderer Meinung.

»Ja mei!« sagte er verkniffen und linste listig herum. »Ja mei, grod wenn ma's recht gern wui (will), nachha kimmt's ganz g'wiß net a so.« Ganz gleich aber, man war vollauf zufrieden. Ruhig und still wurde es jetzt im Dorf. – –

Selbstredend schlug der Krieg in verschiedene Wachelberger Familien recht traurige Lücken. Der Schlefflinger-Feschl, der Berberger-Christl und vom Schondorfer der Lenz, die drei fielen gleich am Anfang bei Luneville. Dann um Lichtmeß herum kam die Nachricht, daß der Wenwieser-Alois und der Amschuster-Martl in Rußland den Heldentod erlitten hatten. Der Sepp vom Berberger und der Walk-Michel wurden verwundet, der eine im Osten, der andere im Westen, und vom Kranzeder-Wiggl wußte man auf einmal nichts mehr. Dann stand sein Name auf der Vermißten-Liste. Das einzig erfreuliche war, daß die meisten Wachelberger Krieger sehr schnell das Eiserne Kreuz bekamen, allen voran der Barthl vom Schlefflinger, und als es dann schon wieder hieß, daß der Amschuster-Poidl (Leopold) gefallen war, freute man sich doch auch, weil er kurz zuvor »Vize« geworden war. Kurzum, wie es eben zugeht bei einem Krieg.

Anno 70 war es schon so und jetzt nicht anders. Krieg ist ganz einfach Krieg. Da läßt sich nichts dagegen machen. Daß dabei mancher ins Gras beißen mußte, das war schließlich nicht anders zu erwarten. So eine losgeschossene Kugel, die fragt nicht, wo sie hinfliegen soll, und wem ganz einfach der Tod aufgesetzt war, dem war er eben aufgesetzt, basta. Die Wachelberger fanden sich ab damit. –

Kein Mensch im Dorf verlor jetzt mehr ein Wort über das Lammersdorfersche Kurhaus. Wie ausgelöscht war die Sache. Einzig und allein der alte Gärtner Boßl und der Brunnenwart Niedermair, die jetzt jeden Tag beim Unterwirt drinnen hockten, erinnerten noch daran. Aber auch bei ihnen schaute es gerade nicht so aus, als ob sie sich recht viel daraus machten, daß der Lammersdorfer bald wiederkomme. Das kannte jeder in Wachelberg. Drum konnte man die zwei, die außerdem unterhaltliche Konsorten und ausgezeichnete Kartenspieler waren, auch von Anfang an gut leiden. Selbstverständlich erzählten sie so nebenbei allerhand von ihrem Dienstherrn, beispielsweise, daß er ein ziemlich lebsüchtiger Junggeselle sei und nur noch einen einzigen Bruder habe, der in Ostindien sei, wo er jetzt sicherlich schon von den Engländern massakriert worden wäre. Die Bauern hörten scheinbar bloß halb hin und fragten nicht weiter. –

Ruhig verliefen Frühjahr, Sommer, Herbst und Winter. Man schrieb schon 1916 und mähte bereits wieder die ersten Felder ab, als auf einmal der Boßl und der Niedermair die unerwartete Botschaft ins Dorf brachten, der Lammersdorfer komme wieder und das Kurhaus werde jetzt Lazarett. Maliziöse Mienen machten sie dabei. Mürrisch berichteten sie. Die Bauern rissen verblüfft Maul und Augen auf. Keiner fand im Augenblick das Wort. Sogar der Unterwirt stand benommen da. Er gewann zu allererst die Fassung wieder.

»Do siehcht ma's jetz wieda, wos für a Schwind'l ois geht auf da Welt ...« murmelte er in seinem tiefen Baß heraus. »Dö feina Herrn geht ois naus ... Der arm' Teifi konn drauß'n sein Kopf hinhoit'n (hinhalten) und dö Bessern tuat ma rein, daß iahna ja nix passiert ... I sog ja, Schwind'l, wo mo hinschaugt ...!« Und sofort hatte er alle Stimmung für sich. Jetzt gleimten auch die andern auf. Jeder wußte was. Finster und verbissen saß man beieinander und der Hirntoni hatte ganz recht, wenn er sagte: »I hob's oiwai g'sogt ... aba na, ös hobt's g'moant, jetz kinnt's lacha, weil er furt muaß, der Schlawak ... G'lacht hobts! ... Jetz hobt's ös! ... Jetz geht dö ganz gleich Gaudi wieda von vorn o (an) ...«

Wie betrogene Betrüger schauten die Bauern einander an. Einsilbig ging man auseinander.

Was ließ sich gegen diese ärgerliche Wendung der Dinge machen? Gar nichts? Wie gesagt, der Hirntoni hatte vollauf recht. Nur noch ein paarmal kamen der Boßl und der Niedermair. Griesgrämig tranken sie ihr Bier hinunter, aller Humor war ihnen vergangen und dann sah man sie nicht mehr in der Wirtsstube. Und die Erregung der Wachelberger war noch kaum richtig verraucht, da tauchte auch schon der Doktor Lammersdorfer auf. Ein ganzer Stab Militärärzte, Krankenschwestern und Pfleger war bei ihm. Der Betrieb im Kurhaus ging wieder an. Drei Tage nacheinander fuhren riesige Verwundetenautos durchs Dorf. Bewegt wurde es in Wachelberg wieder. Die Bauern fingen direkt an, jede göttliche Gerechtigkeit zu bezweifeln. Auf alles schimpften sie, auf den Herrgott, auf den Krieg, auf den Schwindel in der Welt, auf die Krankenschwestern und auch auf die Verwundeten, die weiß der Teufel wo her waren, bloß nicht von unserer Gegend.

»Bier trinka's aa koans ... I woaß net, derfa's net oda mögn's koans,« räsonnierte der Unterwirt. »Dös san da scho so Mannsbilder, geh! ... Sei Mineralwassa müassns saufa, weil's sunst aa koana sauft.« Und der ganze Ärger eines beleidigten Wirtes lag auf seinem Gesicht.

»Jaja, drum teahna's ja koan von dö ünsern her ... Dö saufert'n dös g'schissn Wassa net! ... Und mit dö fremdn Pollakn macht er sei G'schäft ... Der Staat zoit (zahlt) jo ois,« warf der Schondorfer gehässig hin.

Fremde bleiben bei uns einfach fremd, aus! Eines Tages redete der Bürgermeister mit dem Pfarrer und dem Lehrer Menglein und dann faßte man eine Eingabe ab in der verlangt wurde, daß in das Wachelberger Lazarett vor allem Leute, die hier beheimatet seien, kommen sollten. Aber die Wochen vergingen und endlich kam von der betreffenden Instanz ein abschlägiger Bescheid. Jetzt wurde ganz Wachelberg buchstäblich zu einem brodelnden Giftkübel. Die Hamsterer, die um jene Zeit immer zahlreicher aus der Stadt kamen, erwischten manchmal beträchtliche Mengen, aber für das Lazarett war nie etwas da, keine Milch, keine Butter, kein Ei. Ganz offen sagte es der Berberger dem Lazarett-Proviantmeister ins Gesicht: »Tja! ... Mir hob'n doch nix ... Glaabt's ös, daß mir ünserne Kriaga draußn hungerleiden loss'n ... Mir hob'n nix! ...« Der Proviantmeister versuchte, ihn auf die vaterländische Pflicht aufmerksam zu machen und redete wie ein Wasserfall.

»Tha! ... Vataländische Pflücht'n! ... Wenn ma nix hot, konn ma nix hergeb'n!« stieß der Bauer uneingeschüchtert heraus und fragte weiter: »Worum tuat ma denn nachha dö Verwund'n vo ünsern Dorf net rei? ... Worum tuat ma denn lauta Fremde her?« Und schief schaute er den Proviantmeister an.

»Ja – da können doch wir nichts machen .... Das bestimmt doch alles eine andere Instanz,« antwortete der. Der Berberger musterte ihn noch mißtrauischer.

»So ...? Do kunnt doch, moan i, da Lammersdorfer wos macha ...?«

»Das weiß ich nicht .... Aber – wenden Sie sich dieserhalb an ihn,« war die Antwort.

»M i r zu iahm kemma und bitt gor schö sog'n ...? Nana, dös sell gibt's net .... Wenn er mächt, nachha gang's scho, aba mög'n tuat er net .... Der hot no nia g'wißt, wos si g'härt,« schloß der Berberger abweisend und beteuerte abermals, daß er nicht soviel im Hause habe, was Schwarzes unterm Fingernagel sei.

Bei den anderen Bauern im Dorf erlebte der Proviantmeister ganz genau dasselbe, die einen waren kurz und grob, die anderen logen das Blaue vom Himmel herunter. Unverrichteter Dinge kehrte der Mann ins Kurhaus zurück und berichtete. Der Doktor Lammersdorfer geriet in helle, militärische Vorgesetzten-Wut.

»Was!? ... Was!? ... So was passiert doch nicht einmal im Feindesland! ... Das muß doch zum Donnerwetter nochmal einen ganz bestimmten Grund haben!« fuhr er seinen Untergebenen an, und da erzählte der Proviantmeister alles. Erst war der Doktor ganz konsterniert, allmählich aber bekam er jenes superkluge Gesicht, das mit unserer Volksseele nicht vertraute Leute meistens schneiden, wenn sie glauben, sie hätten auf einmal alle Bauernlist durchschaut.

»Na also! ... Na, da finden sich ja noch Mittel und Wege!« sagte er schließlich.

Am darauffolgenden Morgen ereignete sich etwas noch nie Dagewesenes. Bei seinem gewöhnlichen Ausritt lenkte der Doktor Lammersdorfer auf einmal seinen Gaul in den Schondorferschen Weizenacker, wo man auf Hautsdrein arbeitete, und sprengte auf die erstaunt innehaltenden Bürgermeisterseheleute zu.

»Guten Morgen, Herr Bürgermeister!« rief er schon von weitem und bemühte sich, eine sehr freundliche Miene zu machen.

Schondorfer, Schondorferin, der alte Lermoser-Adam und die Genovev schauten ihn an wie verwunderte Stare, und erst nach einigen Momenten brachte es der Bürgermeister zu einem Nicken. Der Doktor, der jetzt ganz herangeritten war, hielt seinen dampfenden Gaul an.

»Herr Bürgermeister, mir ist zu Ohren gekommen, daß verschiedene Wachelberger Verwundete in norddeutschen Lazaretten liegen. Ich möchte die Leute gern hier haben,« redete er unvermittelt drauflos, der stramme Doktor. »Hätt' ich das früher gewußt, ich wollte schon lang mit Ihnen reden .... Warum sagt man mir das aber auch nicht? ... Da lassen sich doch schließlich Mittel und Wege finden, daß man sie hierherbringt.« Und er ließ dabei den Schondorfer nicht aus den Augen. Verlegen und entwaffnet wurde der Bauer von dieser freimütigen Freundlichkeit. Er wich in einem fort dem Doktor mit dem Blick aus.

»J–ja ...,« brachte er endlich etwas unsicher heraus, »es hot doch oiwai g'hoaß'n, sowos geht net ...?« Schon stockte er wieder, wie um sich's genau zu überlegen, was er weiter sagen sollte, und linste den Doktor flüchtig an.

»Aber wieso denn? ... Geht nicht? ... Natürlich wird es einige Schwierigkeiten zu überwinden geben, aber an mir soll's gewiß nicht liegen, Herr Bürgermeister,« sagte der jetzt noch freundlicher, daß der Bürgermeister gar nicht mehr wußte, wie er daran war. »Wieso denn? ... Wir müssen es eben versuchen. Schreiben Sie mir mal recht bald die Verwundeten alle auf .... Es wird schon gehen.«

»J–ja, ja, wenn's gang. Herr Dokta, dös waar scho schön .... Glei werd i rumfrog'n ... An schön' Dank, Herr Dokta,« gab der Schondorfer zurück und lüftete seinen großen Strohhut. Rasch ritt der Doktor Lammersdorfer aus dem Acker. –

Alle Bauern auf den umliegenden Feldern hatten es gesehen und nach Feierabend wußte ganz Wachelberg die Neuigkeit. Freilich, ganz ohne Mißtrauen faßte man diese verwunderliche Zuvorkommenheit des Doktors nicht auf, aber schließlich, seinen Sohn heimzubringen, das war zu verlockend. Schon am andern Tag brachte der Bürgermeister die genauen Adressen der vier Verwundeten ins Kurhauslazarett hinaus. Der Doktor war noch freundlicher und versprach, sofort die nötigen Schritte zu tun.

»Glei g'schiehcht's, sogt er .... Oi kemma's her .... Jetz dös is doch wieda schön aa,« gab der Schondorfer dem alten Lermoser, dem Walk, dem Wenwieser und dem Schlefflinger Auskunft.

Man ist bei uns wie überall; hat man Nutzen von wem, wird man zugänglicher. Auf einmal gab's wieder Butter, Eier und Milch wie in Friedenszeiten in Wachelberg, wenn der Proviantmeister kam. Eine beliebte Persönlichkeit wurde dieser. Und als er dann gar die Nachricht brachte, der Lermoser-Beni, der Walk-Michl und vom Wenwieser der Wiggl seien bereits von ihren jetzigen Lazaretten ins Lammersdorfersche überwiesen worden, da schien es wirklich, als habe es zwischen dem Kurherrn und der Gemeinde Wachelberg niemals Streitigkeiten gegeben. Zuwider war bloß, daß der Schlefflinger-Barthl, der schon zwei Monate in einem ostpreußischen Lazarett gelegen hatte, bereits wieder so weit hergestellt war, daß er nach einem Erholungsurlaub ins Feld zu rücken hatte. Aber schließlich, alles konnte nicht hinausgehen. Kein Mensch war daran schuld.

Zum ersten Male nach all den Jahren des Hasses sagte der Berberger: »Jetz mir hot er nia recht unrecht g'foin, ünsa Dokta .... I muaß's scho sog'n .... Aba no, dö feina Herrn wuin (wollen) hoit verstand'n sei ....«

Auf dem Dorfplatz sagte er es. Der Schondorfer, der Walk und der Schlefflinger standen zufällig um ihn.

»Ja, ja, mei .... Ma lernt si hoit erst so noch und noch kenna«, meinte der Bürgermeister, und der Walk nickte. Der Schlefflinger schwieg.

»Dös is saudumm, daß dei Barthl net no in ünsa Lazarett kimmt ... Hmhm, saudumm!« wandte sich der Berberger an ihn.

»Ja mei! ... Es is hoit a Schlefflinga ...!« brummte der Angesprochene bloß und trottete auf sein Haus zu. Die Zurückgebliebenen schauten ihm einen Moment verdutzt nach.

»Hmhmhm .... Dös is dumm, saudumm!« meinte nach einer Weile der Schondorfer und kratzte sich besorgt hinterm linken Ohr. Jeder wußte, der Barthl war ein »Lackl«, und wenn ihm was nicht paßte, was anzetteln, das konnte er wie keiner.

»Ja mei! ... Jetzt is's scho wias is ...« sagte der Walk schließlich.

V

In unserer Gegend sagt man: »Ein Lackl is g'fährli für dös ganz' Packl!« Genau so war's mit dem Schlefflinger-Barthl, als er, vier Tage bevor seine Kameraden im Lammersdorferschen Lazarett eintrafen, auf Urlaub heimkam. Schon gleich in der ersten Nacht, wo man doch annimmt, es rastet sich einer aus und bleibt bei seinen Leuten, schon da gab's beim Unterwirt Ärgerlichkeiten mit ihm. Er trank sich einen Riesenrausch an und geriet schließlich mit dem Unterwirt, dem Berberger und dem Walk ins Streiten, weil sich die drei aufhielten über sein »Sauglockenläuten« in Anwesenheit der zwei Wirtstöchter Sephi und Vroni. Anfangs war es weiter nicht arg. Die zwei Bauern und der Wirt lachten ergiebig über den Barthl und seine saftigen Witze; aber als dieser immer deutlicher und schweiniger wurde und zuletzt gar bei der Sephi absolut eine solche Geschichte vormachen wollte, da ging es dem Unterwirt denn doch zu weit. Es war bloß gut, daß der Barthl in dem Moment, wo er aufstehen und auf die Sephi zu wollte, glatt hinfiel. Das war wie eine Rettung. Der Wirt schickte seine zwei Töchter ins Bett und die zwei Bauern verließen sehr eilsam die Stube. Schnell löschte der Unterwirt das Licht aus, ging ebenfalls ins Bett, riegelte die Tür ab und ließ den Barthl liegen, wie er lag. Am andern Tag in der Frühe war ein Stubenfenster eingeschlagen und der Lackl war weg.

Der Unterwirt verlangte sich gar nicht, daß der Schaden gutgemacht werde. Den alten Schlefflinger redete er aber doch an und äußerte sich ziemlich grob über einen solchen Krieger. Der Bauer schaute ihm hämisch in die Augen, zog die Unterlippe ein wenig hoch und meinte: »Wos geht denn dös mi o ...? Sog's doch an Barthl selba! ... I moan, er war doch scho oit gmua dazua, daß er woaß, wos er z' toa hot ....«

»So! ... Nachha richt'st iahm aus, daß er nimma kemma braucht! ... Auf solcherne Gäst' verzicht' i!« stieß der Unterwirt heraus und schlug fluchend die Tür zu.

Das Schlimmste aber passierte erst, nachdem der Walk-Michl und die zwei anderen Wachelberger angekommen waren. Sofort nämlich suchte der Barthl, weil er von jeher mit dem Michl gut speziell war, ihn und den Beni und den Wiggl im Lammersdorferschen Lazarett auf. Hocherfreut war er, weil keiner von den dreien noch bettlägerig war.

»Dös Widerseh'n muaß g'feiert werd'n, Michi! ... Wer woaß's, ob's ma dösmoi net dro'geht, wenn i wieda an d' Front kimm,« sagte der Barthl. Der Doktor Lammersdorfer war zwar sonst ein strenger Oberarzt und gab nicht gern Nachturlaub, bei den drei Wachelbergern hingegen machte er eine Ausnahme. Am vierten Tag trafen sich die drei mit dem Barthl beim Weixler in Auging.

»Do san ma unter üns .... Bein Unterwirt kinn' (können) ma üns net rüahrn,« meinte der Barthl und dann ging das Saufen an, mordsmäßig. Der Lermoser-Beni wollte um Mitternacht gehen. Die andern drei rissen ihn nieder auf die Bank und als er sich die Ausrede machen wollte, daß er kein Geld mehr habe, schrie der Michel dröhnend: »Wirt! ... Her mit drei Hump'n! ... Auf meine Köst'n! No Bier her!«

»Ja, Herrgott, mir hob'n doch bloß bis zwölfi Ausgang! ... Do verderb'n mir üns ja scho glei an O'fang ois,« versuchte der Beni zu mahnen. Es half ihm nichts.

»Wos! ... Scheißa! ... Feigling! ... An Kriaag drauß hoit's an Kopf hi und do herinn fürcht'st di vor an solchern damischen Obaarzt? ...

Geh, red net! ... Do bleibst! ... Sauf, sog i!« polterte der Barthl und drückte ihm mit aller Gewalt den Maßkrug auf das Maul, daß der Beni fast erstickte.

Erst kurz vor dem Frühläuten wankten die vier Krieger die Auginger Straße herunter. Weithin scholl ihr plärrendes Singen. Von Zeit zu Zeit fiel einer glatt hin, und wenn ihm die andern aufhelfen wollten, purzelten alle übereinander und wälzten sich wie ein verwickelter Knäuel auf der staubigen Straße. Ab und zu erbrach sich einer und spie in weitem Bogen oder, wie es sich gerade traf, dem andern direkt ins Gesicht.

Dieser Vorfall erregte ganz Wachelberg aufs äußerste. Die drei Bauern kamen ins Lazarett zum Doktor Lammersdorfer und wollten sich für ihre Söhne entschuldigen, aber dieser empfing sie kalt und verletzt: »So was ist eine Schweinerei!« fuhr er auf. »Eine Schande ist das! ... Die Konsequenzen haben sich die drei Kerle selbst zuzuschreiben! ... Bis jetzt hat sich kein Patient was zuschulden kommen lassen, auf einmal kommen diese – diese Hunnen und verderben mir alles!«

Betreten verließen die Bauern das Lazarett. Zum Schlefflinger war der Bürgermeister gegangen und hatte dem Alten und dem Jungen die Meinung richtig gesagt. Es gab einen wüsten Wortwechsel, und als der Schondorfer heimkam, stand auch schon der Lammersdorfer in der Stube und eröffnete ihm kurzerhand, daß er natürlich durch einen solchen Vorfall gezwungen sei, die drei Wachelberger möglichst bald wieder ins Feld zu bringen, schon aus dem Grunde, weil so etwas geradezu verderblich auf die Mitpatienten, die solche Vergünstigungen nie gehabt hätten, wirken müsse.

Der Schondorfer wußte nichts darauf zu erwidern. Er nickte bloß und sagte schließlich: »Ja, Herr Dokta .... Solcherne Lackln! ... Dös kamm na doch koan übl nehma, daß er do d' Geduld verliert.« – –

Man schnaufte auf, als der Barthl wieder ins Feld mußte. Kurz darauf, nach zirka drei Wochen, waren auch der Walk-Michl, der Lermoser-Beni und der Berberger-Wiggl soweit.

Der Beni weinte wie ein kleines Kind und sagte in einem fort: »I konn gar nix dafür .... Si hob'n mi ja net furtloss'n .... Scho um elfi hätt' i geh mög'n .... I konn nix dafür ....«

Der Michl machte ein bösartiges Gesicht und meinte, es komme schon noch einmal eine Zeit, wo man's dem Doktor heimzahlen könnte. Er pfeife auf ein solches Lazarett, wo man nicht einmal sein Bier trinken dürfe.

Und der Wiggl sagte gar nichts. Man sah es ihm aber an, daß er mit dem Michl übereinstimme. –
Von da ab kam kein Wachelberger mehr in das Lammersdorfersche Lazarett. Das war freilich den Bauern auch nicht recht, aber sagen ließ sich unter solchen Umständen natürlich nichts mehr. Über eine solche Entwicklung war nur einer in ganz Wachelberg zufrieden, der Schlefflinger. »Hot der mei net do sei derfa, na soll'n's dö andern aa net bessa hob'n,« äußerte er sich einmal dem Hirntoni gegenüber. Und schadenfroh setzte er hinzu: »Jetz hob'n sie's mit iahnan Dokta! Jetz kinna's nimma sog'n aa, daß koan Butta und koa Milli net hob'n. ... Der hot scho g'wißt, wia er's o'packa muaß ....«
»Recht host scho, aba sog'n soit ma's net,« erwiderte darauf der Hirntoni pfiffig und kicherte stumm in sich hinein. Ihn freute es jedesmal, wenn die wackeren Wachelberger hinters Licht geführt wurden. Er war der kleinste Häusler, hatte kein Kind und galt von jeher als ein Besonderer. – –
Um dieselbe Zeit kam der Oberapotheker Neffelsberger wieder nach Wachelberg, und das war gut, denn er war ein Patriot durch und durch. Das Interesse für Vaterland und Krieg nämlich hatte, nachdem die Geschichte überhaupt nicht mehr aufzuhören schien, in unserer Bauerngegend bedenklich nachgelassen. Wo man hinschaute, auf jedem Haus, waren bloß noch Weiber und Kinder zur Arbeit da und alte, ausgerackerte Männer.
In den Wirtschaften ging es oft sehr weit mit dieser Kriegsmüdigkeit. Man disputierte mürrisch und schimpfte auf alles. Gegen jede Zeitungsnachricht war man mißtrauisch und glaubte zuletzt überhaupt nichts mehr.
»Do führ'ns in oan furt Kriag und Kriag, anstatt daß's amoi wenigstens oan Feind richtig schlog'n tat'n und nachha oi's auf den andern werfert'n .... Aba na, überoi hobn's a poor Regimenta, und do mächtn's na wos ausricht'n .... Geh! ... Dös is ja doch koa Kriagfüahrerei nimma! ... Geh! ... Und oiwai (alleweil) kriag'n ma wieda neie Feind, bis 's üns z'letzt derdrucka ...!« schimpfte der Schondorfer jetzt schon. Er war ein Siebziger-Veteran und wußte, wie so ein Krieg zuging.
»Ja,« sagte der Walk unwillig, »a Schwindl is's .... Wenn ma g'scheit hinschaugt, nachha is's scho boi (bald) a so, ois wia wenn dö groß'n Herrn bloß rechte Häufa Mensch'n umbringa wuin, daß nachha

Schindluda treib'n kinna mit den kloan Volk .... Dö g'spürns ja net! ... Dö fress'n und saufa genau so wie in Fried'nszeit'n.«

Jeder hatte etwas auszusetzen. Geradezu staatsgefährlich erging man sich über Vaterland, Krieg, König und Kaiser, und eine solche Situation gab natürlich einem Mann wie dem Oberapotheker Neffelsberger die Mission wie von selbst in die Hand. Er blieb in Wachelberg, logierte beim Schondorfer und ließ seine angefangene Villa fertigbauen. Wie er erzählte, war er die ganzen Jahre trotz seines Alters beim Roten Kreuz gewesen, um wenigstens mit seinen geringen Kräften dem Vaterland noch ein Opfer zu bringen. Sein chronisches Leberleiden jedoch hatte sich in der letzten Zeit so verschlimmert, daß er den Dienst bedauerlicherweise quittieren mußte. Hier aber, in Wachelberg, sah er sich sofort wieder vor einer wichtigen Aufgabe und war rastlos in der Erzeugung von Vaterlandsbegeisterung. Er ging in jedes Haus, disputierte mit jedem und geriet oft so in Hitze, daß ihm der Atem ausblieb. Ja noch mehr; obwohl ihm ärztlicherseits verboten worden war, jemals wieder Alkohol in Form von Bier oder Wein zu sich zu nehmen, trotz alledem saß er bei jeder Gelegenheit in den Wirtschaften zwischen den Bauern, trank mannhaft und klärte das zurückgebliebene Landvolk über die Notwendigkeit des Stellungskrieges, der Ausdehnung Deutschlands, kurzum über alle einschlägigen Fragen auf das genaueste auf. Es war ihm auch wirklich gut zuzuhören. Er ersetzte die Zeitung vollauf, und ein gesprochenes Wort ist eben immer etwas anderes als gedruckte Lügen, sagten sich die Bauern. Sie stimmten überhaupt immer zu, wenn sie auch oft recht mißtrauische Gesichter machten und nachher zueinander sagen: »Noja ... der hot ja auf sowos studiert .... Werd scho wo zoit (bezahlt) werd'n dafür ....«

So dumm hingegen, daß er die zweifelhafte Stellung der Bauern dem Krieg gegenüber nicht erkannte, war der Neffelsberger denn doch nicht und beschloß nun, mit dem Doktor Lammersdorfer und dem Lehrer Menglein von Auging einen Verein zur Hebung der vaterländischen Gesinnung zu gründen. Der Menglein war Feuer und Flamme dafür und auch der Pfarrer machte mit. Der Oberapotheker ging zum Doktor Lammersdorfer ins Lazarett hinaus und redete, nachdem er empfangen worden war, eine volle Stunde, bis endlich der Lammersdorfer aufstand und ziemlich kühl sagte: »Entschuldigen Sie, Herr Oberapotheker, ich bin gerne zur Mitgliedschaft bereit, aber Sie sehen ja selbst, das Vaterland hat mir einen Posten gegeben, der mich vollauf in Anspruch nimmt .... Die Patienten wollen behandelt sein .... Entschuldigen Sie .... « Und mit fühlbarer Ungeduld komplimentierte er den gesprächigen Oberapotheker hinaus.

Das war zuviel. Der Neffelsberger kam am selben Abend zum Unterwirt mit einem hochroten Kopf, setzte sich hin und erging sich sehr auffällig über »gewisse hohe Herren, die nachgerade mit sträflichem Leichtsinn ihre vaterländischen Pflichten übergingen«.

Die Bauern wußten sofort, woran sie waren und wen er meinte. Sie hatten ihn ja ins Kurhaus hingehen sehen. Mit verschwiegenem Verständnis linsten sie einander an. Und weil sie den Lammersdorfer, seitdem er keine Wachelberger Verwundeten mehr ins Lazarett nehmen wollte, auch nicht mehr leiden konnten, wagte der Berberger den Ausspruch: »Ja mei! ... Der hot hoit sein' Post'n und is guat zoit und a so a Verein, do wererd hoit verlangt, daß ma ois umasunst tuat. ... Do san dö feina Herrn net zon braucha.« Und das weckte auch die anderen auf.

»Freili .... Und do, daß er a Lazarett aufg'macht hot, hot er sei Kurhaus derhoit'n (erhalten) kinna .... Der hot scho g'wißt, wia er's opakka muaß,« sekundierte der Walk sofort.

»Ja und dös Kurhaus? ... Wen hot er denn dös o'gstoin?« fragte der Schlefflinger bedacht und brach damit wieder alle verschüttete Erinnerung auf.

»Üns!« warf der Schondorfer hin und faltete seine Stirn.

»Eb'n, eb'n ... do hob'n mir's,« erwiderte der Unterwirt ebenso. Still war auf einmal der Neffelsberger. Er schaute eine Weile herum und hinum und meinte schließlich: »Jaja, das natürlich! ... Nach Rechtem hätte natürlich der Gemeinde die Muckquelle zugesprochen werden müssen ... Aber das ist ja ein Kapitel für sich ...«

»A Kapit'l für sich? ... Dös waar scho dös recht' Kapit'l für sich! ... Solang a Vataland sowos zualoßt - i sog's g'rod raus - ehvor's do net anderscht werd, woaß ünseroans aa wos er z' toa hot,« wurde der Berberger kühner. Der Neffelsberger wurde blaß und fing zu fuchteln an: »Aber, meine Herrn, meine Herrn! ... Dafür kann doch das Vaterland nichts!«

»So? ... Ja wos is'n nachha d' Regierung, dö wo ünserne Eingab'n jedsmoi z'ruckg'schickt hot? ... Na woaß i net, wos's Vataland is, wenn's d' Regierung net is?« gab ihm der Walk zurück. Alle Bauern standen jetzt wie steinerne Gesichter um den bedrängten Oberapotheker, der wirklich keine Antwort mehr wußte und aufgeregt schnaufte, indem er fort und fort: »Meine Herrn! Aber meine Herrn! ... Das ist doch was anderes, meine Herrn!« herausplapperte.

»A Saustoi is's!« plärrte der Kranzeder, der bis jetzt kein Wort gesagt hatte, heraus. »Der Herr Dokta hockt herin und reit umananda und loßt's sie's sauwoi sei und ander Leit kinna drauß'n d'Schedl (die Schädel) hinhoit'n ....«

Der Disput wurde immer erregter und der Neffelsberger mußte seine ganze vaterländische Findigkeit aufbieten, um die Bauern einigermaßen zu beruhigen. Aus seinem Verein wurde nichts. Er hielt sich auch in den darauffolgenden Tagen meistens in seiner großen Stube, beim Schorndorfer droben, auf und ging höchstenfalls einmal zum Bauplatz, um nach dem Rechten zu sehen. Er hatte die ganze Zeit ein besorgtes Gesicht und man merkte, daß er krank war. In einem fort hustete er, schnaufte schwer und trank auch kein Bier mehr. Vielleicht aber machten ihm auch die Nachrichten von den Kriegsschauplätzen und aus der Stadt Kummer. Er redete jetzt plötzlich gar nichts mehr und als ihn der Schondorfer einmal, als bekannt wurde, daß es nicht mehr recht stimme mit dem Kriegführen, fragte: »Wia soit ma denn jetz dös versteh, Herr Oberapotheker? ... Do steht ja gor, es gibt a Revolution?«

Als ihm der Schondorfer das Zeitungsblatt hinhielt, da war er totenblaß und sagte nur noch: »Man muß nicht verzagen.« Und die Augen hingen ihm noch einmal so weit als sonst heraus, jämmerlich sah er aus und ganz zitterig war er.

Es vergingen zwei, drei Tage, als es im Dorf ruchbar wurde, daß die Revolution ausgebrochen war. Man erkannte den Umschwung der Verhältnisse auch schon daran, weil jetzt auf einmal die Verwundeten und sonstigen Patienten vom Lammersdorferschen Lazarett ins Dorf kamen und oft bis lang nach zwölf in den Wirtschaften herumtranken. Es waren bloß immer einige Plärrer, aber sie erzählten viel deutlicher als jede Zeitung, was alles passiert war. Die Bauern hörten interessiert zu und erkundigten sich sehr genau.

»Nachha is's jetz aus mit'n Kriag? ... Kinna's nimma weitamacha? ... Nachha kemma jetz oisamm hoam von da Front?« fragte der Walk einen der Soldaten, und der nickte lachend und sagte unverfälscht berlinerisch: »Klar Mensch! ... Fried'n is! ... Allens kommt heim bei Muttern ....«

»Soso! ... Soso, nachha is doch amoi gor jetz ... jaja, i hob mir's scho oiwai denkt, daß amoi soweit kimmt, daß's ganz einfach nimma mög'n, d' Soldat'n ...« sagte darauf der Kranzeder zufrieden und der Berberger setzte schadenfroh hinzu: »Jetza hot iahna da Hund wos g'schiss'n, dö groß'n Herrn! ... Jetz is's aus mit iahnara Herrlichkeit....«

Sonst kümmerte man sich im Wachelberg-Auginger Revier wenig um die Ereignisse in der Politik. Man wartete bloß auf die Heimkehr der Krieger. Der Neffelsberger schrumpfte buchstäblich zusammen wie eine dürre Birn. Ängstlich vermied er es nunmehr, mit wem ins Gespräch zu kommen. Er ging dahin mit eingezogenem Kopf und nickte ganz zerfahren, wenn ihn wer grüßte. Einmal aber, als der Schondorfer und der Walk am Bürgermeister-Gartengatter beisammen standen und sich beiläufig über die neuen Vehältnisse unterhielten, hielt er's doch nicht mehr aus, blieb stehen und hastete mit gedämpfter Stimme heraus: »Meine Herren, gestatten Sie mir .... Der Krieg ist aus, sagen Sie? ... Ja, aus ist er, aber wir haben ihn v e r l o r e n !...Wissen Sie, was das bedeutet? ... Das bedeutet vollkommenes Elend .... Und wissen Sie, wer uns in dieses Elend gebracht hat? ... Der Jude! ... Glauben Sie's mir, die Juden sind schuld an allem, sie haben alles unterminiert, nur die Juden! ... Meine Herren! Sie haben nichts gesehen, aber ich war überall und hab's mit eigenen Augen gesehen. ... Überall waren diese Juden und haben gewühlt und aufgehetzt und sich reich gemacht! ... Ach, unser armes, dummes Volk hat es nun zu büßen! ... D i e s e Herren wissen schon, wie sie sich aus der Schlinge ziehen müssen .... Werden Sie sehen, meine Herren, Sie geben mir noch recht.« Er warf sie direkt aus sich heraus, die Worte, der Oberapotheker. Er zitterte wie Espenlaub dabei und schaute in einem fort herum, ob nicht irgendwo wer zuhöre, und ohne die Antwort der Bauern abzuwarten, ging er schleunig ins Bürgermeisterhaus.

Der Schondorfer und der Walk schauten sich einige Augenblicke verdutzt an und stießen beiderseits ein »hm« heraus. Dann meinte der Walk gleichgültig: »Jaja, es konn ja wos dro sei .... Dös is amoi g'wiß, daß d' Jud'n überoi dö best'n Schanzl'n g'habt hob'n .... Wo's lebensg'fährli gwen is, do is koana hinganga .... Aba mei, der red't hoit aa daher.«

Und ebenso unbeteiligt erwiderte der Schondorfer: »Hm, mei! ... Wos wui ma do sog'n! ... Da Kriag hot ganz einfach z' lang daurt und d'Leit hob'n nimma mög'n ...« Und ziemlich verächtlich, etwas leiser setzte er hinzu: »Und i wui dir wos sag'n ... wenn's noch'n Neffelsberger sein Kopf ganga war ... d e r hätt' übahaaps nimma aufg'härt, dös is a ganza dappiga Teifi g'wen....«

Der Walk schnupfte gemächlich und hielt dem Schondorfer die Dose hin. Auch der schnupfte und graunzte wohlig.

»Jaja, oi (alle) dö wo schön warm herinng'hockt sand, hätt'n a so furtg'macht mit den Kriagführn,« brummte der Walk stereotyp. »Jetz is's aus damit.... Aus is's, hot er g'sagt, jawoi.... Aus is's....« Und besinnlich schauten die zwei Bauern ins Leere. Dämmrig war es schon geworden. Ein feiner Nebel feuchtete.

»Haha, wia's jetz scho früah Nocht werd, wia der Tog scho kurz werd jetz,« sagte der Schondorfer mehr für sich und fuhr mit seiner großen Hand über seinen grauen, massigen Kopf.

»Jaja, jetz schaung ma hoit wia's werd!...Ob's dü nei'n Herrn bessa macha...!« sagte er abermals und ging auf sein Haus zu.

»Jaja! ... I glaab feiner net, daß's bessa werd!« rief ihm der davontrottende Walk zu....

VI

»Aus is's mit dö Großkopfert'n iahnerer Herrlichkeit! ... Koan Köni hob'n ma nimma und Fried'n ist!« Das war anfangs so ziemlich alles, was von den neuen Ereignissen aus der Hauptstadt in die Dörfer hinausgriff. Die Zeitungen hatte man ja von jeher nie interessiert gelesen und die sonstigen ministeriellen Amtspapiere und Revolutions-Erlasse, die mit der Post zum Schondorfer kamen, wurden gewohnterweise in den Gemeindekasten gehängt. Dort zerweichten sie langsam in Schnee und Regen. Kein Mensch las sie. – – –

Ganz allmählich kamen die Krieger aus dem Wachelberger-Auginger Geviert heim, zuallererst trafen der Lermoser-Beni und von Heimertshausen der Scherber-Lenz und der Lenzbauern-Christl ein. Die drei hatten zuletzt in ein und demselben Lazarett gelegen. Von Auging kamen alsdann der Hastreiter-Peter, der Imsinger-Hansl und vom Leixner der Wastl und der Knecht. Endlich zuletzt kamen auch der Berberger-Wiggl, der Wenwieser-Drittler und der Schlefflinger-Barthl. –

Draußen im Lammersdorferschen Lazarett war es in der letzten Zeit recht unordentlich hergegangen. Man merkte es, daß es aus war mit Kommandieren und mit militärischer Disziplin. Halbgeheilte fuhren einfach in die Heimat und die sonstigen Patienten bildeten bereits zwei Parteien. Die eine hielt sich noch an die Anordnungen der Lazarettverwaltung, die andere hingegen, und hauptsächlich an ihrer Spitze der sogenannte Verwundeten-Rat, verfügte nach eigenem Gutdünken. Daraufhin ließen sich die zwei Oberärzte, die außer dem Lammersdorfer noch hier auf Station waren, kurzerhand Urlaub geben und kamen nicht mehr zurück. Alles geriet durcheinander, und oft mußte der Lammersdorfer seine ganze Person einsetzen, um wenigstens das meiste wieder einigermaßen ins Gleis zu bringen. Nach langen Verhandlungen mit den Instanzen der provisorischen Revolutionsregierung erwirkte er endlich, daß der Rest der Verwundeten in die Stadt verlegt wurde. Anfangs Januar leerte sich das Kurhaus völlig. Kurz darauf ratterten drei riesige Last-Autos des Demobilmachungsamtes daher und fuhren schwerbepackt mit dem gesamten Lazarett-Inventar wieder ab. Hinter ihnen, auf den ehemaligen Pferden der Ärzte, ritten Soldaten der Revolutionsgarde. Auch der Brunnenwart Niedermair und der Kurgärtner Boßl saßen auf den Autos und winkten lachend auf die neugierigen Wachelberger hinab.

»Jetz gehts dahi! ... Oisamm hot er üns g'schaßt! Er macht ganz und gor zua, sagt er! ... Er will si verziag'n, solang's a so is!« schrie der Boßl den Bauern zu. Und ächzend und schnaubend rollte das schwere Auto im hochaufwirbelnden Schnee weiter.

»Wos sogt er ...?« fragte der Spohrer den Wenwieser aus dem Garten.

»Der Lammersdorfer macht ganz und gor zua und geht furt! ... Er mog nimmer, scheint's ...« gab der zurück, und das hörte der Walk-Michl, der an der hinteren Stalltür gestanden hatte, und schrie herüber: »So? ... Verziag'n tuat er si? ... Dös werd aa guat sei!« Keiner hörte weiter hin. – –

Tatsächlich sah man einige Tage darauf den Lammersdorfer allein durchs Dorf gehen. Er hatte bei weitem nicht mehr die stramme militärische Haltung. Alt war sein Gesicht. Auging ging er zu und von dort fuhr er mit dem Postschlitten nach Kegelhausen auf die Bahn. Nachts in der dichtbesetzten Leixner-Stube erzählte es der Postillon. Es waren gerade die gesamten Krieger der Umgebung und die sonstige Bauernschaft versammelt, weil der Veteranenverein eine Heimkehr-Feier für die Helden des Weltkriegs besprechen wollte.

»Soso? ... Na hot er si jetzt druckt, da Herr Dokta?« fragte also der Schlefflinger-Barthl den Leixner-Postillon und linste auf seine zwei Kameraden, den Walk-Michl und den Berberger-Wiggl.

»Jaaa ... dös hot er ...« sagte der Postillon mit seiner langsamen Stimme.

»Der Bod'n werd iahm hoit z' hoaß worden sei bei üns do!« meinte der Walk-Michel hämisch. »Der, moan i, hot's g'nau g'wüßt worum ...?« Und dabei erinnerte er beiläufig daran, wie der Lammersdorfer sie auf den seinerzeitigen Rausch hin sofort ins Feld geschickt hatte, und wie das oft so geht, dies brachte ein belebteres Gespräch in Fluß. Ja, von dieser Kleinigkeit aus geriet man im Handumdrehen ins Hochpolitische.

»Jaja, jetz hob'ns ausg'spielt, dö feina Herrn!« fing der Imsinger gemächlich an. »Jetz is's gor mit iahnerer Herrlichkeit ...«

Und der Leixner, als Wirt und anregender Unterhalter, bestätigte ihm mit seinem bierigen Baß: »Dös sell werd aa guat sei ....«

»Dö? ... Dö feina Herrn? ... Dö teahna si anander net weh, do brauchst koa Angst hob'n, ... Dö Ausg'schmiert'n san da doch oiwai dö Kloana (Kleinen),« meinte der Kranzeder.

»Hm ... Dös is doch no oimoi a so g'wen!« stimmten einige bei.

»Geht's ma zua mit dera Revalution! ... Do is aa nix bessa word'n! ... Dös is g'nau derselbe Schwindl wia ehvor,« mischte sich nun der Schondorfer ein. »Wos is's denn scho jetz? Jetz arbat'ns in der Stadt drin überhaaps nix mehr und mir Bau'rn sollt'n dö ganz Bagasch derhoit'n! ... Mir sollt'n iahna d' Milli, an Butta und 's Viehch um an Spottpreis liefern, daß sie drinn privatisiern kunnt'n.«

»Dappi san ma! ... Da Hund scheißt iahna wos!« schrie der Berberger und erinnerte dabei bloß beispielsweise, wie es dazumal der Lammersdorfer gemacht habe, damit er von Wachelberg die Lebensmittel bekam.

»Wia hot er's denn o'ganga domois? ... Recht scheinheili hot er g'sogt, ünserne Leit tuat er in sei Lazarett rei und mir san so dappi g'wen und hob'n iahm glei d' Sach g'liefert .... Und wos hot er na to? ... Weil's sie si a bißl an Rausch o'gsuffa hob'n, hot er's so schnell wia mögli wieda a's Feld nausg'schickt, und mir hob'n an Dreck g'habt!« räsonierte er.

»Jaja, dös wiss'n ma scho! ... Dös is aa no net aus!« rief der Walk-Michl vom andern Tisch herüber. Hinterlistig klang es.

»Und g'nau so is's mit dera nei'n Regierung do drinna jetz!« sagte der Kranzeder hinwiederum. »Dö tat jetz aa recht süaß und schö und na, wenn ma ois hergebert'n, na hätt's do groß' Votz'n ....«
»Natürli! ... Nix anders!« bestätigte ihm der ganze Tisch.
Eine kleine Pause trat ein. Das wollte der Vereinshauptmann Hastreiter dazu benutzen, um an den Zweck des heutigen Zusammenkommens zu erinnern. Aber man redete schon wieder weiter, und der Hastreiter setzte sich schließlich wieder.
»Jetz, sovui wia i g'härt hob – dös san ja gor koane Boarn (Bauern), dö wo a der Regierung drinn hocka, dös san ja lauter Jud'n, hoaßt's ...« warf der Walk beiläufig hin.
»Jud'n ...? Jud'n, hoaßt's?« erkundigte sich der Hastreiter, und als der Walk und verschiedene Nebensitzende nickten, meinte er gelassen:»Jaja, natürli, dös loßt's si denka! ... Dö hob'n ja oiwai scho dö größt Votz'n ghabt .... Da Jud is doch überoi da, wo's wos z'hol'n gibt!«
»An der Front drauß'n host koan g'sehng! ... Dö san oisamm hint'n in der Etapp'n g'hockt, wo's kuglsicher g'wen san!« schrie jetz der Berberger-Wiggl wieder herüber, rülpste vernehmbar und stellte seinen Maßkrug hin.
»Oda sie hob'n herinn iahnere Schanzeln g'habt,« setzte der Schlefflinger-Bartl hinzu.
»Ma derf ruahi sog'n: D' Jud'n san herinn g'wen und d' Christ'n hob'n drauß'n d' Schedl (die Schädel) hing'hoit'n,« schloß sich der Imsinger-Hansl dieser Auffassung an und der Hansl wartete stets lange, bis er sich den richtigen Spruch zusammengedacht hatte. Der Schondorfer hob auf einmal den Kopf und besann sich. Er linste fast vorsichtig herum und schaute dann, als wie wenn ihm plötzlich ein Licht aufgegangen wäre, auf den Walk, der neben ihm saß.
»Ja-aaa ...?« brummte er gedehnt heraus und fragte mit dem ganzen Gesicht: »Jaaa – – na is am End gor der Lammersdorfer aa a Jud?«
Der Walk schien einen Moment ganz erstaunt über diese naheliegende und doch so lange nicht entdeckte Erkenntnis und schnappte jetzt sofort darauf ein, indem er bekräftigend nickte: »Der ...? ... Dös ... Dös is doch ganz g'wiß oana! ... Do wettert i doch mein Kopf, daß er oana is .... «
Und das hatte zufälligerweise der Berberger gehört und war auch gleich bei der Sache.

»Der Lammersdorfer?!« schrie er extra laut und mit aller Absicht. »So spekuliert doch bloß a ganzer ausg'waschener Jud wia der! ... Unseroans machert si doch a G'wiss'n draus, der Gemeinde so hintervotzi d' Muckquell'n o'z'stehl'n! ... Dös konn doch bloß a Jud!«

Und jetzt hörten es alle durch den Diskurs hindurch und schauten auf den Wachelberger Bauerntisch.

»Net verheirat is er! Und z' Friedenszeit'n hot er dö ganz Zeit Menscher g'habt? ... Unsere Gründ hot er üns hint'nrum o'g'schwindelt? ... Wenn dös koa Jud is, na bin i scho do!« schrie der Kranzeder, der auf einmal wieder an die verkauften Äcker dachte.

»Und an ganz'n Kriag hot er schö brüahwarm an Doktor g'macht und is herinng'hockt!« sagte der Spohrer.

»Und üns hot er net schnell gnua wieder nausbringa kinna!« ertönte es drüben am Tisch, wo der Schlefflinger-Barthl und der Berberger-Wiggl saßen.

»I sog amoi sovui ... du derfst hinschaug'n, wo'st mogst, der Jud is überoi derhinta!« schloß endlich der Hastreiter wieder und wurde jetzt wirklich ungeduldig, weil nichts zusammenging mit der Besprechung über die Heimkehrfeier.

»Na is also der Neffelsberger doch koa so dappiger Teifi, wia mir g'moant hob'n? ... Der hot's glei g'sogt,« sagte der Schondorfer zum Walk, und »Freili, freili ... I hob's ja aa glei g'sogt,« schloß der, während sich nun der Vereinshauptmann Hastreiter erhob und mächtig über alle Köpfe hinwegbellte: »Ja no! Jetz is's scho wia's is mit enkern Scheißdokter! ... Dös is a Wachelberger Privatangelegenheit, aber net was für'n Veteranenverein .... Ich möchte um das Silentium bütten ...!« Und allgemein richtete man sich etwas fürs Ruhigsein ein. Bloß der vorlaute Berberger-Wiggl schrie noch einmal: »Jetz is' scho wia's is, sogst? ... Loß der no Zeit, ös werd boi anderscht ...!«

»Stad jetz! A Ruah amoi!« plärrte der Hastreiter und fing endlich seine Rede an. Bei jedem Satz wurde er lauter.

Als man spät nach Mitternacht auseinanderging, hatte der Vereinshauptmann eine schneidige Rede gegen die Regierung und die Juden gehalten, der Schondorfer eine direkt mordbrennerische gegen die letzteren allein und der Berberger-Wiggl hinwiderum eine persönlich gegen den Lammersdorfer. Und jeder holte sich einen starken Beifall. Noch nie ging man so aufgeräumt auseinander. Das kurz darauf stattfindene Kriegerheimkehrfest wuchs sich zu einem wahren Ereignis aus. Der Neffelsberger, durch eben diesen nächtlichen Diskurs in der Achtung gestiegen, hielt eine flammende Rede für König und Vaterland, und erhebend war es, wie ihn der Jubel umbrauste, als er gegen die jüdische Vergiftung sprach. Von da ab war er der populäre Mann, ja sozusagen die erste Stelle für alle öffentlichen Fragen im Wachelberger Gau. - - -

VII

Recht kleinweise brach diesmal das Frühjahr herein. Widerwärtig und unentschlossen pendelte das Wetter die ganzen Wochen hindurch hin und her. Man wußte überhaupt nicht mehr, wie man daran war mit ihm. Und genau so war es mit den politischen Ereignissen um jene Zeit. Nichts schien mehr fest zu sein, alles floß nur so dahin und die Zeitungen waren jeden Tag anders. Die Wachelberger schauten jetzt schon interessierter in sie hinein, aber sie wurden immer verwirrter von den Nachrichten aus der Hauptstadt. Es war wirklich ein Segen, daß der Zufall den Oberapotheker Neffelsberger hier in dieses abgelegene Dorf verschlagen hatte. Er wußte über alles eine Auskunft und schlichtete mit seiner bereitwilligen Mitteilsamkeit selbst die hitzigsten Debatten, die jetzt ab und zu beim Unterwirt oder beim Leixner in Auging ausgefochten wurden.

Denn was passierte nicht alles damals! Zuerst die Revolution, die Flucht des Königs, seine Abdankung, die Verkündigung der Republik, die provisorische Regierung, alsdann die Wahlen zu einer verfassunggebenden Nationalversammlung, die eine noch nie erlebte und vollkommen ungewohnte Unruhe in der Wachelberger Gegend brachten, und schließlich gar – als man schon meinte, jetzt gehe alles wenigstens einigermaßen wieder einen geordneten Gang – schließlich gar die Ermordung des Ministerpräsidenten! Von diesem Ereignis wurden sogar die Bauern stutzig.

»Ja, wia jetz dös?« fragte beispielsweise der Schondorfer den Neffelsberger. »Worum schiaßt ma denn jetz den einfach nieda, wenn er g'wählt is? ... Jetz hob'n mir also überhaaps koa Regierung net .... Jetz kinn ma wieda 's Wähl'n o'fanga? ... Do kennt sie ja doch der Teifi no aus! ... Worum tuat ma denn jetz dös ...?«

Er fragte nicht etwa aus einem politischen Interesse. Seit der Kriegerheimkehrfeier nämlich hatten schon zahlreiche Gemeinde- und Gemeinderatsversammlungen stattgefunden, und seit der Zeit verfaßte man eine Eingabe um die andere an die einschlägigen Regierungsinstanzen, betreffend – wie der Oberapotheker stets in den von ihm verfaßten Schriftstücken hervorhob – »betreffend die auf unrechtmäßige Weise von einem Herrn Doktor der Medizin Kurt Lammersdorfer erworbene Heilquelle in Wachelberg und deren Überleitung in den gemeindlichen Besitz«.

Nie war eine Antwort gekommen, und jetzt sah es buchstäblich so aus, als wie wenn überhaupt keine Stelle in der Hauptstadt drinnen mehr wäre, die in dieser Frage entscheiden konnte. Das beunruhigte den Wachelberger Bürgermeister.

»Wenn mir koa Regierung nimma hob'n, ja bein Teifi nei, wo sollt'n mir denn nachha um ünser Recht nochsuacha? ... Dös versteh i jetzt nimma,« wandte er sich erneut an den Oberapotheker, und auch alle sonstigen Bauern schauten fragend nach dem kleinen, dicklichen, graubärtigen Mann mit dem wackelnden, goldenen Zwicker, der sich sekundenlang besann.

»Einfach a so nehma, waar dös G'scheita! ... Wer lang frogt, der geht lang irr!« rief der vorlaute Berberger-Wiggl, aber man hörte diesmal nicht auf ihn. Sowas täten Räuber, meinte der Kranzeder bloß, aber nicht Menschen mit einem Hirn. Wo sich doch denken läßt, daß dies dann doch angestritten werden könnte und womöglich ins Zuchthaus bringen könnte.

»Ah! ... Jetz dös is doch a dumms G'red'!« warf der Berberger seinem draufgängerischen Sohn zu. »Do kunnt ja nachha a anderer aa hergeh und kunnt sog'n: So, dei Hof g'härt jetz mir! ... Geh, dös is doch a Bleedsinn!«

»Bleedsinn ...? Werd's ös scho sehng!« gab ihm der Wiggl zurück und wollte weiterfahren in dieser Tonart, aber jetzt fing der Neffelsberger mit seinen Erklärungen an und alle hörten darauf.

»Meine Herren!« hub er gewichtig an. »Ich muß Ihnen immer wieder sagen: Nur nichts übers Knie abbrechen! Langsam! ... Das, was in der Stadt drinnen passiert ist .... Daß endlich einer diesen landfremden Revolutionsjuden niedergeschossen hat ... Das ist erst der Anfang. Es muß erst einmal gründlich aufgeräumt werden mit diesem Gesindel – – «

»Jaa – worum hob'n mir denn nachha in oan furt Eingab'n g'schickt, wenn dö erst wegg'raamt werd'n müass'n? ... Na is ja ois für d' Katz g'wen?« unterbrach ihn der Beigeordnete Kranzeder und schaute ziemlich mürrisch drein.

»Ich sagte doch: Man darf nichts unversucht lassen!« erklärte Neffelsberger hurtig. »Man muß mit allem rechnen .... Kein Mensch hat wissen können, wie lang diese Herrschaft dauert .... Ich machte mir schon von Anfang an keine zu großen Hoffnungen, daß die gegenwärtige Judensippschaft da drinnen uns helfen wird .... Aber, meine Herren, es ist gar kein Grund zum Zweifel, momentan ... Ich bin im Gegenteil diesmal viel zuversichtlicher, denn das ist doch klar – unsere Eingaben sind böswillig liegen geblieben, aber ist dieses Gesindel weg – ich will einmal gut rechnen, in vier, fünf Wochen – so finden die Herren Nachfolger unsere Papiere und erkennen doch die Dringlichkeit des Falles um so mehr .... Und in Gottesnamen, dann muß sich doch schnellstens was herausstellen .... An mir soll's nicht liegen, aber, wie gesagt, meine Herren, Geduld! ... Vorerst heißt es Kampf bis aufs Messer gegen dieses rote Verbrechergesindel.«

Das war einleuchtend, aber kein Wachelberger, der diesmal in der Unterwirtsstube saß, machte auf das hin ein zufriedenes Gesicht.

»Ha .... Jetz sowas is ja doch aa no net dog'wen, daß jetz solcherne Schlawak'n so lang ois durchanander bringa derfa! ... Do müassert ja doch amoi richti durchgriffa werd'n! ... Dös san doch gor koane Zuständ mehr, dös is ja a Saustoi!« murrte der Berberger in sich hinein.

»Was ich Ihnen immer gesagt habe, meine Herren, – das ganze Land muß aufstehen dagegen .... Mit eisernem Besen muß ausgekehrt werden!« rief der Neffelsberger für sich befriedigt und setzte hinzu: »Aber verlassen Sie sich darauf – das geschieht! ... Das geschieht ganz gewiß!«

»Noja, wart mo hoit amoi,« meinte der Schondorfer nicht gerade zuversichtlich und trank sein Bier aus. Er bezahlte und ging. Auch der Kranzeder und der Berberger machten es so. Einsilbig wurde es um den Neffelsberger. Auch er ging. Zuletzt hockten bloß noch der Schlefflinger und sein Barthl, der Berberger-Wiggl und der Walk-Michl da. Sie warteten, bis der Spohrer die Tür zumachte, und schauten einander alle zugleich einen Moment an. Dann verzog jeder die Mundwinkel spöttisch, und als der Unterwirt hinzutrat, sagte der Wiggl mit gemachter Gleichgültigkeit: »Der Oberapotheker aa no! ... Der mit seiner Politisiererei! ... Geht's mir zua! Der red't dir a Loch in' n Bauch und z'letzt is doch nix derkennt.«

»Ja no! ... Dö Dappig'n san no lang net ausg'storb'n! ... Gnua laafas no rum!« schloß der Walk-Michl ....

Mit den vier oder fünf Wochen Herrschaft der Judensippschaft, wie der Neffelsberger gemeint hatte, war es doch ein wenig anders. Ganz das Gegenteil – wenigstens anfangs – traf ein. Die furchtbarsten Nachrichten von der Stadt kamen ins Dorf. So weit ist's schon, erzählte ein Hausierer, daß »die besten Weiber sich von Staats wegen freiwillig jedem nächstbesten Lumpen hingeben müssen«. Die Religion ist abgeschafft, wer was hat, muß es hergeben oder er wird erschossen, die roten Soldaten – und es sei eine ganze Armee da – seien lauter Lumpen und gingen auf Raub und Mord aus. Polizei gäbe es überhaupt keine mehr, die Schutzmänner seien samt den Richtern eingesperrt und die rechtmäßige Regierung habe flüchten müssen.

»Schauns mich an, was hab i noch? ... Gar nix mehr, als bloß wos i noch auf mein' Buckl trog,« redete der Mann rührselig daher und machte gute Geschäfte. In jedem Haus kaufte man etwas. Milch, Eier und Butter und zu essen bekam der arme, bemitleidenswerte Hausierer.

»I könnt' nicht amal sag'n, wo meine Frau und meine Tochter hin sind,« berichtete er mit Tränen in den Augen weiter. A jedes von uns ist einfach auf und davon mit'm nackert'n Leben.« Er bemühte sich, möglichst den Dialekt der Bauern nachzumachen, und die staunten, hörten und schüttelten die Köpfe.

»Ha–hmha, dös is ja doch direkt ausg'schaamt! ... Haha–hm, jetz sowos! Dö Sauteifin, dö verreckt'n!« erging sich der Schondorfer am Abend beim Unterwirt, wo man selbstverständlich den Reisenden gern aufgenommen hatte.

»Gesindl! ... Der größte Abschaum!« bestätigte ihm dieser. Und der Neffelsberger sagte: »Alles diese Juden!«

In den nächsten Tagen kamen vereinzelte Flüchtlinge aus der Stadt und berichteten noch Grauenhafteres. Ein Redner berief eine Versammlung ein und verkündete, daß Regierungstruppen von Norddeutschland bereits auf dem Wege seien, um diesen Schandpfuhl auszuräumen. Und die Bauern rüsteten sich gegen eventuell kommende Rotgardisten, aber es war doch zu weit und zu abgelegen, hier nach Wachelberg her, und wieviel man auch wartete und sich schon ganz kriegerisch herrichtete im Dorf, hierher kam kein lebendiges Zeichen der Revolution, als nur eben diese paar Flüchtlinge. Es vergingen die Wochen und einmal hieß es, die Regierungstruppen kämen und der

Schlefflinger-Barthl, der Walk-Michl, kurz die ganzen Krieger von Anno 14 spürten ihr altes Heldenblut wieder prickeln und wurden dann von einem Offizier und einem Abgesandten der rechtmäßigen Regierung zu Vorständen der Einwohnerwehren bestimmt. Waffen, Munition, alles gab es wieder.

»Ois werd hig'macht, wos a der Stodt drinn is! ... Dö ganz'n Jud'n werd'n massakriert!« verkündete der Barthl jeden Tag. Wichtig ging er herum, ständig mit dem umgehängten Gewehr. Ganz in seinem Element war er. Der Michl, der Wiggl und er hockten Tag für Tag beim Unterwirt. Sie kamen überhaupt nicht mehr heraus.

Dann zogen eines Tages Truppen durchs Dorf. Es war feierlich. Die ganze Einwohnerwehr bildete Spalier und präsentierte das Gewehr und »Hoch!« schrie es von allen Seiten. Mit Bier und Zigarren wurden die Soldaten verpflegt, mit Eiern und Würsten. Das Herz der Wachelberger zeigte sich aufs schönste.

»Und no ois radikal hig'macht! Koa Pardon geb'n!« schrie den abziehenden Soldaten der Barthl nach. Der Neffelsberger stand mit hochroten Backen da, gestikulierte wie eine Spinne und rief immer wieder: »Hinaus mit den Saujuden!« – –

Eine halbe Woche hörte man nichts mehr, dann brachte der Postbote wieder die Zeitungen und man erfuhr von der gestürzten Roten Regierung, von den Aufräumungsarbeiten der Regierungstruppen, von zahlreichen Erschießungen und strengen Erlassen. Allgemach beruhigte sich die Pfarrei Auging wieder.

Um jene Tage kam einmal der Jäger Irgert von Heimertshausen zum Bürgermeister Schondorfer und meldete, daß im Kurhaus draußen anscheinend eingebrochen worden wäre. An der hinteren Hauswand seien zwei Fenster hineingeschlagen.

»So? ... Hm ... ja, dös konn scho sei! ... Es waar ja aa koa Wunda, wenn der Herr Dokter nia do is,« meinte der Schondorfer gleichgültig. »G'sogt hot er ja aa koan wos, daß er iahm aufpass'n sollt auf sei Kurhaus!« Der Irgert ging, und am andern Tag kam der Wachtmeister Beischl zur Protokollierung des Falles. Halb Wachelberg folgte ihm ins Kurhaus hinaus. Die Tür wurde vom Schmied Hergersbacher von Auging aufgesperrt und hineintappten alle. Ein unbeschreibliches Bild bot sich. Geraubt war anscheinend nichts, von den großen Wäschekästen waren die Wäschestücke herausgerissen, lagen auf dem Boden herum, mutwillig zerrissen und mit Dreck beschmiert. Die Vorhänge waren zerfetzt, die Möbel demoliert. Auf verschiedenen Zimmerböden hatten die Einbrecher ihre Notdurft verrichtet. So fürchterlich sah es aus, daß selbst die Wachelberger verstummten.

»Barbarisch!« sagte der Wachtmeister Beischl mit seiner fetten Stimme. Alle glotzten. Beischl notierte.

»Das waren Rote! ... So ein Gesindel ist zu allem fähig!« sagte jetzt der Neffelsberger, und bei diesem Ausspruch schauten sich alle andern fast staunend in die Augen. Bloß der Schlefflinger-Barthl, der Berberger-Wiggl und Walk-Michl verloren nichts von ihrer Fassung.

Als man endlich wieder ins Dorf ging, redeten der Neffelsberger und der Bürgermeister eifrig miteinander.

»Der ganze Bau liegt ungenutzt! ... Wer weiß, wo sich dieser saubere Herr Doktor herumtreibt,« sagte der Oberapotheker geschäftig. »Diese Leute verkriechen sich immer, wenn Gefahr ist, und kommen wieder hervor, wenn reine Luft ist ....«

»An solchern Jud'n konn net gnua o'to werd'n!« brummte der Schondorfer finster. Und der Schlefflinger, der neben ihm herging und bis jetzt zugehorcht hatte, sagte auf einmal: »Huift ja do nix! ... D e r? ... Der ist ja doch versichert bis über d' Ohr'n nauf .... Den kinna's ois ruinieren, na lacht er no oiwai ....«

Das erschreckte die beiden schier.

»Hm, ja, das stimmt natürlich auch,« stieß der Neffelsberger ärgerlich heraus. Der Schondorfer schwieg. Der Schlefflinger schaute ihn schräg an.

»Jaja, d' Jud'n!« sagte er. »Dö derfst derschlog'n, na stehners wieder auf.« Man sah es ihm an, daß er an den erstochenen Schlesinger dachte und an das, was man vom damaligen Vorfall im Dorf erzählte, was man für eine Meinung über ihn, den Ignaz Schlefflinger, hatte. Und kühn richtete er sich auf und sagte mit einer Art hämischem Triumph: »Dösmoi siehcht's dös ganz Dorf, wos a so a Saujud für an Schod'n oricht'n konn .... I sog nix mehr. I schaug bloß zua!« Deutlich klang daraus eine Herausforderung und der Schondorfer begriff sie auch. Genau kannte er's, wohin der Schlefflinger wollte. Auch er erinnerte sich auf einmal.

»Ja no! Der Schlesinger? ... Dös is ja aa a ganzer andrer g'wen aa,« sagte er etwas unsicher und maß den Bauern halbwegs.

»Aba aa a Jud!« rief der sofort. »Und aa oana, der wo g'wißt hot, wia ma üns dumme Hund 's Geld rausziagt .... « Das entwaffnete den Bürgermeister ganz. Sichtlich unbehaglich war ihm zu Mute. Das merkte man. Er sagte gar nichts mehr.

»Jaja, do is ma stad,« fing der Schlefflinger jetzt viel siegesgewisser an. »Dös mog ma net härn.... Aba froh g'wen is doch a jeda, daß der dappi Schlefflinger damois dö Herrn Baurn vo Wachlberg billige Küah verschafft hot und daß er si dafür einsperrn hot loss'n .... Aba jetz is der Nazi nimma so dumm, jetz schaugt er bloß zua! ... Sollt'n si nu amoi dö andern an Kopf ein'renna ....«

»Da Lammersdorfer is a Lump, aba der Schlesinger is a reeller Mensch g'wen!« wehrte sich der Bürgermeister bloß noch und war froh, daß der Schlefflinger jetzt auf sein Haus zuging.

»Aba a Jud is er g'wen!« schrie er noch zurück. Der Neffelsberger fing jetzt zu fragen an und erfuhr die Geschichte vom erstochenen Schlesinger. Er wußte nicht, was er für eine Miene machen sollte dabei, er machte nur ab und zu eine allgemeine Bemerkung und ging dann, als der Schondorfer alles erzählt hatte, schnell darüber hinweg, indem er wieder auf das ungenutzte Kurhaus zu sprechen kam.

»Es hat ja gar keinen Zweck, daß man sich wegen dieser Leute ins Zuchthaus bringt,« meinte er. »Gegen so was hilft nur der vereinte Widerstand.« Das legte der Schondorfer aber doch als ein Parteinehmen für Schlefflingers damalige Tat aus, denn er sagte entschuldigend: »Jaja, i persönli hob's iahm ja aa nia übi g'nomma, an Schlefflinger.«

Und weiß der Teufel aus welchem Grund, von da ab stieg die Achtung vor dem Schlefflinger wieder.

VIII

Der Sommer stand weit und breit im Gau. Das erste Heu mähte man. Die Politik – das ersah man deutlich aus den Zeitungen – war verstummt in der Hauptstadt und im ganzen Land. Alles ging wieder den gleichen, gewohnten Gang. Eine Regierung, ein Landtag, eine Polizei und alles, was eben sonst noch den Staat ausmacht, waren wieder da und in Tätigkeit.

Nach Wachelberg kamen erstmalig nach Krieg und Revolution wieder Sommerfrischler. Es blieben aber wenig, denn fast jeder Bauer erkundigte sich, ob sie vielleicht Juden seinen. Bloß beim Schondorfer mietete ein Major Hebersbacher und beim Walk ein Justizrat Lübers. –

Um die gleiche Zeit aber ereigneten sich in schneller Aufeinanderfolge verschiedene Dinge, die eine wachsende Beunruhigung und zuletzt sogar eine offene Verbitterung der ganzen Bauern hervorriefen. Zuallererst lief beim Schondorfer ein Schreiben vom Ministerium des Innern ein, in dem angefragt wurde, ob der in den zahlreichen gemeindlichen Eingaben genannte Doktor der Medizin Kurt Lammersdorfer gebürtiger Bayer sei und wo er sich zurzeit aufhalte. Dies versetzte insbesondere den Oberapotheker Neffelsberger in eine wahre Triumphstimmung, denn jetzt – so wies er bei den darauffolgenden Gemeindeversammlungen nach – zeige sich, daß er keine leeren Versprechungen gemacht habe. Wenn schon einmal gefragt werde, dann gehe es auch weiter. Seine Beredsamkeit machte nach und nach auch die Bauern überzeugter und man belobigte die Regierung und insbesondere das Innenministerium überall.

»Jetz geht a andrer Wind .... Holla! Jetz hob'n mir Minister, dö wiss'n, wos si g'härt,« sagte der Kranzeder, und dann ging das Ratschlagen über die Antwort an das Ministerium an. Das war nicht einfach und gestaltete sich zu einer scharfen Debatte. Während nämlich der Neffelsberger vorschlug, bei der Polizei der Hauptstadt Erkundigungen einzuholen, waren die Bauern ganz anderer Ansicht.

»A Bayer is er auf koan Foi net. Dös kennt ma ja scho an seiner Aussprach,« meinte der Schondorfer. »Dös kinn ma ruahi antworten .... Aba wenn ma üns erkundig'n, wo er momentan is, nachha hob'n mir ausg'spielt .... Na kimmt er und nausbringa teahn man nimma .... I tat's net.« Das leuchtete den Bauern sofort ein, und solang er auch erklärte – der Neffelsberger kam auf keinen grünen Zweig mit seiner gegenteiligen Auffassung. Man schickte die Antwort ab, Lammersdorfer sei kein Bayer und momentan unbekannten Aufenthaltes.

Dieser erste Fall wäre ja nicht weiter arg gewesen. Aber unmittelbar darauf tauche ganz etwas anderes auf: Die Käufer der Grundstücke kamen nun wieder. Schon im Krieg, als sich allgemach herausstellte, daß fester Besitz, Grund und Boden eigentlich das einzig Handfeste sei, als der Wert dieser Dinge stieg und stieg, da sagte der Berberger zum Moderer einmal, als eine Redewendung Schlefflingers die Erinnerung an die verkauften Gründe aufscheuchte: »Jetz dös gibt's na do scho aa nimma, daß dö dö Gründ' jetz no um den Preis kriag'n, wia's si's in'n Friedenszeiten zoit hob'n .... So dappi san ma net! ... Do werd ganz einfach prozessiert und dö G'schicht hot sich g'hobn .«

»Prozessiert? ... Ja mei ... Kaaft is kaaft .... Do frogt koa Teifi nimma danoch!« hetzte darauf der Schlefflinger. Sie wollten zwar nichts mehr wissen, die Wachelberger »Geldbauern«, aber hin und wieder erinnerte sich doch der eine oder andere an sein verkauftes Grundstück und ganz heimlich tröstete sich jeder damit, daß ja doch der Krieg noch lang dauern würde; weiß Gott, der und der Käufer falle vielleicht als Soldat oder sterbe so, und mit so einer Witwe werde man schließlich schon fertig.

Aber nichts von all den guten Wünschen erfüllte sich. Zum Kranzeder kam wieder der dicke Graukopf mit der preußischen Aussprache und eröffnete dem Bauern, jetzt werde gebaut; anbauen ginge jetzt nicht mehr.

»Hobt's jetz dös für Enk g'kaaft?« fragte der Kranzeder verkniffen.

Der Herr mußte ein wenig lachen und nickte: »Für wen denn sonst?«

»Ja no, i moan hoit,« brummte der Bauer und schaute auf den Dikken. »Ös seid's doch aa g'rod nimma jung .... Baut's dö Villa für Enk selba?«

»Natürlich! ... Man will doch gerade für seine alten Tage so ein ruhiges Plätzchen,« erwiderte der Käufer.

»Für Enk?« forschte der Kranzeder hartnäckig weiter.

Der Herr wurde etwas verdutzt.

»Sie tun ja gerade, als wenn ich Sie hintergangen hätte .... Ich sagte doch schon, ich –«

»Ja no, ma red't ja bloß,« fuhr ihm der Kranzeder ins Wort und setzte noch versteckter hinzu: »Ma sogt nämli, Enk hätt' der Lammersdorfer in der Hand ....«

Auf der kugelrunden Stirn des Dicken furchten sich beleidigte Falten. Eine peinliche Pause setzte ein. Käufer und Bauer maßen sich einen Moment.

»Für Lammersdorfer? ... Wer ist denn das?«

»No, ünsa Kurhausbesitza hint'n .... Ös kennt's 'n doch?« wollte der Kranzeder wissen. Und jetzt wurde der fremde Herr ärgerlich.

»Na, aber hören Sie mal!« fuhr er entrüstet auf und schaute fuchsteufelswild. »Ich kenne diesen Herrn Lammersdorfer nicht, daß Sie's wissen .... Was wollen Sie denn mit Ihrem Ausfragen eigentlich?«

»Ja no, es red't si hoit ollerhand rum,« lenkte der Bauer ein und schaute den Dicken seltsam an.

»Thm!« machte der. Wieder schwieg man einander eine Sekunde entgegen.

»Seid's ös a Jud?« fragte auf einmal der Kranzeder unvermittelt und blickte nun den dicken Herrn herausfordernd an. Der besann sich. Es hatte den Anschein, als platze er los. Plötzlich aber drehte er sich um und ging eilig.

»Natürli, natürli! ... Natürli!« brummte der Kranzeder vor sich hin und verfinsterte sein Gesicht.

Der Amschuster kam dem Herrn Ertl saugrob. Es gab einen wüsten Wortwechsel, und zum Schluß drohte der Käufer mit einer gerichtlichen Klage. Der Wenwieser und der Berberger versuchten es mit einem hartnäckigen Herumreden, aber als Ertl mit einemmal auffuhr, fing der Amschuster an, so ein Handel sei überhaupt ungültig, und schrie was von »Saujuden« und Prozessieren.

»Wir wollen sehen!« gab der Ertl zur Antwort und »Jaja, mir kinna's ja drauf o'kemma loss'n .... I bau mein Acker, solang ois i will!« meinte der Wenwieser.

Und während so die Erregung durch das Erscheinen der Grundstückkäufer in ganz Wachelberg stieg und stieg, brachte eines Tages der Wachtmeister Beischl zum Schondorfer die Nachricht, daß der Doktor Lammersdorfer wieder komme.

»Wos? ... Der kimmt aa wieda?!« fuhr der Bürgermeister auf.

»Ja, sog i! ... Es hoaßt, operiert is er word'n .... Darmleidend is er g'wen .... Jetz will er wieda o'fanga .... Ganz narrisch is er über den Einbruch, sogt ma,« berichtete der Beischl. Der Schorndorfer glotzte ihn an und ging auf der Stelle zum Oberapotheker Neffelsberger hinaus. Er traf ihn vor dem Walkhaus, mit dem Michl redend.

»Der Lammersdorfer kimmt wieda!« rief der Bürgermeister schon von weitem und lief fast zu auf die zwei. Während des eifrigen Hin- und Herredens stand der Walk-Michl da und schaute die zwei Leuchten von Wachelberg fast gemütlich an. Er verzog auf einmal, als der Schondorfer immer aufgebrachter wurde, breit sein riesiges Maul und lachte glucksend.

»Wos lachst denn so drecki?« fragte ihn der Schondorfer mißgestimmt und auch der Neffelsberger musterte ihn mürrisch.

»Noja, weil'ds oisamm so dappi seid's,« erwiderte der Michl gerade heraus. Die zwei wurden verblüfft.

»Wia dös?« fragte der Bürgermeister.

»Dös hot doch gor net anderscht sei kinna, ois a so .... Wenn d' Jud'n a der Regierung drinn hocka und der Lammersdorfer is a Jud, na hilft doch dö ganz Blos'n z'samm,« klärte ihn der Michl auf. Das verwirrte besonders den Neffelsberger.

»Ja–ja, da–da muß ich gleich einmal heim und mir die–die Sache durch de–den Kopf geh'n lassen!« hastete er völlig konfus heraus und trippelte eilig davon. Ratlos schaute ihm der Schondorfer nach. In diesem Augenblick aber ging der Michl ganz nah an ihn heran und lispelte ihm was ins Ohr. Den Bürgermeister riß es förmlich herum. Er starrte sprachlos in Michls Augen.

»Wos?! ... Dös seid's ös g'wen?« entfuhr ihm lauter, als er's wollte.

»Sei stad! Hoit d' Votz'n!« mahnte der Michl eilsam, und als er wieder zur Fassung kam, fuhr er halblaut, aber mit einer überlegenen Schadenfreude fort: »Der werd scho no drodenka, für dös, daß er üns domois glei ins Feld nausg'schickt hot, wia mir bein Leixner drob'n g'suffa hob'n, der Hund, der nackert! ... Für dös garantirn mir, daß si der nimma hoit'n konn bei üns .... Do braucht ma gor koa Eingab und koa Regierung, verloßt's enk drauf .... «

Genau hatte der Schondorfer hingehört und nicht ohne Respekt musterte er jetzt den Michl. Ruhig und sachlich wurde sein Gesicht allmählich. Er war ganz zufrieden.

»Haha, der Schlefflinger hot Enk d'rauf brocht, haha?« brummte er nachdenklich. »Soso, der Schlefflinger? ... Haha? ... Und der Barthl, soso? ... Dös is amoi ausgezeichnet! ... Ausgezeichnet!«

»Der? ... Da Schlefflinger? ... Der hot d' Jud'n scho oiwai kennt .... Der hot g'wißt, worum ois er an Schlesinger wegg'raamt hot,« warf der Michl noch hin und, sich umwendend, wiederholte er abermals: »Aber stad sei, gell! ... Daß d' ja d' Votz'n hoitst, gell!«

Dann ging er gemächlich ins Haus zurück. Und genau so beruhigt ging auch der Schondorfer. – – – – – – – –

Der Oberapotheker Neffelsberger wurde zum erstenmal in seinem Leben – wie er sich auszudrücken pflegte – »am gesunden Menschenverstand seines deutsches Volkes irre«. Er wußte überhaupt nicht mehr, wie er sich gegenüber der Gleichgültigkeit der Wachelberger verhalten sollte, die diese in bezug auf die Wiedereröffnung des Lammersdorferschen Kurhauses an den Tag legten.

Ohne Auffälligkeiten und Zwischenfälle konnte der Lammersdorfer seinen Betrieb wieder in Gang bringen. Kein Bauer legte ihm etwas in den Weg. Gleich nach seiner Ankunft kam er sehr aufgebracht zum Bürgermeister und wollte genaue Auskunft über den Einbruch.

»Ja mei, wenn Sie so lang wegbleib'n, wer garantiert denn do no für wos? Und d' Schlüssel hob'ns ja aa net hergeb'n, daß ma nochschaug'n hätt' kinna vo Zeit zu Zeit, Herr Dokta,« meinte der Schondorfer kalt und sachlich. »Ei'brocha is in üns'ra Gegend scho woaß der Teifi wia lang nimma word'n, aba no, jetz san hoit unsichere Zeit'n.« – –

Langsam begann es in der Muckwaldung hinten wieder lebendig zu werden. Dienerschaften kamen. Der Mineralwasserwagen fuhr wieder aus und ein. Und man erzählte schon wieder, daß in den nächsten Wochen Gäste kämen.

All dem sahen die Wachelberger gelassen und scheinbar völlig unbeteiligt zu. Verzweifelt versuchte der Neffelsberger ihnen beim Unterwirt immer und immer wieder neue Pläne klar zu machen, aber er begegnete dabei einer fast eisigen Interesselosigkeit.

Der Berberger-Wiggl, der Walk-Michl und der Schlefflinger samt dem Barthl steckten jetzt viel zusammen. Auffällig war auch, daß der Schondorfer seit einiger Zeit ausnehmend freundlich zum Schlefflinger war. – –

IX

Es ist überall so auf der Welt: Wenn die Gehässigkeit zum Haß wird, wenn tausend kleine und große Zufälligkeiten diesen Haß durch die Jahre hindurchtragen, ihn immer und immer wieder neu aufreißen und von Mal zu Mal steigern, dann muß er einmal zu etwas Unvorhergesehenem führen. Ein Handumdrehen braucht's dann oft nur.

Schon der barbarische Einbruch im Kurhaus, über den die Erhebungen der Kegelhauser Polizei bis jetzt ergebnislos verlaufen waren, hatte den Doktor Lammersdorfer äußerst beunruhigt. Die Wiederherstellung der demolierten Räume und des Mobiliars erforderte erhebliche Summen und verzögerte die Eröffnung des Kurbetriebes. Spätsommer wurde es, bis die ersten Gäste kamen. Der Geschäftsgang erwies sich fürs erste als sehr unrentabel. Aber nach Krieg und Revolution konnte es vorläufig gar nicht anders sein. Der Doktor Lammersdorfer fand sich damit noch ab. Er war sowieso von seiner Operation noch nicht ganz erholt. Die Krankheit hatte ihm zugesetzt. Seine Rüstigkeit war nicht mehr die alte. Mit einem unmutigen Gesicht sah man ihn herumgehen. Mürrisch und hochfahrend war er mitunter zum Personal. Was ihn aber am meisten verbitterte, war das Benehmen der Wachelberger gegen die Kurgäste. Bislang hatte er die kleinen Reibereien vor und während des Krieges nicht ernst genommen. Es war ihm allerhand zu Ohren gekommen, er hatte es überhört und nicht beachtet. Seit der Lazarettzeit bezog er die Milch, die Butter und Eier vom Scherber in Auging. In dieser Hinsicht also war er vollkommen unabhängig von den Wachelbergern. Und vordem hatte auch alles ein anderes, harmloseres Gesicht. Jetzt aber – das traf direkt mitten in seine Existenzinteressen.

Zum zweitenmal schon hatte der Walk-Michl einigen Damen, weil sie, um den Weg abzukürzen, über die abgemähte Wiese auf das Kurhaus zugingen, die ärgsten Benennungen nachgerufen. Einer alten Kommerzienrätin bleckten die Schulkinder die Zunge heraus und plärrten: »Jud'nsau!«

Der Schlefflinger-Barthl fuhr mit dem leeren Heuwagen einmal die schmale Feldstraße zum sogenannten »Geigenacker« hinauf, der seitwärts von der Kuranstalt lag. Von vorne kamen drei Kurgäste, ein älterer Herr und zwei Damen, und wollten vorbei. Der Barthl aber tat nicht im mindesten, als ob er Platz machen wolle, und fing, neben dem Wagen hergehend, mordsmäßig mit seiner Geißel zu schnalzen an, schwang den Arm weitspurig herum und herum, daß die drei Herrschaften notgedrungen auf den Feldrain steigen mußten. Das machte besonders der älteren, sehr beleibten Dame große Beschwerden, und als der Barthl sah, wie sie der Herr am Arm hinaufziehen wollte, fuhr er schneller an, daß die verängstigte Alte nur mit knapper Not einem Ochsentritt entkam.

»So warten Sie doch! ... Das ist doch eine Rüpelhaftigkeit! Sie haben doch –!« schrie der Herr empört, und auch die zwei Damen schimpften.

»Na müaßt's hoit net auf den Weg geh!« antwortete ihm der Barthl hämisch und fing sofort zu brüllen an: »Hot enk koa Mensch g'schrien, ös Bagasch! ... Bleibt's drinn a der Stodt! Mir braucha enk net, ös Saujud'n!« Und weiter schnalzte er mit seiner Geißel, daß es das Gerede des Fremden übertönte.

Die drei Herrschaften kamen entrüstet ins Kurhaus zurück und fuhren noch am selben Abend ab.

Der Doktor Lammersdorfer kam zum Schondorfer. Mit aller Eindringlichkeit setzte er ihm diese Übelstände auseinander. Der Bürgermeister war nicht kalt und nicht warm zu ihm. Er hörte zu und nickte hin und wieder beiläufig. Eine Pause entstand. Der Schondorfer kratzte sich hinter den Ohren und wußte nicht hin und her. Er schaute den Doktor nicht an. Der aber ihn um so gespannter.

»Thm!... Mei Liaba, do Bürgermoasta sei und a jed'n recht macha?« brummte endlich der Bauer heraus. Fast nur für sich sagte er es. Dann schüttelte er den Kopf einigemal und schwieg wieder. Mit unterdrückter Ungeduld wartete der Doktor.

»Ja no ...!« fing endlich der Schondorfer wieder mit – wie man ohne weiteres sah – schwerer Überlegung an: »Seitdem, daß Sie hoit domois an Wiggl und an Michl und an Lermoser-Beni a's Feld 'nausg'schickt hob'n, hobn's hoit an Hock auf Iahna! ... Wos will jetz do i dageg'n macha? ... Wo amoi a Feindschaft is, do bleibt's, und koa Teifi bringt's nimma weg...«

»Gut, wir wollen doch sehen!« sagte der Lammersdorfer entschlossen und ging schnurstracks zum Walk hinüber. Der Bürgermeister blieb einen Moment wie ein ertappter Dieb stehen, dann drehte er sich rasch um und schaute durchs Fenster. Der Schondorfer hielt schier den Atem an und horchte. Es war eine Aufmerksamkeit. –

Man hockte grad zur Brotzeit um den Tisch beim Walk, als der Lammersdorfer eintrat. Alle, der Bauer, die Bäuerin, der Michl und die Annamarie hoben die Köpfe wie auf Kommando. Vielleicht wollten sie grüßen, aber der Lammersdorfer ließ sie gar nicht zu Wort kommen. Er fing geradewegs an, so energisch, daß sie überhaupt fürs erste nur schauen konnten.

»So, das ist ja gut, da treff' ich ja alle auf einmal – Sie glauben also,« sagte er sofort und schaute fest auf den Michl, »weil ich Sie damals gleich ins Feld geschickt habe, deshalb können Sie jetzt Ihre Wut an meinen Gästen auslassen?!...Sie irren, Herr Michael Walk, Sie irren gewaltig! Sie und der Bartholomäus Schlefflinger, verstehen Sie mich?!«

Noch immer schauten die Bauersleute mit großen Augen und offenen Mäulern. Der Doktor Lammersdorfer furchte auf einmal die Stirn und – ja, ja, ja! Was stand denn da auf dem Tisch vor dem Walkmichl? Was war denn das für ein Zinnkrügl? Und der Michl, warum wurde er denn auf einmal rot und dann gleich wieder blaß, als er jetzt bemerkte, wie der Doktor dieses Krügl genau fixierte? Warum rührte er sich denn absolut nicht, im Gegenteil, warum wurde er denn so urplötzlich ganz zerdrückt und faßte unwillkürlich das Krügl an und stierte dann wieder auf den Lammersdorfer, der sich nun unterbrochen hatte, jäh und verblüfft fast, und nur noch sagte: »Na, Herr Michael Walk, wir sehen uns ja bald woanders, hm? Ganz wo anders, Adjö!« –

Der Bürgermeister Schondorfer brauchte wirklich gar nicht lange zu warten, aber es kam ihm doch komisch vor, mit welch einer ruhigen, siegesgewissen Haltung der Kurherr aus dem Walkhaus trat und rasch den Feldweg hinaufging, aufs Kurhaus zu. Er konnte es nicht mehr aushalten vor Neugier, der Schondorfer. Er ging zum Walk hinüber. Er traf seinen Nachbarn und die Bäuerin noch in der Stube. Sie schauten seltsam zermürbt drein, grad so. als wie wenn ein ganzer Wurf Ferkel krepiert wäre oder die beste Kuh eingegangen sei.

Stockstarr stehen blieb der Bürgermeister und fragte stockend: »Jetz – wos is denn jetz do passiert?... Wo is denn der Michl?« Instinktiv fragte er danach und schaute im Raum herum.

»A Lackl is er!... I woaß aa net, wos er hot!... Auf und davon is er!« brachte Walk endlich heraus.

»Davo?... Ja worum denn?« fragte der Bürgermeister bestürzt.

»Hm!... I woaß aa net!... Do packt er jetz auf amoi sei Zinnkriagl und laaft davo!«

»Sei Zinnkriagl?«

»Ja! Woaß der Teifi, wos er damit hot!« gab der Walk zurück und schaute nun dem Bürgermeister ins Gesicht. Die Bäuerin hatte die Hände über ihren spitzen Bauch gefaltet und machte in einem fort: »Hmhm–hm, um Gottswilln, wos werd do wieda sei... hmhmhm. Um Gottswilln, Jess' Maria und Joseph!... Hmhmhm!«

»Ja – wos is's denn mit'n Lammersdorfer eig'ntli g'wen?« erkundigte sich der Schondorfer.

»Ja mei, wos werd g'wen sei!... Er is rei bei der Tür, hot's Schimpfa o'gfangt und hot in oan furt auf dös Kriagl g'schaugt.... Grod a so, ois wia wenn's iahm g'härert!« sagte der Walk, und jetzt begriff der Bürgermeister auf einmal und wurde stumm und blaß.

»Herrgottsakrament.... Wos werd's do geb'n!... Sa–kra–ment, do gibt's glei gor was ganz 's Zwiders (Zuwideres).... Dös hätt' i net glaabt, hm–hm–hm,« brummte er nach einer Weile und ging ganz und gar mißmutig aus dem Walkhaus ....

Während dieser Zeit hockte der Michl beim Schefflinger drunten in der Stube, zwischen dem Barthl und dem Bauern, das Zinnkrügl vor sich, im eifrigsten Gespräch.

»Der Sauhund, der verreckt! ... Der Huarnhund!« stieß der Schlefflinger von Zeit zu Zeit heraus und blinzelte dem Barthl zu.

»Jetz is's scho wia's ist ... Jetz tat i iahm amoi richti hoamleicht'n, den Krippi, den hundsheidern!« warf der Barthl hin. »Jetz kaam's mir auf dös aa nimma o!«

»Ja mei, ja mei! ... Wia denn?« fragte der Michl verstört. »Der hot ja doch scho auf Kegelhausen num telephoniert! ... In a poor Stund hoit mi ja der Beischl doch scho –.« Er schaute auf das Krügl und wußte nicht mehr weiter.

»Der Beischl? ... Jetz? ... Vor um sechsi kimmt der net hoam! ... Und glaabst, daß der jetz glei auf d' Nocht nu rumlaaft wega den Saujud'n? ... Ausg'schlossen! ... Vor morg'n früah kimmt der net,« sagte der Barthl mit seiner bekannten Überzeugungskraft, langte nach dem Krügl, schaute es nachdenklich an und meinte weiter: »Hm, is scho recht saudumm aa, daß'd dös grod akratt mitnehma host müass'n! ... Aba dös hob'n mir glei ... dös derschlog i mit' n Hackl zu tausend Fetz'n und wirf' s ganz einfach in d' Odelgruab'n .... Na konn dir koa Hund und koa Katz wos nochweis'n!«

Das ermunterte den Michl wieder etwas. Er hob den Kopf getröstet. Eine Weile verging schweigend. Der Schlefflinger war aufgestanden und auch der Barthl machte es so.

»I? ... I tat den Hundsteifi pfeilgrod o'zünd'n! ... Den Sauhund, den mis'rablinga!« warf der Schlefflinger beiläufig hin und ging aus der Stube.

»Herrgott! Herrgott ...!« stieß der Michl abermals besorgt heraus, als er jetzt mit dem Barthl allein war. Unbehaglich schaute er drein.

»Eppas tat i iahm oiwai o!« sagte der Barthl und dämpfte plötzlich seine Stimme. »Du brauchst bloß d' Votz'n hoit'n, nachha kinnas oisamm nix macha! ... Du sogst ganz einfach, du hätt'st dös Krüagl domois bei der Untersuchung, wia ma mit'n Beischl oisamm naus san, mitgnomma und mir sog'n dös gleiche .... Brauchst bloß dabei bleib'n! ... Na konn er schaug'n, ob er üns wos nochweis'n konn .... Aba jetz druck di, mach!«

Der Michl schaute kleingläubig auf ihn. Es war schon dämmrig draußen.

»Mach, daß d' furt kimmst jetz! ... Druck di!« wiederholte der Barthl abermals, und endlich erhob sich der Michl. Und wie so Menschen nun einmal sind, die ihr Leben lang noch nie was mit Polizei und Gericht zu tun gehabt haben und auf einmal alles schwarz vor sich sehen – er schnitt ein Gesicht, wie wenn er im nächsten Augenblick von den Henkern zum Schafott abgeholt würde, und sagte hastig: »I laaf ganz einfach davo und laß mi nimma sehng! ... I versteck mi an Moderer seiner Leit'n drent'n in den groß'n Loch und fahr morg'n oder übermorg'n in d' Stodt eini ... «

»Ja, dös kannst aa toa .... Druck di nu jetz!« erwiderte der Barthl noch, und eilsam stand der Michl auf, rannte durch den Stall hinten hinaus und lief, so schnell er konnte, auf die Moderer-Waldung zu.

Daß dieses plötzliche Vorkommnis dem alten und dem jungen Schlefflinger zuwider war, läßt sich denken. Der Barthl tat zwar, was er in bezug auf das Zinnkrügl versprochen hatte. Er zerhackte es und warf es in die Odelgrube. Aber abends, als der Bauer und der Sohn allein in der Stube waren, sagte der Schlefflinger doch: »Dös bringt dö ganz G'schicht auf, werst es sehng .... « Dann schaute er hastig hinum und herum, ob auch niemand zuhöre, und sagte halblaut: »No ja, mir hob'n ja nix z' toan damit, aba no, ma konn net wiss'n .... Mir wiss'n fei nix, gell, daß d' es woaßt! Mir sog'n ganz einfach, mir wiss'n nix! ...« Und mit deutlicher Schadenfreude schloß er, nachdem der Barthl geantwortet hatte: »Jetz sollt'n nu amoi dö sell'n großg'schedlten (großkopferten) Herrn d' Supp'n aussaufa, dö wo domois, wia mir wega den Huarn-Schlesinger der Prozeß g'macht word'n is, a so a große Votz'n g'habt hob'n ...«

Aber es kam alles ganz anders, als man glaubte.

Wenn der Doktor Lammersdorfer auch gleich nach seiner Rückkehr ins Kurhaus die Kegelhauser Gendarmeriestation antelephonierte und ihr eröffnete, er habe jetzt einen Beweis, daß die damaligen Kurhaus-Einbrecher nirgends anders als in Wachelberg selber drinnen wären, und energisch forderte, daß eine Haussuchung beim Walk und eine sofortige Festnahme des Michl vorgenommen werde, so schnell pressierte es dem Polizei-Inspektor Segerer nicht. Die Nacht ging nieder. Kein Gendarm kam nach Wachelberg herüber. Voller Ungeduld fuhr schließlich der Lammersdorfer nach dem Gebetläuten mit dem Auto nach Kegelhausen hinüber, und da zeigte es sich zum erstenmal ganz eindeutig, wie man im Dorf zu diesem Kurhausherrn stand. Der

Vorfall im Walkhaus hatte sich wie ein Lauffeuer im Dorf herumgesprochen, und als jetzt das Auto durchfuhr, schrie es von allen Seiten unvermutet und drohend aus der Dunkelheit: »Saujud! ... Huarnhund! ... Bagasch!« Erschreckt fuhr der Chauffeur schneller, empört und erstaunt hob der Doktor den Kopf, aber auch bloß ein einziges Mal, denn auf einmal surrte ein wuchtig geworfener Stein scharf an seinem Kopf vorbei, und einige schlugen hart auf das Wagengehäuse. Er zuckte und duckte sich schnell und schrie: »Fahren Sie schneller!«

Jetzt wußte er, wie er daran war. Blaß kam er ins Amtszimmer vom Inspektor Segerer in Kegelhausen.

»Das ist unerhört! M i c h als Oldenburger für einen Juden halten! Man ist des Lebens nicht mehr sicher!« schrie er außer Rand und Band und bat erregt um persönlichen Schutz und sofortiges polizeiliches Eingreifen.

»Das ist – das ist – « stotterte er.

»Also dö hab'n Sie geschimpft und verschiedene Personen haben Steine auf Sie geworfen? ... Wer war das?« unterbrach ihn der Segerer amtsmäßig: »Was haben Sie anzugeb'n?«

Der Lammersdorfer wurde gänzlich hilflos. Er wollte auseinandersetzen und beschwerte sich heftig über die Säumigkeit der Polizei. Der Segerer bekam einen roten Kopf und verbat sich strengstens eine solche Kritik.

»Ich mach' Sie darauf aufmerksam, dös g'hört nicht zur Sache! ... Ich bin jetzt zwanzig Jahr' hiesiger Polizei-Inspektor und hab' noch nie so was hör'n müss'n! ... Dös is dös erstmal! ... Sowos gibt's nicht!« hub er an mit seiner fetten Stimme und war schon verstimmt. Es kostete den Lammersdorfer die größte Überwindung, ruhig zu bleiben, und erst nach langen, eindringlichen Vorstellungen brachte er den Inspektor so weit, daß er den Wachtmeister Beischl und den Gendarm Huber mitschickte.

»Es is eigentli absalut geg'n 's Reglama, aber i nehm's auf mich, daß Sie sehng, daß's an mir nicht liegt, Herr Dokta! ... Ich meechte Sie aba drauf aufmersam mach'n, daß mir gar nix erreich'n! ... Richtig polizeimäßig geht man bei Tag vor, wo kein Mensch drauf gefaßt is! ... Werd'n Sie's sehng, daß ich recht hab! ... In ganz Wachlberg wird ma drauf aufmerksam g'macht und richt sich danach, und wir hab'n dann dö greeßt'n Schwierigkeit'n!« wiederholte der Segerer vor der Tür noch einmal.

Der Lammersorfer sagte gar nichts mehr und nickte nur immerzu. Der Chauffeur kurbelte an. Beischl und der Huber, denen man's deutlich ansah, wie verstimmt sie über diese so späte Störung waren, stiegen voraus ins Auto und ließen sich auf die nachgiebigen Sitze fallen. Dann kam der Doktor. Das Auto surrte und hob sich hinweg.

Viel dunkler war es, als man aus Kegelhausen herauskam. Der Wind trieb stärker über die weiten Felder. Mächtige Wolkenmassen strichen über den Mond. Hoch und drohend wölbte sich der bewölkte Himmel. Wie ein unheimliches, aufgeschrecktes Flammentier schoß das Auto durch den schwarzen Staatsforst. Gespenstisch züngelten rechts und links die hohen Fichten auf und fielen wieder in die Nacht zurück. Plötzlich wurde es wieder flach und vom Heimertshauser Hügel herab leuchteten etliche gelbe Lichter.

Der Beischl reckte sich auf einmal und horchte.

»Do! … Wos is den dös? Z' Auging leit's!« hastete er heraus. Alle drei Wageninsassen lauschten angestrengt.

»Do brennt's wo!« riefen der Huber und der Beischl zugleich und der Lammersdorfer schnellte jäh auf, riß sich herum und schaute gerade in die dunkle Landschaft. Jetzt trug der Wind die Glockentöne der Pfarrkirche deutlich herüber und auch in Heimertshausen fingen die Zinnglöcklein der Kapelle dünn zu läuten an.

»Dös is a Feirleit'n! Nix anders!« sagten die zwei Polizeimänner. Stumm stand der Lammersdorfer und auch sie erhoben sich jetzt. Man war schon im Dorf.

»Brenna tuat's! Brenna tuat's!« schrie es von allen Seiten gell. Leute liefen aus den erhellten Häusern und rotteten sich zusammen. Erschreckt schauten sie auf das vorbeisausende Auto, das dann in der kleinen Mulde hinterhalb des Dorfes verschwand, auf dem Auginger Berg wieder auftauchte, hinauflief und im Pfarrdorf wieder verschwand.

Dort ging es viel bewegter zu. Der Lammersdorfer ließ langsamer fahren und halten. Es läutete, schrie und trompetete. Aus dem Feuerwehrhaus zog man den Spritzenwagen und der Scherber-Lenz kam mit den zwei angeschirrten Pferden daher. Blinkende Feuerwehrhelme tauchen auf, alles brüllte durcheinander und rannte.

»Wos is's denn? Wo brennt's denn?« fragte der Beischl aus dem stehenden Auto.

»S' Wachlberger Kurhaus brennt!« brüllte der Lenzbauern-Christl. »Macht's Plotz auf der Straß'n!«

»Fa–fahren Sie!« schrie der Lammersdorfer, und außerhalb Auging sah man's schon. Der ganze Himmel war rot und rauchig. Der Wind riß zeitweise die riesige Flamme auseinander und warf sie gleichsam über das aufschimmernde Dach des Kurhauses. Das Auto flog den Auginger Berg hinunter, raste durchs Dorf und startete am Brandplatz. Lammersdorfer und die zwei Schutzleute stürzten heraus. Der Doktor wollte auf den Bürgermeister Schondorfer zu. Es war zwecklos. Unbeschreiblich sah es aus. Die Wachelberger Feuerwehr war in voller Tätigkeit. Es schrie ringsherum ohrenbetäubend, die Flamme prasselte, die Männer liefen, der Berberger-Wiggl trompetete unausgesetzt und der Schondorfer fuchtelte und plärrte wie ein angestochener Stier. Dann kamen auch schon die Auginger und die Heimertshauser Feuerwehren angesprengt, die drei Spritzen fauchten und ergossen ihren dampfenden Strahl ins zischende Feuer, das immer wieder etwas niedersprang und dann mit um so größerer Wucht auflohte. Die paar Kurgäste mit dem Personal liefen in der Nacht herum, jammernd, fluchend, wimmernd, alles durcheinander; die wildgewordenen Pferde stampften am Arm des Spohrerknechts und wieherten laut auf.

Es war bloß gut, daß der Oberapotheker Neffelsberger zur Stelle war. Er schoß geradezu auf den Doktor und die Gendarmen zu und berichtete. Ein ganzer Menschenknäuel mit neugierig gereckten Hälsen, Kurgäste, Personal und Weiber und Dorfkinder umgab zuletzt den Neffelsberger und hörte dieser sprechenden Zeitung aufmerksam zu, während die Feuerwehrleute in Wurfweite entfernt mit dem Element kämpften, so gut es ging.

Um den Lammersdorfer herum redete es. Hinten im Heustadel, oberhalb des Pferdestalles fing es an zu riechen, und auf einmal schlugen die Flammen schon aus den Brettern, hieß es.

»Brandstiftung oder Nachlässigkeit!« rief der Oberapotheker.

»Brandstiftung!« wiederholte der Kutscher. »Nichts anderes! Brandstiftung!«

Die Kurgäste jammerten. Der Chauffeur fuhr sie nach Kegelhausen; dort, in der Bahnhofsrestauration, übernachteten sie und kamen nicht mehr. –

Erst gegen fünf Uhr in der Frühe war die Hauptgefahr beseitigt, die Trümmer kohlten noch, ein unheimlicher, erstickender Qualm verpestete die Luft. Immer noch spritzte man. Als es Tag wurde, lag ein Viertel des Kurhauses zerstört da. – –

Am anderen Tag wurde der Walk-Michl vom Beischl in Kegelhausen auf dem Bahnhof festgenommen. Nach einer Woche der Berberger-Wiggl. Der alte und der junge Schlefflinger erhielten etliche Tage darauf eine Vorladung, und spät nach fünf Uhr kam bloß noch der Bauer allein heim. Wo er vorbeikam, lugten die Leute verstohlen aus den Fenstern und schauten auf sein finsteres Gesicht.
»Auweh! ... Holla, dös werd ganz drecki!« brummte der Hirntoni in sich hinein und dachte sich dabei verschiedenes. –
In ganz Wachelberg ging seit dem Brand sozusagen nur noch ein Flüstern herum. In jedem Dörflerblick war Mißtrauen und lauernde Vorsicht. Keiner wollte mehr was zu tun haben mit dem Walk, dem Berberger und dem Schlefflinger. Weiß der Teufel, was da noch alles aufkommen konnte! Am gescheitesten war es, man kümmerte sich nicht um die Betroffenen, man mied sie soviel wie möglich. Warum hatten sie es auch so saudumm angepackt, der Michl, der Wiggl und der Barthl! Und womöglich verplapperte sich jeder und ritt den anderen dadurch immer mehr ins Verderben hinein.
Bei sowas heißt es stockdumm sein. Wenn man das Maul nicht halten kann, soll man eben auch nichts Derartiges anfangen, war die ausgesprochene Meinung der Wachelberger Allgemeinheit.

X

Erst jetzt war es dem Doktor Lammersdorfer ganz klar, was für eine verbissene, versteckte und gefährliche Feindschaft ihn umgab. Die ersten Tage nach dem Brand konnte er vor Wut und Empörung kaum richtig denken, allmählich aber überlegte er hin und her. Er erinnerte sich an die ganzen bisherigen kleinen und großen Reibereien mit den Bauern. Wäre er noch der gesunde, rüstige Mensch gewesen, ja. Aber so?! Sein Darmleiden war eher schlechter als besser geworden und jetzt all diese Verdrießlichkeiten, die abermalige Aufbau-Arbeit! Und womöglich im nächsten Sommer ein noch schlimmeres Benehmen der Wachelberger gegenüber den Kurgästen. Er sah nichts als Widerwärtigkeiten und ärgerliche Hemmnisse. Er hatte es satt, dieses Herumbalgen mit den störrischen Dörflern, ganz und gar satt. Zum erstenmal nach dem Krieg bekam er auch wieder Nachricht von seinem Bruder in Ostindien. Und was waren das für Nachrichten!

Das Leben wäre unwirklich schön, der Indier vornehm, die englischen Behörden zuvorkommend und gerecht und in dem kleinen Städtchen Arka sei kein Arzt. Deutsche seien beliebt und geschätzt hier.

Der Doktor stand oft und oft am Fenster und schaute in die herbstliche Gegend. Leer und trostlos lagen die Felder da. Trüb und regnerisch hing der Himmel über dem tristen Wald. Vom Dorf herüber glotzten die weit auseinander laufenden Häuser; kaltfarben war ihr Gemäuer; da hockten sie, unverrückbar und gelassen-robust wie mächtige, ruhende Rinder ....

Er schnaufte schwer auf, so, als beenge ihn etwas, als sei ihm die Luft zu wenig hier. Er ging wieder an seinen Schreibtisch und überlegte. – –

Um jene Zeit sah man den Oberapotheker Neffelsberger fast täglich ins Kurhaus gehen. Stundenlang blieb er oft. Den Wachelbergern entging das nicht. Feindselig verfolgten sie dieses Hin- und Hergelaufe, das schon deshalb allerhand Mutmaßungen zuließ, weil sich der Oberapotheker seit dem Brand nicht ein einziges Mal mehr im Dorf, weder beim Unterwirt noch beim Bürgermeister hatte sehen lassen.

»Do siehcht ma's wieda! ... Is oana wia der ander vo dö feina Herrn!« murrte der Moderer einmal. »Z' erscht host g'moant, er is ganz auf unserer Seit'n, der windi Apotheka .... Jetz, weil si der Stiel umdraht hot, macht er si wieda bei'n Dokta guat Freind .... Dös san scho dö Recht'n!«

Das war aber doch unrichtig. Eines Tages bekam der Bürgermeister Schondorfer vom Bezirksamt Kegelhausen eine Vorladung »betreffend einen Pachtvorschlag des Herrn Dokter der Medizin Kurt Lammersdorfer an die Gemeinde Wachelberg«.

Was war denn jetzt das für eine seltsame Sache? Der Schondorfer schaute immer wieder ungläubig auf das Schreiben, schüttelte den Kopf, faltete die Stirn, dachte nach und las abermals. Er kannte sich nicht aus mit diesem Schreiben. Er ließ einspannen und fuhr ins Bezirksamt hinüber.

Es regnete in Strömen und er trieb den fetten Fuchsen scharf an. Draußen am Kranzederkreuz traf er den Oberapotheker, und gleich senkte derselbe den Schirm und grüßte mit maliziösem Gesicht.

»Wo geht's denn hi, Herr Oberapotheka?« fragte der Schondorfer und fuhr langsamer.

»Aufs Bezirksamt! Genau wie Sie, Herr Bürgermeister!« war die Antwort.

Der Schondorfer beugte sich erstaunt aus dem Wagendach: »Aufs Bezirksamt? ... Ja–a do hob'n mir ja den gleich'n Weg, steigts aufa, Herr Oberapotheka!«

Und das ließ sich der Neffelsberger natürlich nicht zweimal sagen. Es schaute auch ganz so her, als wie wenn er bloß darauf gewartet hätte. Kaum saß er unterm Wagendach, da fing er auch schon zu erzählen an, und jetzt ging dem Schondorfer ein Licht auf.

»Soso! ... Soso!« brummte er in einem fort befriedigt. »Soso, na will er's jetz der Gemeinde auf Pacht geb'n? ... Soso, desweg'n san Sie oiwai drauß'n g'wen bei iahm? ... Jaja, na is 's wos anderschts.«

»Und wie gesagt, Herr Bürgermeister, ich stell' mich gern zur Verfügung, gern,« flocht der Neffelsberger von Zeit zu Zeit immer wieder in seinen Bericht.

Auf dem Bezirksamt empfingen der Amtmann, der Oberassistent Meilnbacher und ein Herr Rechtsanwalt Griesheimer als Vertreter des Kurhausbesitzers die zwei. Nach einer herzlichen kurzen Begrüßung begann man sofort die Debatte.

»Nach wiederholten Besprechungen zwischen Herrn Oberapotheker und meinem Mandanten,« führte der Rechtsanwalt protokollarisch-sachlich aus, »hat sich mein Mandant bereit erklärt, das Kurhaus unter bestimmten Bedingungen der Gemeinde Wachelberg in Pacht zu geben. Mein Mandant erklärt sich weiterhin auch bereit, der Gemeinde nach Ablauf der ersten fünf Pachtjahre ein Vorkaufsrecht einzuräumen.«

Der Neffelsberger strahlte. Seine kleinen, flinken Äuglein fingen zu glänzen an und schnüffelten unablässig an den herumsitzenden Herren. Er lächelte einnehmendst und nickte fort und fort.

Der Bürgermeister Schondorfer hörte zwar auch aufmerksam zu, aber seine Miene war nicht anders als sonst.

»Ja natürli, meine Herrn, dös is a so a Sach ... I konn jetz do aa nix weiter sog'n .... Do muaß man scho erscht a Gemeindeversammlung einberuffen, anderscht geht dös natürli net,« meinte er endlich, nach seiner Meinung befragt, und setzte in derselben Tonart hinzu: »Es waar ja soweit koa schlächte Sach, nana, dös net .... I hob ja oiwai g'sogt, dös soit Gemeinde hob'n, dös Kurhaus ... Aba no, so übers Knia konn ma dö Sach net o'brecha .... Do soit nu Gemeinde selba sog'n, wos 's will ... I konn do vorlaifi gor nix sog'n ...«

Das veränderte den Neffelsberger im Nu. Er bekam jäh ein fast hilfloses Gesicht und sah fast bittend auf den Bürgermeister. Blaß wurde er, dann wieder rot und dann wieder blaß und wackelte fortgesetzt mit dem Kopf.

»Jaja, das ist ja selbstverständlich! ... Das ist ja vorläufig nur einmal erst eine Information!« kam ihm der Bezirksamtmann zuvor. »Das ist selbstverständlich, daß sich die ganze Gemeinde erst dazu äußern muß!« Und dann gab der Rechtsanwalt dem Bürgermeister den skizzierten Vertrag, der Pachtsumme und Bedingungen der beiden Kontrahenten enthielt. Man erhob sich und ging auseinander.

Auf der ganzen Heimfahrt redete der Neffelsberger unausgesetzt auf den Bürgermeister ein.

Und: »Jaja, natürli, natürli, ... Vo dem sogt ja aa koa Mensch! Natürli, natürli!« gab ihm der stets statt jeder Antwort zurück. Richtig froh war er, als der Apotheker vor dem Dorf aus der Chaise stieg. So ein hurtiges, aufdringliches Gesurms fast ein und eine halbe Stunde anzuhören, dazu gehörte schon ein besonderer Humor. Und außerdem sagt man bei uns immer, wenn einer so viel redet, dann hat er auch was im Sinn.

Und schließlich, man bekommt auch einmal genug, wenn es mit einer Sache immer so hin und her geht. Wenigstens zeitweise. Die ganze Kurhaus-Geschichte war schon fast ekelhaft.

Der Schondorfer kam mürrisch heim. Er sagte gar nichts über die Sitzung im Bezirksamt drüben. Er warf das Schriftstück in die Schreibtisch-Schublade. Seinetwegen hätte alles laufen können, wie es laufen wollte.

Erst am andern Tag war er etwas besser aufgelegt, las das Schriftstück durch und ließ den Lermoser herumgehen zum Gemeindeversammlung-Einsagen.

Zwei Tage darauf also saß man endlich in der dunstigen Stube beim Unterwirt und beriet, nachdem es schon gestern jeder wußte, um was es sich handle, die Pachtübernahme. Das heißt, man beriet sie gar nicht mehr, obwohl der Neffelsberger komischerweise jetzt auf einmal wieder Feuer und Flamme für die – wie er's nannte – »Eingemeindung des Kurhauses« war. Man ließ ihn reden und reden.

Von vornherein sagte der Kranzeder als Beigeordneter und bester Redner: »Dös is ja ganz recht und guat! ... I sog ja gor nix, daß mir 's Kurhaus net übernehma sollt'n! ... Aba dös is ja doch koa Übernehma, do müaßn ja mir zoin bis zum Dappigwerdn! ... Und für wos? ... Für a Sach', dö wo üns eigntli o'gstohln wordn is! ... Dös gibts denn nachha doch net ... Nana! ... Do konn i net Ja sogn, do sog i radikal Na!«

»Dofür zoin?!« rief der Berberger ebenso und vergewisserte sich vorsichtig, ob er's sagen konnte: »Den Lumpn zoin a no, für dös, daß er ganze Famülüen a's Unglück brocht hot .... Dös gibt's net!«

Der Neffelsberger redete auf den Bürgermeister ein, lispelnd und gewichtig, während sich die ganze Stube erregt unterhielt. Der Schondorfer stand nach einer Weile auf und sagte: »Loßt's amoi an Herrn Oberapotheka redn!« Es wurde ruhig und nun fing der Neffelsberger abermals an.

»Meine Herrn!« begann er mit aller Eindringlichkeit, ja fast mit einer flehenden Bitthaftigkeit: »Meine Herrn! Ich hab' seinerzeit die Muckquelle entdeckt! Ohne mich wäre kein Kurhaus und gar nichts, kein Fremder und – « »Mir braucha koane Fremdn! Ünser Ruah mächt' ma endli mit dera Bagasch!« fiel ihm der Schlefflinger grob ins Wort und hatte alle für sich.

»Meine Herrn! Es kommt nichts Besseres nach, sagt man!« schrie der Neffelsberger abermals: »Denken Sie doch nach, meine Herrn! Wenn die Gemeinde j e t z t nicht zugreift, ist's aus für alle Zeiten! Was kommt dann? Dann kommt ein anderer für den Lammersdorfer her und alles geht wieder von vorne an!«

Das ließ die Bauern doch aufhorchen. Sie wußten keine Erwiderung mehr und ließen den Oberapotheker reden. Verdrossen hörten sie zu. Am Schluß sagte der Schondorfer: »Mir kinna's ja nehma, aba net glei auf fünf Johr! Auf oans oda zwoa, ja, aba net so lang!«

»Dö Scheißquelln! Dös Unglückswassa!« plärrte plötzlich der Walk.

»Zuagmacht g'härts, dö Huarnkaluppn do hint'n!« sekundierte auch sogleich der Berberger.

»Worum is er denn wieda furt jetz, der Lammersdorfer? ... Worum red't er denn net selba mit üns?« fragte der Schlefflinger herausfordernd und schaute den Neffelsberger zweideutig an: »Weil er gnau woaß, was er für an Saustoi o'gricht hot! Der Lump, der schlecht! ... Eahm g'härt ja doch no ois! Der Bodn is iahm hoit z'hoaß wordn und jetz hot er sie druckt!«

»Meine Herrn! Das stimmt nicht!« schrie der Oberapotheker mit hochrotem Kopf: »Er ist tatsächlich schwer erkrankt!« Und mit erhobener, verzweifelter Stimme schrie er: »Ich sag Ihnen zum letzten Mal, nehmen Sie's in Pacht! Ich stelle mich gern zur Verfügung, gern!«

Und noch mehr schrie er, nachdem keiner einen zustimmenden Muckser tat: »Dann nehm's ich, meine Herrn, ich!«

Alle Bauern schauten ihn an. Einen Augenblick war es stockstumm, aber auch nur einen erstaunten Augenblick.

Dann sagte der Schlefflinger: »Na nehma's Sie's hoit in Gottsnam'!«

Keiner sagte was drauf. Und das war dem Oberapotheker Neffelsberger doch zu dumm. Er schaute beleidigt herum, nahm hastig seinen Hut und ging. Erst als er draußen war, belebte sich die Stube wieder.

»D e r? ... Hobt's denn dös net g'spannt, daß der bloß a Stell wuin hätt?« fing der Schlefflinger abermals an: »Dös waar a ganzer Feiner!«

»Freili! ... Dös hob i mir oiwai scho denkt! ... Der is um koa Hoor net anderscht wia der Lammersdorfer! Der schaugt aa bloß, wo wos rausspringt für iahm!« bekräftigte der Berberger.

»Z'erscht hot er dö Hundsquelln aufbrocht und hot üns do recht aufg'hetzt! ... Der Muck? ... I wett, daß der aus lautern Verdruß gstorbn is, weil er sei Hoizl hergebn bot müaßn! ... Und wer is schuid dro gwen? ... Der Neffelsberger. Der hot in oan furt a so neito in üns und na hobn mir an Muck pollisch (verärgert) gmacht .... Na hot er verkaaft! ... Und wia na verkaaft gwen is, wos hot er na to, der lumpert Apothäka? ... Na hot er erst rächt g'hetzt .... Und jetza? Jetza, weil der Wiggl, der Michl und der Barthl an Zuchthaus hocka .... Jetzt hilft er wieda zon Lammersdorfa!« schimpfte der Walk erbittert. Sein Gesicht war schmerzhaft. Er dachte an seinen Michl. Seine Bewegung teilte sich mit.

»Dös san d' Judn! ... Oisamm helfas z'samm!« rief der Schlefflinger wieder.

»Und der is der größt!« schloß der Moderer. »Da oiahintervotzigst!«

So hörte diese Gemeindeversammlung auf. Etliche Tage darauf fuhren der Schondorfer und der Kranzeder ins Bezirksamt hinüber und gaben zu wissen, daß es nichts sei mit der Pachtübernahme des Kurhauses durch die Gemeinde. Auch der Neffelsberger – samt seiner Vorlautigkeit – pachtete nicht. Er tat auch gut daran, denn seit dieser Zeit kam fast kein Sommerfrischler mehr nach Wachelberg. Feind ist man heute noch dem Oberapotheker. Er gilt als Fremder. Er kommt nicht mehr zum Unterwirt und nur wenn es ganz notwendig ist, zum Schondorfer. – – –

Das Urteil gegen den Michael Walk lautete auf fünf Jahre Gefängnis. Der Berberger-Wiggl bekam wegen Beteiligung am damaligen Einbruch ein Jahr. Der Schlefflinger-Barthl kam mit drei Monaten weg, weil ihm weiter nichts nachgewiesen werden konnte, als daß er die zwei dazu aufgehetzt hatte.

Das Wachelberger Kurhaus lag bis vor kurzem leer und verlassen da. Der Neffelsberger beaufsichtigte es bis dahin. Nach langwierigen Verhandlungen ist es nun in staatlichen Besitz übergegangen. Es heißt, demnächst soll es wieder instand gesetzt und der Betrieb eröffnet werden.

Ob die Grundstück-Aufkäufer im Wachelberger Geviert gut spekuliert haben, muß sich erst ergeben. Prozessiert hat jeder Bauer gegen sie und verloren hat er zuguterletzt doch. Geld an Gerichtskosten ging dabei genug drauf.

Eigentlich kann im ganzen Dorf nur der Schlefflinger lachen. Er hat seinen Vogelacker noch und der Barthl hat die Schondorfer-Sephi geheiratet. Er sitzt als Jungbauer heute im Bürgermeisterhaus.

Und dem Schlefflinger, dem schreibt man's eigentlich zu, daß der Lammersdorfer auf ewig aus unserm Gau verschwunden ist, daß sich überhaupt kein Fremder mehr in unsere Angelegenheiten mischt. Ob's nun ein Jud ist oder nicht, das bleibt sich vollkommen gleich.

Wir nehmen stets nur das an, was gut ist für unsere Interessen, denn d i e bleiben immer die unsrigen, basta.

Der Schlesinger mag ein reeller Mensch gewesen sein, der Lammersdorfer war für uns einfach ein Saujud und der Neffelsberger ist der allergrößte.

D a s ist unsere Überzeugung.

Das Aderlassen

I

Bei der letzten Session des Schwurgerichts beim Landgericht München I fand unter anderem auch die Verhandlung gegen meinen ehemaligen Schulkameraden, den Salvermoser-Wastl von Aining, wegen Körperverletzung mit Todesfolge statt. Bei einer Rauferei zwischen ihm und dem Bader Limmlinger von Bachling hatte der Wastl den letzteren so zugerichtet, daß derselbe drei Wochen darauf im Krankenhaus Kergertshausen seinen Verletzungen erlegen ist. Dennoch mußte der Angeklagte freigesprochen werden, weil es sich herausstellte, daß er in Notwehr gehandelt hatte.

Es kann nicht behauptet werden, daß der Wastl seinen Richtern etwas verschwiegen habe, und die Aussagen sämtlicher Zeugen deckten sich so ziemlich mit seinen Angaben. Genau nach dem Buchstaben genommen, ergibt sich der folgende, sehr einfache Tatbestand:

Der Bader Limmlinger hat, samtdem daß er schon ein Fünfziger war, im Sinn gehabt, die Hanfzenzl, die Kellnerin beim Postwirt Reblinger in Bachling, zu heiraten. Die Zenzl ist eine Gütlerstochter von über der Isar drüben, mag ihre neunundzwanzig Jahre alt sein und hat gerade nie so getan, als wie wenn sie vielleicht den Limmlinger nicht möchte. Im Gegenteil, jeder Mensch unserer umfänglichen Pfarrei Bachling war nach allem, was zwischen den zweien zu sehen und zu hören war, steif und fest der Meinung, das gebe bald verheiratete Leute. Schlecht erraten hätte es die Zenzl bei einem solchen Zusammenstand auch nicht. Der Limmlinger hat das ganze Jahr seine Arbeit gehabt und sie hätte »gnädige Frau« spielen können. Auf einmal aber hat sich der Wastl um sie herumgemacht, und zwar gleich so offen herausfordernd, daß es zum Krachen kommen mußte. Und da ist alsdann das ganze Unglück geschehen. –

Der Verteidiger vom Wastl hat seine Rede sehr schön gemacht. Sie wirkte auch demgemäß.

»Nämlich,« hat er gesagt, »nämlich, meine Herren, im Grunde genommen muß doch auch in Betracht gezogen werden, daß die eigentliche Urheberin der unglückseligen Rauferei die Hauptzeugin Hanf gewesen ist!« Und herum drehte er seinen dicken, roten Kopf, schaute die Zenzl scharf an und fuhr noch lauter fort: »Zu einer Liebschaft, meine Herren, gehören doch bekanntlich immer zwei! Die gesamten Zeugenaussagen haben einwandfrei ergeben, daß die Zeugin Hanf sich die Nachstellungen meines Klienten absolut nicht verbeten hat, im Gegenteil, sie hat dessen Zuneigung vom ersten Moment an erwidert! Wäre das nicht der Fall gewesen, hätte sich die Zeugin meinem Klienten gegenüber klipp und klar für den Limmlinger entschieden, so wäre – menschlichem Ermessen nach – dem Salvermoser kaum in den Sinn gekommen, auf sie Hoffnungen zu setzen!« –

Deutlich konnte man es an den Gesichtern der Zeugenschaft merken, daß er etwas Richtiges getroffen hatte. Sogar der Postwirt Reblinger, der auf alles, was Gericht heißt und besonders auf Advokaten und Rechtsanwälte sehr schlecht zu sprechen ist, nickte mit dem Kopf wie alle anderen. Die Zenzl hockte in der Zeugenbank wie eine reuige Sünderin, hatte die Augen niedergeschlagen und war feuerrot.

Ein Weibsbild bleibt ein Weibsbild und ist wie das Wetterfähn'l auf dem Dach. Wie der Wind geht, so dreht es sich! Es war schon so, wie der Rechtsanwalt sagte. Der Wastl ist bloß zwei- oder dreimal beim Reblinger gewesen, hat mit der Zenzl unter vier Augen gesprochen und gleich hat sie sich ihm versprochen. Der Limmlinger hatte ausgespielt bei ihr. Freilich, lieber ist man doch Großbäuerin als windige Baderin. Dem Wastl gehört einmal der ganze Hof, denn er ist als einziger Sohn vom Krieg heimgekommen und eine solche Partie schlägt man doch nicht aus. –

Aber es hat sich an diesem Prozeß wieder einmal klar und deutlich gezeigt, wie wenig die Herren, die über uns zu Gericht sitzen, von uns Bauern verstehen. Ich möchte den Wastl gewiß nicht verraten, wenn ich genau erzähle, w a r u m er den Limmlinger weggeräumt hat. Man wird ihm ja auch nichts machen können, denn ins Inwendige von einem Menschen kann man nicht hineinschauen und zweitens hätte es ja auch so gehen können, daß der Wastl unterlegen wäre. Und außerdem ist zu hoffen, daß die Herren vom Gericht diese Geschichte doch nicht lesen. Basta! –

Der Salvermoserhof steht auf einer kleinen Anhöhe, rechter Hand, bevor man nach Aining hineinkommt. Schon von weitem sieht man das niedere, breitdachige Haus mit seiner großmächtigen, wettergrauen Altane. Einschichtig und eigensinnig steht es da und auf den schönen Anblick ist es absolut nicht hergerichtet. Fast baufällig sieht es aus. Die Hausmauern sind rissig und der Verputz ist da und dort abgebröckelt, die Stallfenster sind meistenteils mit Stroh verstopft, die verwitterten Fensterladen hängen schief und auf dem Dach klebt dikker Moosansatz. Man meint schier, in diesem Haus müßten armselige Leute wohnen. Doch das ist ein großer Irrtum. Beim Salvermoser stehen von jeher sechs Ross' und dreißig Stück Vieh im Stall, seine achtzig Tagwerk Acker- und Wiesengrund und beiläufig soviel Waldung gehören zum Hof. Und alles liegt nah ums Haus herum, nicht etwa weit und breit verstreut wie beim Bärnlochner und beim Haunigl. Die müssen oft eine Stunde gehen, bis sie auf ihre Äcker kommen.

Daß beim Salvermoser Geld da ist, weiß jeder, das heißt, bestimmt sagen kann es zwar keiner, aber es darf als ganz sicher gelten. Als sicher schon deshalb, weil es in der ganzen umfänglichen Pfarrei Bachling kaum geizigere Leute gibt als die Salvermosers, und weil einmal kurz nach der Inflationszeit eingebrochen worden ist, wobei die Diebsgesellen gut einen Viertelssack versteckter Goldstücke erwischten, wie eine Dirn (Magd) erzählt hat. Jeder hat damals darauf gewartet, ob der Bauer Anzeige erstatte. Er tat es aber nicht. Freilich, das begriff jeder, dem Finanzamt wollte er's nicht unter die Nase reiben. Das war ja selbstredend. Nach und nach aber sagte man sich doch überall: »Der muß's dick haben, daß er sich gar nicht rührt wegen einem solchen Haufen Geld!«

Kurz und gut, so steht es beim Salvermoser. Jeder wird nun verwundert fragen, warum man dort denn gar nicht mit der Zeit geht, wenn man sich's doch leisten könnte? Warum's denn gar so »hinterirdisch« herginge« auf diesem Hof?

Das hat verschiedene Bewandtnisse, und damit ich nichts durcheinanderbringe, will ich alles der Reihe nach erzählen.

Vor dem Krieg waren beim Salvermoser im ganzen fünf Leute da: Der Sepp, der als Ältester einmal den Hof übernehmen sollte, der Wastl, Bauer, Bäuerin und eine Dirn. Der Sepp ist Anno 15 im Westen gefallen und die Salvermoserin hat im Herbst 1917 in die Ewigkeit müssen. Daraufhin hat der Bauer noch eine Dirn und später auch einen Knecht eingestellt. Seitdem der Wastl vom Krieg daheim ist, hausen die zwei zusammen. Es geht dabei gerade nicht immer schiedlich und friedlich zu, denn der Alte will trotz seiner achtundsechzig Jahre das Heft nicht aus der Hand geben und kann nichts weniger leiden als Neuerungen. Er gleicht in dieser Hinsicht seinem seligen Vater auf ein Haar.

»I bin i, und wos dö andern teahna, schiniert mi nix!« hat der letztere immer gesagt, wenn man ihm beispielsweise irgendeine Maschine klar machen wollte. Und nach dieser Regel lebt auch der heutige Salvermoser.

»I bin i, und dö Neuigkeitn san bloß gmacht, daß ma an Baurn 's Geld rauslocka konn!« drückt er sich bei jeder die bezüglichen Gelegenheit aus. Zum Beispiel damals, als man bei den größeren Bauern Mähmaschinen, Dreschmaschinen und Kunstdünger einzuführen anfing, sagte er gleich zum Haunigl: »Wos? ... A Dreschmaschin? ... A Dreschmaschin? ... I, a Dreschmaschin?! ... Zu was hob i denn nachha vorig's Johr meine nei'n Dreschflegel macha lossn? ... Glaabst, daß i mit dö jetz einhoaz, weil's a so a hundsheiderne Maschin daherbrocht hobn .... Dös kinna dö Dappign macha, dö wo's Geld zum Wegwerfa hobn, aba net i ... Handarbat bleibt Handarbat! ... Zu mir kimmt ma nix so Neumodisch's rein!«

Und heute noch mäht und drischt man beim Salvermoser mit der Hand. Schon deswegen, weil die Dienstboten nicht verzärtelt werden dürfen. Dieses ewige Weiterwirtschaften wie bei Vaterszeiten ist auch der Grund, wenigstens ein Grund, warum der Bauer und der Wastl nicht auskommen.

Unter uns gesagt, es ist schön, wenn einer gut vom Krieg heimkommt, aber wenn er eben ins Gras beißen muß, läßt sich auch nichts dagegen machen. Als der Sepp gefallen war, ließ man die übliche Messe lesen und betete jedesmal beim Mittagessen ein Vaterunser mehr für die arme Seele vom Sepp. Hingegen wie der Krieg aus war und es geheißen hat, der Wastl wird bald kommen, versteckte der Salvermoser sein Goldgeld. Denn, erwog er für sich, so junge Spreizer haben allerhand Sekten im Kopf und können nicht umgehen damit. Besser ist besser.

Der Wastl kam und wollte auch gleich anfangen mit einem neuen Heuwender, wollte den Stall ausbessern lassen und oben in der Tenne einen Dynamo-Motor aufstellen. Der Bauer sagte nichts dagegen. Er ließ den Wastl ruhig mit dem Maurermeister Pfremdinger reden, er schaute sich auch die Kataloge mit den Heuwendern an. Da waren auch die Typen der verschiedenen Betriebsmotoren für landwirtschaftliche Maschinen drinnen. Er las die Preise, las die Beschreibungen, und als endlich der Wastl an ihn heranrückte wegen des Stallausbesserns, sah er ihn bloß schief an und meinte trocken: »Mach's nu, wennst a Geld host ... I hob koans.«

Der Wastl stand einen Augenblick da wie von einem wuchtigen Guß Dummheit übergossen und fand das Wort nicht gleich.

»Wos? ... Mir hobn doch a Geld?« fragte er alsdann und machte Augen wie ein junger Stier. Aber der Salvermoser drehte sich wie nicht gefragt herum und sagte genau wie vorhin: »I hob koans ... Oder glaabst du vielleicht, mir san an Krieg Millionär worn ...?« Dann ging er weiter. Damit war die Sache für ihn abgemacht und dem Wastl ein Riegel vorgeschoben. Wer den Salvermoser kennt, wer ihn je gesehen hat, kann es am besten ermessen, daß gegen seinen Willen nichts aufkommt. Er stemmt sich gegen nichts, er geht nur nicht darauf ein. Er schreit nicht, er flucht und streitet nicht, er steht bloß da, sagt erst gar nichts und läßt den anderen reden, schaut ihn durchdringend mit seinen listigen, harten Augen an und verzieht keine Wimper, wenn er nach all dem seine abweisende Antwort gibt. Baumlang ist er, zaundürr und bockbeinig wie eine Hagelbuche. Außerdem umsichtig wie ein Luchs, wenn es um seine Interessen geht. Nichts kommt ihm aus, nirgends läßt er sich hineinschauen und in seine Geldsachen schon gleich gar nicht. Dem Wastl gab er jeden Sonntag sein Biergeld, mehr nicht. Das Getreideverkaufen, die Viehhandelschaften machte er, ja sogar jeden Liter Milch und jedes Pfund Butter gab nur e r aus der Hand.

Sowas läßt sich natürlich ein Mensch mit achtundzwanzig Jahren auf die Dauer nicht bieten und einer, der den ganzen Krieg mitgemacht hat, erst recht nicht. Es kam bald zu Streitigkeiten zwischen dem Alten und dem Jungen. Der Wastl wollte mordsmäßig aufbegehren, aber mit dem Salvermoser läßt sich auch nicht recht streiten. Er hat es nicht mit dem vielen Reden. Er stellte sich stocksteif hin und sagte kurzerhand: »Herr bin i, daß d' es woaßt! ... Und solang i leb, gehts noch mein' Kopf, dös mirkst dir!«

Mit einer solchen oder ähnlichen Redensart brach er jede Auseinandersetzung ab und alsdann ging es wieder weiter, so wie e r ' s wollte.

Erst in der Inflationszeit kaufte er einen Heuwender und ließ schließlich auch den Stall ausbessern. Von einem Motor setzen lassen wollte er nichts wissen und Wastls ganze Aufregung half nichts. Der Bauer gewann immer wieder die Oberhand.

Vieh kaufte der Salvermoser um jene Zeit, und Getreide oder Butter gab er nur noch für amerikanisches Geld ab. Von daher datiert der Spottname der Aininger: »Devisenbaur«. Der Salvermoser ließ sich das ruhig gefallen und versteckte nach wie vor sein Geld.

Mit der Zeit spitzte sich die Feindschaft zwischen dem jungen und dem alten Bauern immer mehr zu. Jeden Tag wurden die zwei grober zueinander. Ein freundliches Wort hörte man überhaupt nicht mehr. Schließlich, als der Wastl sich so ziemlich die Hörner abgestoßen hatte und einsah, daß gegen einen solchen hartnäckigen Gegner nichts durchzusetzen sei, fing er mit dem Heiratenwollen an. Eines Tages sagte er es geradeheraus. Die Wanninger-Genovev von Reinmoos wollte er als Eh'haltin nehmen. Beim Wanninger sind sechs Kinder da, zwei Buben und vier Töchter. Ein Gütl ist's, der Wind kann es umblasen. Aber allgemein heißt es, fleißige und ordentliche Leute sind die Wanningers.

Der Wastl nahm sich sehr zusammen, als er alles so erzählte. Er brachte es mitunter sogar zu einem freundlicheren Ton und wurde, nachdem der alte Bauer ihm in einem fort stockstumm zuhörte, direkt benommen. Endlich fragte er seinen Vater, was er denn dazu meine. Der Salvermoser beschnüffelte ihn sozusagen einige Minuten mit den Augen von oben bis unten und fand es alsdann der Mühe wert, zu reden. »Soso! ... So – so, heiratn wuist ... So – so,« sagte er endlich ein wenig gedehnt und ließ den Jungen nicht aus den Augen: »Soso, heiratn? ... Und mi langsam nausdrucka?« Er wartete. Der Wastl bekam vor Wut ein grasgrünes Gesicht, seltsamerweise aber war jetzt der Salvermoser gesprächig geworden. Er legte sich breit und machtbehäbig in den Tisch und fing viel spöttischer von neuem an.

»Soso, vo d e r a Seitn mächtst mi jetz o'packa? ... Soso! ... Und ausgerechnat mit der sell'n lumpertn Wanningervev, dö wo net amoi an ganzn Strumpf mitkriagt? ... Sauba!« benzte er und verfiel plötzlich in einen ganz anderen Ton, indem er hinzufügte: »Ja no! ... Es is ja gor net amoi a so ungschickt! ... Heirat nu! ... Auf dö Weis kriag'n mir umasunst a Dirn! ... Arwat is gmua do!«

Das klang so auffällig mißverständlich, daß der Wastl einigen Mut faßte und fragte: »Ja, wia is'n na' mitn Übergebn?«

Der Salvermoser war sichtlich zufrieden mit dieser Frage. Er hatte also die Absichten vom Wastl erschnüffelt. Dieses Mal verzog er sogar sein Gesicht zu einem leichten, kurzen Lächeln und musterte den Jungen ungefähr so wie die überlegene Katze die verängstigte, gefangene Maus. »Aha, also do wuist naus? ... Aha! Jetz host mi, Hausl ... A so laaft der Hoos ...? ... Übergebn host gmoant? ... Übergebn?! ... I übergebn, i?!!« fragte er und hatte immer noch diesen malefizischen Zug um seinen Mund: »Dös derlebst net so glei, daß d' di auskennst ... Übergebn werd id! ... Herr bleibn tua i, aus!«

Und damit war er fertig. Auf das weitere Geschimpfe vom Wastl hörte er nicht mehr. Er ging ganz einfach aus der Stube. Als man nach Feierabend wieder um den Tisch hockte und die Brotbrocken aus dem Milchweigling herauslöffelte, wurde der Wastl auf einmal wieder grimmig und brummte verdrossen: »Do waar i doch scho glei liaba an Kriag draußen derschossn word'n, ois mit dir furtmacha!«

»Schafft dir's ja koana, daß d' mit mir furtmachst,« antwortete der Salvermoser trocken und löffelte unangefochten weiter. Das trieb dem Wastl die Hitze ganz in den Kopf.

»Ja Herrgott! ... Na gib mir mei Heiratsguat, na heirat i wo ei! ... I pfeif auf dein Hof!« polterte er und warf den Löffel hin.

Doch das hinwiederum brach der Bauer mit der stereotypen Redewendung ab: »I hob koa Geld! ... Muaßt dir scho oans derheiratn!«

Diese letzten Worte merkte sich der Wastl. Sie gingen ihm tagaus, tagein im Kopf herum. Wie das schon ist, wenn ein Mensch zu einem Ziel kommen will – er überlegt immer gründlicher, je härter sich ihm die Hemmnisse entgegenstellen. Ein Jahr verlief und die Wanninger-Vev drängte immer mehr mit dem Heiraten. Weiber, wenn sie unter die Haube kommen wollen, haben keine Geduld und das wurde dem Wastl zu ungemütlich. Er vertröstete die Vev auf das Sterben vom Salvermoser, und weil man es im ganzen Gau wußte, daß es keinen gesünderen und zäheren Menschen gebe als den Alten, so wurde schließlich aus allem nichts. Die Liebschaft zwischen Wastl und Vev hörte langsam und klanglos auf.

Ganz einfach vollzog sich dieses Ereignis.

Die Vev sagte eines Sonntags, als der Wastl wieder mit dem baldigen Sterben vom Alten anfing: »Du wuist net heiratn! ... Du hoitst mi bloß für an Narrn, bis d'a andre host, Saukerl! I mog nimma, daß d' es woaßt!«

Und auf das hin sagte der Wastl: »Ja no, wennst es net derwartn konnst, nachho müaßt' ma hoit aufhärn ... I zwing di net!«

Das war auf der Reinmooser Waldleiten, kurz vor der Aininger Straßenbiegung, wo sich die zwei meistens am Sonntag nach der Vesper trafen. Der Wastl drehte sich ohne ein weiteres Wort herum und ging.

II

Es war ungefähr drei Wochen vor der »großen« Kirchweih, als der Wastl wieder einmal mit seinem Vater reden mußte. Er hatte nämlich nicht so mir nichts dir nichts die Wanninger-Vev geschaßt, er sagte sich kurzerhand: Also mit einer notigen Gütlerstochter kann ich meinen Alten nicht einfangen, ich muß schon eine Geldige daherbringen. Er versuchte es mit der zweiten Tochter vom Lippenbauern von Furtwang und kam gut an dabei. Die Lippenbauernzenzl mußte ein beträchtliches Heiratsgut mitbringen, denn der Hof ist noch gut um die Hälfte größer als der Salvermosersche und waren bloß drei Kinder da, die Margreth, der Hans und die Zenzl.

Der Wastl wußte genau, daß jetzt, nachdem die Ernte unter Dach und Fach war, sich am ehesten eine Aussprache mit dem Vater bewerkstelligen ließ. Denn jedes Jahr um diese Zeit fingen – wie derselbe sich auszudrücken pflegte – beim Salvermoser die »Wechselgänge« an, und das war etwas höchst Zuwideres. Diese Wechselgänge nämlich waren nichts anderes als zu viel Blut im Körper, das unbedingt abgezapft werden mußte. Da war der Bauer kränklich und infolgedessen zugänglicher, nur mußte man es genau erraten, denn länger als drei Tage dauerte bei ihm dieser Zustand nicht. Am ersten Tag war er grantig oder, wie man es in hochdeutscher Sprache ausdrückt, es zeigte sich bei ihm eine auffallende Niedergeschlagenheit. Er machte ein Gesicht wie neun Tage Regenwetter, arbeitete viel lahmer und schnaufte mitunter schwer auf. Am zweiten Tag war er noch grantiger und trank nach jeder Mahlzeit eine halbe Kaffeetasse voll Taubeerschnaps, und am dritten Tage endlich, wenn sich keine Besserung bemerkbar machte, zog er sein Sonntagsgewand an und ging zum Bader Limmlinger nach Bachling.

Der Bader Limmlinger war die einzige Autorität, die der Salvermoser restlos anerkannte, denn er konnte das Aderlassen wie kein Professor, und das half jedesmal. Eins – sauste die Schnappschere in die Ader, zwei – spritzte das zu viele Blut wie ein Springbrunnenstrahl in die Höhe, und drei – war auch alles schon wieder vorbei.

Es läßt sich denken, daß der Salvermoser nach einer solchen Operationen stets ein wenig angegriffen nach Hause kam. Käsegelb war er im ganzen Gesicht, blaue Lippen hatte er und trübe Augen. Er mußte sich auf der Stelle niederlegen. Man meinte schon direkt, es ginge jeden Augenblick mit ihm dahin. Die selige Bäuerin verfiel nicht selten in ein Gejammer darüber und schimpfte auf dieses Aderlassen. Aber den Salvermoser kümmerte das nicht im geringsten und auf alle Beteuerungen seiner Eh'haltin sagte er stets nur: »Ah, dumms Weiberts, saudumms! ... Wos greinst denn jetz do! ... Mir is sauwoi, sog i! ... Morgn um dö Zeit is ois wieder rum!« Und so war es auch. Der Bauer legte sich hin, schlief wie ein müdes Roß und war am andern Tag wieder kerngesund. Bei solchen Gelegenheiten war er sogar fidel und erging sich meistens in Betrachtungen über die studierten Herren Doktoren und den Limmlinger.

»Der Limmlinger und mei Taubeerschnaps! ... Dös san richtige Dokta, dö kuriern di aus, ehvor oist umschaugst! ... Aber wia macha's denn dö Herrn Dokta? ... Dö untersuacha di z'erst amoi a Stund' lang, verschreibn dir woaß der Teifi wos für a teire Medizin und schikka dir a Mordsrechnung für iahna O'schaugn ... Und boist verreckt bist, na sogn's, es is z'spaat gwesn!« räsonnierte er und hatte dabei ein Gesicht, als wie wenn er den Herrgott selbst hinters Licht geführt hätte. Er war vollauf zufrieden mit sich. Solang der Limmlinger lebte, das wußte er ganz gewiß, solang lebte auch er. –

Wie gesagt also, der Wastl hatte den richtigen Zeitpunkt erwischt, es war am ersten Wechselgangstag vom Salvermoser.

»Vata?« sagte er nach langen, feindseligen Wochen wieder einmal freundlich und linste gleichsam vorsichtig zum Alten hinüber: »Vata? ... Is dir net guat?«

Ein mitleidiges Wort zur rechten Zeit wirkt selbst beim hartgesottensten Griesgram.

»Ah!« brummte der Salvermoser: »Dös Sakramentsbluat, dös verreckt! ... Fangt scho wieda o!«

»Oit werst jetz, Vata?« tastete der Wastl bedachtsam weiter, aber er hatte schon einen Fehler gemacht. Gleich hob der Salvermoser seinen knochigen Kopf und fragte witternd: »Worum?«

»Ja no! ... I moan hoit!« warf der Wastl mit ablenkerischer Absicht hin. Er wußte nicht mehr recht, wie er weiterfahren sollte.

»Wos mächst denn?« erkundigte sich der Bauer geradewegs und hatte ihn jetzt schon ganz in die Augen genommen. Das brachte den Wastl vollends in die Verwirrung.

»Heiratn,« sagte er, weil ihm alle anderen Worte entfallen waren. Das machte den Salvermoser sofort wieder lebendig.

»So!« fing er verbockt und boshaft an: »So, host scho wieder amoi so dumms Zeigs an Kopf! ... Host ös jetz o'gwart, bis i recht miserabli beinand bin! ... Moanst eppa gor, i verreck boi ...?« Und bissig schimpfte er weiter, weil ihm gar nicht gut war.

»Vata! ... So loß mi doch aa amoi redn, bein Teifi nei!« fuhr ihm endlich der Wastl verärgert ins Wort und nannte die Lippenbauernzenzl. »Dösmoi hob i doch a Geldige! ... A solcherne kriag i doch meiner Lebtog nimma! ... Andre tat'n si d' Haxn weglaafa um d' Zenzl!« rief er. Diesmal stellte er seinen Mann. Das schien auch auf den Bauern Eindruck zu machen. Er ließ ihn reden, und als er endlich fertig war, fragte er, ob er vielleicht glaube, daß er übergebn würde.

»Bist ja doch schon oit gmua jetzt! ... Herrgottsakrament, i woaß ja schon gor id, daß d' gor so hoglbuacha bist!« polterte der Wastl abermals und schrie auf einmal direkt militärisch: »Übergeben m u a ß werdn, sunst is's mit'n ganzn Heiratn nix!«

»Ja no, na' derfst glei numgeh zum Lippenbaurn und derfst sogn, mit'n Heiratmacha is's nix!« warf der Alte hin: »I gib nix aus der Hand, basta!«

Er sagte kein weiteres Wort mehr. Er blieb hocken und ließ den Wastl schimpfen. Er hörte nicht mehr darauf. Er schaute unablässig in ein Loch hinein und tat, als ob überhaupt niemand außer ihm dasitzen würde. Das brachte den Wastl ganz und gar in die Wut.

»Sauhund!« plärrte er plötzlich sackgrob: »Konnst denn gor id verrecka!«

Auf das schien der Bauer gewartet zu haben. Jetzt zog er seine Augendeckel hinauf und meinte mit allem herausfordernden Hohn, den er aufbringen konnte: »I woaß's scho, daß d' auf dös wartst! ... Aber i verreck net, brauchst koa Angst net hobn! ... Da Limmlinger werd mi glei wieder herg'richt hobn ...«

Der Wastl zitterte ein ganz klein wenig. Es war eine Luft zwischen den zweien wie vor Mord und Totschlag. Vielleicht wäre wirklich der

Junge diesmal auf den Alten los, wenn in dem Augenblick nicht die zweite Dirn die Milchgelte (Gelte = Eimer) aus der Stube geholt hätte. Sie sah bloß flüchtig auf die zwei, sie roch fast, was da vor sich ging und wollte gleich wieder zur Tür hinaus, blieb aber plötzlich, wie wenn sie wer zurückgerissen hätte, stehen und ließ die Milchgelte fallen vor Schreck.

Der Wastl hatte den großen eschernen Tisch gepackt und warf ihn mit solcher Wucht wieder auf den Boden, daß er auseinander fiel. Das ging so schnell, daß die Dirn und der Alte nur einen dumpfen Schrei hörten. Und der klang gefährlich. Es war beinahe, als zittere die ganze Stube davon.

Weg war der Wastl.

»Um Gottswilln!« stotterte die Dirn in die geladene Stille, kam so halbwegs zu sich, glotzte verstört auf den reglos dahockenden Salvermoser und griff hastig nach der Gelte.

»Der Sauhammi!« brummte der Bauer klanglos und stand vom Kanapee auf. Er kümmerte sich nicht weiter um die Dirn. Er bückte sich steif und klaubte der zerfallenen Tisch zusammen.

Der Wastl war auf seine Kammer gegangen. Eine Zeitlang stand er finster neben seinem Bett, als überlege er. Er schnaufte kaum und war wutblaß. Es war gerade dunkel geworden. Er wandte seinen Kopf herum und schaute durch das Fenster. Er griff wie von ungefähr nach seinem Stilett, schien wieder einen Augenblick nachzudenken und zog auf einmal sein Sonntagsgewand an. Kurz darauf verließ er den Salvermoserhof. –

III

An dem Tag ging der Wastl zum erstenmal zum Postwirt Reblinger nach Bachling. Das war um so ungewohnter, als Bauern unter der Woche überhaupt nie ins Wirtshaus gehen. Müßte schon ganz was Dringliches sein, wie etwa eine Veteranenvereins-Versammlung, eine Gemeinderats-Sitzung oder so etwas Ähnliches, aber das verlegt man meistens auf einen Samstag oder Sonntag.

Beim Reblinger um den Nischentisch am Ofen saßen der Glaser Höchtl, der Bäcker Topfer von Furtwang, der Viehhändler Kraus von Kergertshausen, der Limmlinger, endlich noch der Postbote Graßl und der Wirt selber. Der Kraus, der Topfer und der Höchtl wollten sich gerade an einen Haferltarock machen, als der Wastl zur Türe hereinkam, und hoben die Köpfe. Die Hanfzenzl, hinter der Schenke, sagte mit ihrem einladend-lachenden Gesicht: »Jessas, der Wastl ... Grüaß Good!«

Der Wirt stand auf und machte Platz, aber als er jetzt den jungen Salvermoser so sonntäglich hergerichtet sah und außerdem dessen auffallend alertes Gesicht bemerkte, fragte er: »No? ... Wo is denn jetz do passiert, daß du auf amoi so nobl daherkimmst?«

»Do? ... Nix weita! ... 's Lebn gfreit mi!« warf der Wastl mit ausnehmender Lustigkeit hin und setzte sich.

Das war alles so seltsam. Sowas beim jungen Salvermoser, der es mit der Fidelität noch nie recht gehabt hatte – das war doch noch nie da. Der Reblinger müßte kein Wirt gewesen sein, wenn er für derartige Gemütsveränderungen eines seltenen Gastes kein Interesse gehabt hätte. Er brachte buchstäblich die Augen nicht mehr weg vom Wastl und vergaß ganz, zur Schenke zu gehen.

»Hm? ... 's Lebn gfreit di? ... Hahm? ... Host'n eppa a da Lotterie gwunna, oder machst eppa gor bei Hochzeit?« erkundigte er sich und zog damit auch das Interesse der anderen Gäste auf den Wastl. Sie schauten jetzt alle auf denselben, geradeso, als wenn ihnen jetzt erst ein Licht über die Sonderbarkeit seines Erscheinens aufgehen würde.

»Hja! ... Hochzeitmacha waar net zwida, wenn ma a richtigs Weiberts dazuahätt,« meinte der Wastl nebenbei, blinzelte zur Zenzl hinüber und verzog sein breites Maul: »Zenzl, wos waar's? ... Mächtst id Bäurin werd'n ... ?« Wenn es auch arglos klang und wenn auch die Zenzl ebenso beiläufig lachte, den Limmlinger ärgerte es sofort. Der Wastl schien es genau zu spüren und wollte es – scheint sich – auch. Gleich fing er wieder an mit der Zenzl zu schmusen.

»Geh nu zuara zon Tisch! ... Trau di nu ... heunt hob i's Sunntagwand o und waar grod aufgelegt zu'ran solchern Techtamechtl!« rief er noch waghalsiger zur Schenke hinüber. Die drei Tarocker hatten die Karten liegen lassen und lachten auch. »Jetz werd's bessa ... Da Wastl kriagt an Heiratsgeist!« brummte der Wirt gemütlich und brachte die volle Maß Bier.

»Do paß aba auf, daß dir der Limmlinger 's Doch net o'deckt!« spottete der Topfer dem Wastl über den Tisch hinweg zu.

»Der schneid't dir d' Gurgl direkt mit'n Rasiermessa o!« meinte der Glaser Höchtl ebenso und man kam allgemach in eine behagliche Stimmung, weil es ganz danach ausschaute, als käme da ein guter Spaß heraus. Bloß der Limmlinger wollte nicht recht aufgleimen dabei. Er plagte sich zwar, ein unangefochtenes Wesen zur Schau zu stellen und sagte sogar einmal: »Do bist scho z'spat dro, Wastl ... Do hätt'st scho früahra aufsteh müassn!« aber deutlich hörte es sich heraus, daß es ernst gemeint war.

»Gspaß muaß sei!« meinte der Wirt gelassen und versöhnte damit wieder. Auf das wiederholte Drängen vom Wastl war die Zenzl an den Tisch gekommen und setzte sich neben den Limmlinger. Das tat diesem sichtlich wohl.

»Auweh! ... Ausgrutscht, Wastl! ... Dö woaß, wo's hing'härt!« hänselte der Graßl, aber schon wieder sagte der boshafte Glaser, den alten Limmlinger und die junge Zenzl musternd, daß das ein arg ungleicher Zusammenstand sei. Und gleich sekundierte ihm der Bäcker Topfer: »Jaja ... a Fufzga und a Dreißgerin, dös tuat net leicht a guat ...«

Der Limmlinger ist ein Mensch, der keinen Witz versteht.

»Dös geht enk an Dreck o, daß'ds ös wißt's!« stieß er verletzend heraus und zerriß damit die ganze Gemütlichkeit.

»No, Herrgottsakrament, ma werd ja doch no Gspaß macha derfa!« parierte der Wastl diese versteckte Herausforderung und setzte spöttisch hinzu: »Oder host denn gor Angst, daß i dir dei Zenzl wegfang ... ?« Auch die andern ärgerten sich.

Der Limmlinger sagte eine Weile gar nichts, trank sein Bier aus, zahlte und ging. An der Tür drehte er sich noch einmal um und sagte ziemlich kriegerisch: »I tat dir's aa net rotn! ... Mirk dir's!«

Eine Zeitlang hockten die anderen Gäste stumm da. Die Zenzl war wieder zur Schenke gegangen.

»Herrgott, i woaß net, wia ma nu gor a so narrisch sei ko,« grantelte endlich der Glaser in bezug auf den Bader und alle stimmten ihm bei

»Do host d' dir an schöna grantign Teifi ois Mo rausgsuacht!« rief der Wastl der Zenzl zu.

»No sog i ... Und wos für oan!« meinte der Topfer.

»Noja ... Boda spinna ja oisamm!« brach der Wirt diese Disputation ab. Der Tarock ging endlich zusammen. Erst nach einer guten Weile getraute sich die Zenzl wieder zum Tisch zu gehen. Der Wastl machte sich lustig über sie. Der Graßl fing ebenfalls zu spötteln an: »Ha, der versteht koane Gspassln ... Do hoaßt's kuschn!« Und wie die Weiber schon sind, wenn man was sagt, was ihnen nicht paßt und was sie nicht wahrhaben wollen, so ging es auch jetzt. Die Zenzl wurde dreister und meinte sogar selber, daß sie auf gar niemand aufzupassen habe und auf den windigen Bader schon gar nicht. Es wurde wieder recht gemütlich. Kurz bevor sich der Wastl auf den Heimweg machte, ging die Zenzl hinaus und kam erst wieder herein, als derselbe fort war.

Ganz harmlos fragte sie den Graßl: »Is er jetz scho furt ... ?«

»Ja! ... Jetz hot er si scho verzogn!« gab der zurück.

»Hm ... wos nu grod der heunt g'habt hot? ... So hob i 'n doch nu nia g'sehng,« brummte der Wirt, und weil die Tarocker jetzt fertig waren, unterhielt man sich von den Salvermosers überhaupt. Auf den Alten und auf den Jungen kam man zu sprechen und nebenbei bemerkte der Glaser Höchtl, der stets genau über die Verhältnisse der Bauern in der ganzen Pfarrei Auskunft geben kann, diejenige, die den Wastl als Mann kriegen würde, könnte einmal lachen. Soviel zu erheiraten, wäre selten.

»Aba der Oit (Alte) gibt's iahm doch ewig net üba!« sagte der Postbote Graßl nebenbei.

Hingegen der Höchtl meinte: »Ja no! ... Dös scho, aba amoi werd er aa sterbn! ... Hundert Johr werd er net oit wern!« Dann stand man auf und ging auseinander.

Am andern Tag gab es zwischen dem Limmlinger und der Zenzl eine Auseinandersetzung, zuletzt stritten sie hellauf in der Wirtsstube. Der Reblinger verbat sich das energisch und wies dem Bader die Tür.

»Wenn'ds enk wos z'vorwerfa hobt's, nachha macht's ös wo anderst, net bei mir a der Stubn herinn!« schimpfte er fuchsteufelswild. Der Bader hieß die Zenzl ein »schlechtes Mensch« und drohte dem Wirt damit, daß er ihn jetzt zum letztenmal als Gast gesehen hätte. Und seinen »Plempl« von einem Bier könnte er selber saufen. Der Reblinger ließ sich indes nicht aus der Fassung bringen und schrie dem hitzigen Kerl bloß mehr nach: »Wega a'ran windign Boda is no koa Wirt verdarbn!«

Am selben Abend kam der Wastl wieder und auch den nahm der Postwirt ins Gebet, wie man so sagt.

»Wastl,« sagte er vernünftig, »meinatwegn machst Spassetteln mit der Zenzl, sovui oist mogst! ... Aba wenn wos rauskimmt mit'n

Limmlinger, i will fei nix wissn!« Aber der Wastl zerstreute seine Befürchtungen, und weil sich der Bader wirklich nicht mehr sehen ließ, war der Reblinger nicht mehr weiter zuwider. Schließlich und endlich, nachdem der junge Salvermoser drei- oder viermal dagewesen war, sah es so her, als werde wirklich aus der Zenzl und dem Burschen ein Paar, und da will man doch als Wirt nichts verpfuschen. Da stand eine Hochzeit zu erwarten, die sich sehen lassen konnte.

Beim fünften Mal aber, als man gerade wieder so beim Reblinger saß, rannte auf einmal der Limmlinger zur Türe herein und auf den Wastl zu. Gerade noch zur rechten Zeit konnten ihn der Bäcker Topfer und der Reblinger abfangen und eine Rauferei vereiteln. Sie expedierten ihn ziemlich gewaltsam aus der Stube und herein kam er nicht mehr. Man hörte ihn draußen eine Weile plärren wie einen Mordbrenner. Dann war es still. Der Reblinger hatte aber jetzt genug.

»Wastl! ... Du machst, daß'd hoamkimmst! ... Jetz muaß amoi a Ruah sei mit dera Menscherwirtschaft!« schimpfte er resolut und riß die Zenzl von der Bank weg: »Und du schaugst morgn, daß'd aus mein'n Haus kimmst, Luada miserabligs!«

Die Zenzl wunderte sich nicht wenig, daß ihr der Wastl gar nicht beistand und auch nicht weiter gegen den Wirt aufbegehrte. Alle wunderten sich, der Graßl, der Topfer, der Wegwart Huglberger von Reinmoos und der Wirt selber. Sie rissen geradezu Maul und Augen auf, als der Wastl ohne weiteres aufstand, kurzerhand seinen Hut nahm und nicht im mindesten verärgert fragte: »Jaja, i geh ja scho .... Jetz is's ja soweit ....«

Er tappte aus der Stube. Stockstumm schauten ihm die andern nach. Kurz darauf hörte man ein wütendes Schreien. Es ging über in ein förmliches Bellen und wurde dann leiser.

»Holla!« fragte der Reblinger: »Jetz kenn i mi aus! ...«

Alle horchten wieder. Es war ganz still. Die vier Männer gingen aus der Stube, die Dorfstraße entlang und vernahmen beim Mesnerhaus ein Wimmern. Sie suchten herum in der Dunkelheit und fanden den blutüberströmten Limmlinger. Noch in derselben Nacht fuhr ihn der Postillion ins Krankenhaus nach Kergertshausen hinüber. Er wies zwei Stiche in der Rippengegend auf und hatte eine tiefe Wunde quer über den Kopf.

Den Wastl holte am andern Tag der Gendarm Hunglinger von Kergertshausen. Auch er hatte ein Loch im Kopf und außerdem einen scharfen Streifschnitt von der Schulter bis fast über den ganzen linken Oberarm herunter. Wirklich nämlich wollte ihm der Limmlinger mit dem Rasiermesser die Gurgel abschneiden. Zum Glück aber war der Bursch flinker. Das Rasiermesser fand man beim Mesner im Garten.

Beim Wegführen schaute der Wastl mit fast triumphierender Feindschaft auf seinen Vater und sagte: »'s Oderlossn hot si jetz, moan i, glei gor aufghärt!«

Aber diesem Ausspruch schenkte man bei der Verhandlung merkwürdigerweise kaum Beachtung.

So saudumm sind die Richter. –

Die Puppen

Eine Kindergeschichte

I

Da hatte man's nun wieder mit diesen verdammten Landfahrern! Da hatte man's nun wieder, das Pech und die Scherei!

Glücklich war der alte Förg-Michl – selig hab' ihn Gott! – gestorben. Man hatte diese Last los, hatte keinen mißliebigen Brotesser mehr im Dorf und konnte das Gemeindehaus der Hupfauer-Ogl (Agnes) in Pacht geben. Durch eine solche Verpachtung gab es eine Einnahme, die die freundliche Aussicht auf Verminderung der ortsüblichen Umlagen eröffnete – da, da mußte ausgerechnet diese saudumme Geschichte passieren und wieder alles zunichte machen.

Recht hatte er, der Irschenhofer, ganz recht: Dieses lichtscheue Landfahrergesindel sollte man überhaupt nie über die Gemarken der Gemeinde Banzenbach gelassen haben.

Aber nein! Nein! Nicht wurde er gehört! Das Kasperltheater, die Gauklereien, das Wahrsagen, Seiltanzen und all' dieser unsichere Zauber war wichtiger! –

Jetzt war der Brotesser wieder da. –

Der Landfahrer Korbinian Rellinger hatte sich erhängt. Blau und gefroren hing sein steifer Körper an der Wand des Planwagens. Und aus dem Innern des Wagens schrie ein ungefähr zweijähriges Kind.

Keinen Pfifferling nützte es, daß der Leiminger-Anderl nach Viertelbach hinüberfuhr und den Wachtmeister holte. Was war denn damit schon getan? Der gespreizte Gendarm ging mit strengem, gewichtigem Gesicht dreimal um den Wagen herum, stellte sich dann stramm, notierte und gab sehr laut den Auftrag zur Wegschaffung der Leiche. »Dös Weitere muaß sich aus den Rescherschen herausstelln!« plärrte er dann mit seiner fetten Stimme. Und majestätisch hopste er alsdann wieder auf sein Rad und fuhr zum Dorf hinaus. Den toten Rellinger brachte man ins Leichenhaus hinauf und begrub ihn am übernächsten Tag, das heißt, der Mesner Blätzinger verscharrte ihn außerhalb der Gottesacker-Mauer, weil es für solche Konsorten bei uns keine christliche Beerdigung gibt. –

Das Kind lag zuerst beim Irschenhofer im Waschkorb in der großen Stube, am andern Tag beim Bürgermeister Kranzler, am dritten beim Reifhammer und dann wieder in der großen Bürgermeisterstube. Keiner wollte es haben, und zuletzt bleibt dann sowas immer dem Bürgermeister überlassen. Mürrisch wartete man die Erhebungen der Viertelbacher Gendarmerie-Station ab, und als schließlich nichts über die Herkunft Rellingers ermittelt werden konnte, blieb also das Kind im Dorf. Wochenlang wanderte es von Haus zu Haus, wie das bei uns üblich ist, wenn für einen solchen Kostgänger nichts bezahlt wird. Endlich kam aber dann die Hupfauer-Agnes einmal in die Bürgermeisterstube, nahm kurzerhand den Findling aus dem Korb und brummte mit ihrer männerbassigen Stimme: »Noja, wenn's koana will, nachha nimm's hoit i in Gottsnam, daß a Ruah is ....«

Die Bürgermeistersleute wurden ein wenig verlegen, und beteuernd meinte die Kranzlerin: »Jetz .... Ma tat ja noch nix sogn, wenn's aufgwachsn waar, wenns zo der Arbat z'braucha waar! ... Aba a so? ... Hot doch koana Zeit bei üns, daß er si den ganzn Tog für dös Kind hinhockt und drauf aufpaßt ....«

Und: »Noja, wenn's großgwachsn is, nachha nimmt's ja a jeda!« warf der Kranzler hin. Die Ogl sagte nichts darauf, wickelte das Kind in ihr Umschlagtuch und ging resolut zur Tür hinaus. Als sie die Dorfstraße hinunterschritt, traf sie den Irschenhofer. Zu dem sagte sie fast grob: »Richt's aus bei'n Bürgermoasta .... D' Milli muaß d' Gemeinde liefern.« –

Bei der nächsten Gemeinderatssitzung kam man erst nach langem Hin und Her zur Einigung über diese schwierige Frage und machte ab, daß jeder Bauer immer eine Woche lang die Milch für den Findling der Ogl unentgeltlich liefern müsse.

Damit war immerhin diese brenzliche Angelegenheit vorläufig geregelt. Die Hupfauer-Ogl, rechtfertigten sich die Banzenbacher, die hatte ja sowieso nicht viel zu tun und nie ein Kind gehabt in ihrem Leben. Ihr Mann war vor zirka Jahresfrist vom Baugerüst heruntergefallen und auf der Stelle verstorben. Vierundfünfzig Jahre war sie alt und noch rüstig wie eine Junge. Im Sommer half sie bei den verschiedenen Bauern beim Einernten mit und im Winter strickte sie

Strümpfe und flickte Kleider und Hosen. Für sie war ja so ein Kind schier eine Unterhaltung. –
Die spärlichen Hinterlassenschaften Rellingers wurden öffentlich versteigert. Den Planwagen nahm der Irschenhofer und die zwei kleinen Pferde der Reifhammer. Den Erlös davon hinterlegte man auf der Sparkasse für die spätere Zeit des Kindes. Die Requisiten des Kasperltheaters überließ man den Dorfkindern. Zwei Figuren, einen Kasperl und eine Prinzessin, las die Ogl vom Gerümpel auf und hing sie über den Korb ihres Pfleglings. Der Knabe langte manchmal patschig nach ihnen, und dann baumelten sie leicht hin und her, was ihm sehr zu gefallen schien.

Das Kind machte wirklich nicht viel Mühe. Die meiste Zeit schlief es, und wenn es aufwachte, schaute es nachdenklich zur Höhe, bewegte Ärmchen und Beinchen und summte leise vor sich hin. Die Häuslerin konnte ruhig ihrer Arbeit nachgehen.

Im Wachsen war der Pflegling, den die Agnes einfach »Beni« nannte, ziemlich weit zurück. Es vergingen etliche Jahre, bis er unbeholfen herumwatscheln konnte, und jetzt hängte Ogl die zwei Figuren quer übers Ofeneck, wo Beni nun stets still und friedlich mit ihnen spielte. – –

Winter, Frühjahr, Sommer und Herbst vergingen. Ungefähr fünf Jahre war Beni inzwischen alt geworden, als er zum erstenmal wirklich erschüttert weinte.

Es war am Christabend. Die kleine Stube im Gemeindehaus roch nach Weihrauch und ein kleiner Christbaum spendete helleres Licht als sonst. Ogl hatte dem Beni eine Puppe gemacht. Ein plumpes Ding aus Barchent, mit einem aufgenähten Porzellankopf. Mit sichtlicher Überraschung ergriff der Knabe das Geschenk, preßte es freudig mit beiden Händen fest zusammen, plapperte geschäftig und lief in die Ofenecke. Er achtete diesmal nicht im geringsten auf die neueingekleideten Figuren. Sie hingen ja in der Luft, dieses neue Wesen aber hielt er in den Händen!

Mit erregter Hurtigkeit zog er die Zigarrenschachtel, in welcher die bunten Flecke lagen, hervor, bog die Puppe in der Mitte ab und setzte sie darauf.

»O–h–ho–och, haoah!« stotterte er hastig heraus und ließ sie los. Im selben Augenblick aber fiel das ungelenke Ding rutschend herab und blieb steif ausgestreckt auf dem Boden liegen. Die Zigarrenschachtel war umgefallen, und unverändert, ausdruckslos glotzten die beiden starren Puppenaugen aus dem reglosen Gesicht auf Beni. Rätselhaft, gespenstisch hilflos reckten sich die kleinen Ärmchen und Beinchen der Puppe.

Benis Mund öffnete sich schreckhaft, aber der Laut blieb ihm in der Kehle stecken. Alles Blut war aus seinem Gesicht gewichen, sein Kinn begann zu zittern, und plötzlich schrie er herzzerreißend laut auf, rannte an den Tisch und verbarg seinen Kopf in Ogls Schoß.

»No! Wos host denn jetz?« fragte die erstaunte Ogl und wollte aufstehen, um die Puppe zu holen, aber der Knabe krampfte sich nur noch fester an sie und schluchzte jetzt stoßweise, als wie wenn ihm ein unaussprechlicher Schmerz widerfahren wäre.

»Geh! Dumma Kerl, dumma! ... Wos woanst denn jetz?« redete ihm die Häuslerin gütlich zu, holte doch die Puppe und wollte sie ihm geben. Aber Beni schrie förmlich verzweifelt auf und vergrub sich in ihrem Rock, daß Ogl schließlich ärgerlich wurde und ihn ins Bett brachte.

Als sie nach Mitternacht von der Christmette heimkam, stöhnte er im Schlaf. Seine Arme reckten sich zeitweilig, als wehre er sich furchtsam gegen etwas, und sein Kopf war tief in den Kissen vergraben. Am andern Morgen war sein Gesicht immer noch bleich wie der eintönige Wintertag draußen, und verstört sahen seine Augen herum.

Ogl legte die Puppe in die Kommodenschublade und ließ ihn wieder mit Kasperl und der Prinzessin spielen. –

II

Er war wirklich ein seltsames Kind, der Beni. Erst mit acht Jahren konnte er in die Schule geschickt werden, und selbst jetzt stotterte er noch. Alles an ihm war ängstlich und linkisch. Bang und dünn, mit eingezogenen Füßen, die Arme steif an den Körper gepreßt, hockte er die ganzen Stunden in der pferchenden Schulbank und schaute unausgesetzt auf den hageren, abgezirkelt einherschreitenden Lehrer. Er schien selbst die leiseste Berührung zu fürchten und zuckte jäh zusammen, wenn ihn der Arm oder Fuß eines Mitschülers streifte. Rief ihn der Lehrer auf, so wurde er über und über rot, brachte lange keinen Laut heraus und stotterte zuletzt so verwirrt, daß alle zu kichern anfingen. Sagte alsdann der Lehrer endlich ungeduldig: »Setz dich!«, so fiel er hölzern auf die Bank nieder, seine Stirn bekam Falten, seine Wangen bebten lange noch, und ganz und gar beschämt senkte er seine Augenlider. –

Die Erlebnisse Benis mit seinen Mitschülern waren, was sich ja leicht denken läßt, hart.

»Zigeinerbua! ... Lapperta Zigeinabua!« schrie der ganze Trupp schon von weitem, wenn er den dürren Beni daherkommen sah, schwärmte aus und verfolgte den Fliehenden. Ein plärrender Ring schloß sich manchmal um denselben. Stöße und Püffe gab es. Wie angewurzelt, schweigend, ohne sich zur Wehr zu setzen, blieb Beni stehen und verschloß gleichsam seinen Körper. Etliche Male verprügelten die Buben ihn. Von da ab blieb er stets heimlich nach Schulschluß im Abort, lugte zum Fenster hinaus und wartete, bis alles auf der Straße leer war. Im Gemeindehaus angekommen, machte er eilig seine Schulaufgaben und verrichtete die wenigen Arbeiten, die ihm Ogl auftrug. Die ganze andere Zeit lag er auch jetzt noch in der Ofenecke unter seinen zwei Figuren. – –

Außer dem Beni haßten die Banzenbacher Schulkinder auch noch die verkrüppelte Zauner-Vev (Vev = Genoveva), weil sie auf Krücken ging und noch mehr stotterte als der »Zigeunerbub«. Ihr war leichter beizukommen. Sie konnte nicht laufen. –

»Hupferte! Hupferte! – Hupf – hupf! Hupferte!« schrien alle und stelzten belustigt im Gänsemarsch hinter dem Mädchen her. Wenn die Vev sich dann wütend und keifend zur Wehr setzen wollte, fiel sie hin und das johlende Rudel umstellte sie. Mit scheinheiligem Gejammer und gemachtem Mitleid zupfte jeder an ihr, als wie wenn er ihr aufhelfen wolle, ließ aber gleich wieder nach, wenn das Mädchen sich festklammerte.

Vergebens verklagte die alte Zaunerin die Kinder bei den Bauern. Man hörte kaum darauf und die Kinder hatten immer eine Ausrede.

»Mir hobn ihr ja aufhelfa wuin (wollen)!« logen sie dreist: »Aba dö dappi Goaß loßt si ja net helfa! ... Zuaschlogn und beißn wills, ja ....!« –

Wieder einmal, als der Beni aus dem Schulhaus schlich, waren alle so um die hingefallene Zauner-Vev versammelt. Wie lahm vor Furcht und Schreck hielt er inne, besann sich und machte einen scharfen Anlauf. Aber die Buben kamen ihm zuvor und hatten ihn schnell, nahmen ihn in die Mitte und zerrten ihn heran.

»So! ... So macht ma's mit dö Zigeinabuabn!« brüllte der Reifhammer-Michl triumphierend und stieß ihn von hinten in den Rücken, daß er taumelnd auf die Vev fiel. Es half ihm gar nichts, daß er seine beiden Arme schützend austreckte. Die Buben drückten ihn mit aller Gewalt völlig nieder auf die Liegende. Eine Sekunde lang war alles dunkel um den Beni. Dann tauchten zwei große, kalte Augen auf und er fühlte das unbeschreiblich Hilflose eines Körpers. Ein gräßlicher Schauer durchlief ihn und mit einem wilden Schrei schnellte er auf. Er stieß blindlings mit dem Kopf in den Kinderknäuel und schnappte mit dem aufgerissenen Mund wie ein bissiger Hund nach den Händen, die um ihn herumfuchtelten. So schnell war das gegangen, daß alle bestürzt auseinander prallten. Aber der Beni hatte bereits dem Reifhammer-Michl seinen kleinen Finger zwischen den Zähnen und biß, biß, daß es krachte und auf einmal nachgab. Fürchterlich schreiend riß der Michl die blutige Hand zurück und in toller Flucht rannte der ganze Troß Kinder ins Dorf. Beni war kreidebleich und spuckte in einem fort. Er sah und hörte nichts mehr und jagte, ohne sich weiter um die Vev zu kümmern, auf und davon. Er verkroch sich im Kranzler-Heckenzaun und blieb dort, wie ein Igel zusammengerollt, mit angehaltenem Atem liegen, bis ihn die zusammengeeilten, fluchenden Nachbarsleute fanden.

»Zigeinerknocha verreckter! Huarnhund! ... Hob i di jetzt endli!« bellte der Reifhammer auf und fiel über ihn her. Sinnlos schlug er auf ihn ein, bis Beni blutüberströmt liegen blieb. Das Dazwischentreten der Ogl machte den Bauern bloß noch wilder.

»Ja, hilf iahm nu aa no, saudumm's Weibsbild, saudumm's! ... Bis er dir's Häusl überm Kopf z'sammbrennt!« fluchte er im Davongehen, und alle Kinder und Nachbarn zerstreuten sich wie nach einer gerechten Exekution. Die Ogl hob den Beni auf und trug ihn ins Haus.

»Sowos tuat ma doch net! ... Finger obbeißn!« brummte sie, als der Bub nach ungefähr vier Tagen wieder vom Bett aufstehen konnte, und dieser senkte traurig und eingeschüchtert den Kopf.

Seit diesem Vorfall fürchteten die ganzen Banzenbacher Kinder den Beni. Zwar, wenn sie geschützt hinter der Hausecke standen, schrien sie schon noch: »Zigeinabua ...!« Aber sonst mieden sie ihn ängstlich.

»Faul, boshaft und hinterhältig! ... Ein Zuchthäusler wie er im Buch steht!« so kennzeichnete der Schullehrer den Gemeindehäusler-Buben. Wie einen Aussätzigen, dem die Läuse an den Kleidern herumkrabbeln, maßen ihn die Mitschüler, verklagten ihn bei jeder Gelegenheit und brachten es auch fertig, daß er allein in der letzten Bank sitzen mußte. Täglich fast wußten sie von einer neuen Untat Benis zu berichten, so daß schließlich das ganze Dorf schlecht auf ihn zu sprechen war. Sogar die Ogl, die sonst sehr wenig auf das Gerede der Leute gab, wurde aus ihrer Ruhe gerissen, als eines Tages das Gerücht herumging, der Lehrer habe den Beni im Abort entdeckt, wie er gerade was recht Schlechtes machen wollte. –

»Ogl! Paß auf, daß er dir net übern Kopf wachst! Schaug iahm besser auf d' Finger, rot i dir,« sagte auf das hin der Bürgermeister Kranzier zur Gemeindehäuslerin. Die sagte nichts, aber ihr Verhalten dem Beni gegenüber änderte sich. Schlagen und Schimpfen war nicht ihre Sache. Sie hatte ihre besondere Art von Züchtigung. Von oben bis unten maß sie den Buben, wenn sie über ihn ungehalten war, und dann brummte sie einsilbig: »Sowas konn ma bloß mit Verachtung strafa!« Und alsdann sprach sie oft eine ganze Woche lang nicht ein Sterbenswort. Dieses lieblose Stummsein und verächtliche Anschauen aber wirkte niederdrückender als die strengste Strafe. An solchen Tagen ging Beni herum und getraute sich kaum richtig zu atmen. Auf seinem verängsteten Gesicht war's wie büßende Trauer und seine Augen hingen bittend an der Ziehmutter. Kam dann endlich ein weicheres Wort aus deren Mund, sagte sie am Abend endlich wieder: »So, jetz geh ins Bett und bet', ehvorst einschlafst,« dann verschwanden mit einem Male die harten Falten auf der Stirn Benis. Eine brennende Röte überhuschte seine Wangen und in allen seinen Bewegungen war eine gewisse freudige Eilfertigkeit. –

Man konnte es also wohl sagen, daß die Ogl eigentlich die einzige Mittelsperson war, die Beni gleichsam mit einem schwachen Faden mit den Menschen verband. Die Kinder fürchteten ihn, im Dorf sah ihn sonst auch keiner gern, nur sie nahm teil an seinem Leben.

Ja, die Zauner-Vev kreuzte auch manchmal Benis Wege. Aber sie verachtete ihn erst recht.

»Ga–ga–gaff net so dada–dappi! ... I–i–i kenn di–di scho!« keuchte sie bissig heraus, wenn sie ihn traf, und jedesmal wurde Beni verwirrt darüber, ging schnell an ihr vorüber und wandte den Kopf weg. Einmal stolperte sie unglücklicherweise und fiel recht hart hin dabei. Beni blieb stockstarr stehen und fing zu schlottern an.

»L-l-l-la-lala-Lackl!« schrie ihn die Vev an: »Konnscht ma–ma–ma ne–net helfa ha!?« Aber der Bub rührte sich nicht von der Stelle und glotzte sie unablässig an. Wie ein Stück Holz lag sie da. Ihre dürren Füße waren auseinandergespreitzt wie eine offene Schere.

»Däpp!« plärrte Vev bissig. Der Beni wußte nicht mehr aus und ein und schaute auf einmal in den Himmel, als wie wenn er um Hilfe schreien wollte. Dann lief er davon. – –

III

Zu Maria Lichtmeß, als Beni bereits in die sechste Schulklasse aufgerückt war, kam der Bürgermeister Kranzler ins Gemeindehaus zur Ogl. Abschätzend musterte er den Buben.

»Jetz kunnt i 'n braucha, Ogl! ... Er is aba no gar a bißl schwächli? ... Wartn, moan i, waar gscheita,« sagte er zur Gemeindehäuslerin.

»Gor recht viel mehra werd er nimma werdn, moan i,« erwiderte die drauf und schaute auf den Beni. Der war von seinen Puppen aufgestanden und verharrte unschlüssig in der Ecke. Es lag was in seiner ganzen Haltung, als höre er seiner Verurteilung zu. Der Kranzler streifte ihn abermals mit einem Blick und lächelte geringschätzig, als er die aufgehängten, baumelnden Figuren bemerkte.

»Wos? ... Mit sowos gibst di du no o? .. Mit Popn?« rief er und schüttelte ein paarmal seinen Kopf hin und her: »D ö s vergeht dir bei mir!« Dann ging er. Als sie allein waren, schaute die Ogl erzwungen gleichgültig auf den Buben. Dann schnaufte sie etliche Male schwer.

»Beim Kranzler hot's oana net schlecht, wenn er zuagreift,« sagte sie und nahm ihr Strickzeug wieder auf. –

Am andern Tag waren Kasperl und die Prinzessin nicht mehr in der Ofenecke. In einer Pappschachtel unter Kranzlers Heckenzaun lagen sie. Der Ogl schien das ein gutes Zeichen zu sein. Ihre Gespräche mit Beni waren an diesem Tage fast zärtlich. Sie zeigte ihm den Holzkoffer von ihrem verstorbenen Mann und sagte: »Der g'härt jetz dir.« Und die ganze Zeit strickte sie nun Socken, machte einige Hemden und blaue Schürzen für ihn und war seltsam einsilbig. Aber diesmal lag nichts Hartes in ihrer Wortkargheit, eher eine Art Niedergeschlagenheit. Sie war überhaupt keine Vielrednerin, aber seitdem der Bürgermeister dagewesen war, war alles Wink und stumme Geste zwischen den zwei Gemeindehäusler-Leuten. – –

So verging der Februar. Die Märzmitte brachte Sonne. Die Dächer troffen und der spärliche Schnee auf den Wiesen und in den Gärten schmolz und verschwand allmählich ganz. –

An einem solchen Märztag einmal hörte man im Zaunerhaus drüben ein lautes Lärmen und Gezeter. Die Ogl schob die Brille stirnwärts und schaute durchs Fenster. Was war denn jetzt das?

Schimpfend kam die Zaunerin auf das Gemeindehaus zu. In der einen Hand schleifte sie eine tote Katze, und die andere schwang sie drohend gefäustet. Hintendrein stelzte die Vev. Polternd riß sie die Haustüre auf und rannte in die Ogl-Stube.

»Do also bischt! Du Hundsknocha, du nixnutziga! Do bischt!« schrie sie grell und hieb, noch ehe die Ogl was dagegen tun konnte, mit Leibeskräften mit dem toten Katzenvieh auf den erschreckten Beni ein.

»Do bischt, du Hundsbua, du misrabliga! ... I werd dir mei Katz' umbringa, du – du Höllteifi, du graisliga ...!« keuchte sie und der Schaum stand ihr vor dem Mund. Die Ogl war aufgesprungen und herzugeeilt.

»Ja, bein Teifi nei! Was is's denn eigntli ...?!« fuhr sie der Wütenden ins Wort. »D' Katz!! ... D' Katz!! ... Siehgst es denn net??! ... Mei Katz hot er umbrocht, dei Saulump!« fauchte sie die Zaunerin an und schlug unausgesetzt zu. Beni hatte die Arme schützend über seinen Kopf verschränkt und gab keinen Laut von sich.

»Doher!« schrie jetzt die Ogl und riß ihn an sich heran: »Jetz do härt si doch scho ois auf! ... Bist ös g'wen oder net? Red!« Und furchtbar sah sie ihren Zögling an. Der hatte nun seine Arme herabfallen lassen und schaute stockstumm in ihre Augen.

»Red, sog i!« drohte Ogl noch schärfer. Aber der Beni sagte nichts. Wie ein halbtotgeprügelter Hund stand er da. Schnaubend fuchtelte die Zaunerin herum.

»Verstockt is er! Wennscht'n umbringscht, bringscht nix raus aus iahm!« belferte sie.

»H–hi–hi–hi–hintern Kra–kra–kranzla sein He–He–Hecknzaun ho–ho–hot er's nau–nauf–g–haut!« stotterte in diesem Augenblick auf einmal die Vev gehässig heraus und seltsamerweise drehte sich dabei der Beni um.

»J–ja schaug no–no! ... I–i–i hohobs ganz gnau g–g–g'sehng!«
brachte das Mädchen abermals heraus, und da hob der Beni abermals seine Arme lahm, verschränkte sie wieder über den Kopf und nickte.
»So!!!« schrie da die Ogl schneidend, und nun schlug auch sie. Genau wie alle andern schlug sie. Feindlich wölbte sich ihr Körper. Wie ein Ast, den ein unbarmherziger Beilhieb vom Baum gespaltet, brach der Beni zusammen. –
Nach einer Weile war es still. Eine Tür fiel krachend zu.
»Ins Bett! Marsch!« rief die Ogl. Zerbrochen wankte er durch die Schlafkammertür. –
Mochte die Häuslerin ihn nunmehr fragen, mochte sie ihn anfahren, ihm drohen oder gütlich auf ihn einreden. Mit einer unbeweglichen Kälte auf dem Gesicht, wie völlig abgestumpft, stummte Beni sie an. Es war kein Wort mehr aus ihm herauszubringen.
»Worum host denn jetz bloß dö Katz derschlogn, mächt i wissn?« drang die Ogl in ihn. Vergebens. Hinter dem Kranzler seinen Heckenzaun war's, das hatte die Vev gesehen. Weiter wußte man nichts.
»Wart nu! Der Kranzler hilft dir scho!« drohte die Ogl. Beni schien es gar nicht zu hören. Es war, wie wenn alle Menschen für ihn gestorben wären. Ein einzige kalte, dunkle Stille hockte rund um ihn herum. Keiner hatte gesehen, wie er hinter der mächtigen Eiche im Kranzlergarten ein Loch aushob und dort die Pappschachtel hineindrückte, in welcher die einzigen Dinge lagen, an denen er hing. Sorgfältig legte er die Grasstücke auf den Deckel. – –
Die Mainebel dampften schon jeden Morgen von den Feldern auf. Nachdenklich saß jetzt die Ogl manchmal am Tisch unter der Petroleum-Lampe und strickte oder nähte. Einmal überhörte sie sogar das Gebet-Läuten und schrak förmlich zusammen, als sie die Uhr Mitternacht schlagen hörte. Sie lispelte ihr Vaterunser und sagte am Schluß wie aus einer dumpfen Ahnung heraus: »Herr, begleit' seine Weg'.« Und besorgte Falten krausten sich auf ihrer viereckigen Stirn. –
Am andern Tag ging der Kranzler mit dem Beni das kleine Dorfbergl hinauf, seinem Hof zu. Den hölzernen Koffer, der nun voller Habschaften war, besprenkelte Ogl mit doppelt geweihtem Wasser und machte mit der Hand ein großes Kreuz darüber. Dann fuhr sie ihn auf dem Schubkarren zum Bürgermeister hinauf ....

IV

Milch-Austragen, auf dem Feld mithelfen und im Stall fürs Vieh die Einstreu machen, das waren so die Arbeiten Benis beim Kranzler. Das Mähen ging nicht. Vielleicht, weil er zu schwach und zu ungelenk war. Man nahm aber von vornherein an, daß er nur zu faul dazu sei und der schweren Arbeit bloß ausweichen wolle. Und das ganze Verhalten Benis erhärtete diese Meinung auch nur. Zerstreut, schwerfällig waren alle seine Bewegungen. Nie sah man einen strafferen Schritt bei ihm, nie einen behenderen Handgriff. Alles Bestimmte, Entschlossene, was sonst die Jugend auszeichnet, ging ihm ab.

»A Nixnutz, a boshafter is er! ... Richti auf d' Finga schaung und wenns sein muaß a poor nei, daß er si's mirkt, dös is dö bescht Medizin für solcherne Kerl'n,« ließ der Kranzler einmal verlauten und die Knechte richteten sich danach. Beni hatte viel zu leiden. Ohne rechten Grund gab es oft Prügel und Stöße, und weil er alles stumm ertrug, wurde das Traktieren im Kranzlerstall allmählich gang und gäbe. Die erste Zeit magerte Beni sichtlich ab. Sein Gesicht alterte förmlich. Sehr zerfahren war er und zuckte beim geringsten Anschrei verwirrt zusammen. Langsam aber gewöhnte er sich an diese Behandlung, ja es schien fast, als wachse seine Widerstandskraft an den Züchtigungen. Die ersten Hiebe trafen ihn manchmal noch ins Gesicht, dann aber hielt er seine dünnen Arme über den Kopf und drehte sich wortlos um, ließ auf seinen gekrümmten Rücken einhauen, so lange darauf hämmern, bis der Schlagende müde war und aufhörte. Diese scheinbare Stumpfheit war daran schuld, daß man den Buben immer weniger beachtete. –

»Knocha, misrabliger! ... I werd' dir glei, solang auf'n Abtritt hokka!« schrie hin und wieder ein Knecht, wenn Beni oft plötzlich mitten in der Arbeit verschwand und erst nach einer geraumten Zeit wieder in den Stall schlüpfte. Man forschte aber nicht weiter nach seinem Verbleib. – –

So verlief der Sommer. Leer und breit dehnten sich die stoppeligen Felder aus. Das frühe Gelb der immer bewegten Birken stach aus den Waldungen, die Rotbuchen verdunkelten von Mal zu Mal ihre Blätter. Man trieb das Vieh auf die Weide, und der Beni mußte hüten.

Scheu und zitternd vor innerer Aufregung schlich er vor dem Austrieb zur Eiche und nahm seine zwei Figuren aus dem Versteck. Hastig verbarg er sie unter seiner Joppe und rannte wieder auf die Straße zu seinen Kühen. Ein aufgefrischtes Gesicht hatte er auf einmal. Als er mit der Herde aus dem Dorfe war, trieb er das Vieh rascher vorwärts. Wahllos knallte er seine Peitsche auf die blanken Rücken der Kühe, daß dieselben zuletzt leicht zu traben anfingen. Klatschend schlugen die sackenden Euter hin und her. Der Staub wirbelte auf. Von der Kranzlerhöhe herab lief ein scharfer Pfiff, aus dem man den Zorn heraushören konnte. Unwillkürlich zog Beni seine Schultern hoch und den Kopf ein, als wenn schon wieder wer hinter ihm stehe und einschlagen wolle. Und erst nach einigen Minuten nahm er wieder die alte Haltung ein, umschritt den Viehtrott, der nach und nach den Trab verlangsamte. –

Am Hügelrücken, knapp am Rande des Jungholzes, das sich dichtbuschig hier hinanzog, ließ er grasen und schlüpfte rasch ins Dickicht. Er riß seine Figuren heraus und betrachtete sie sekundenlang wie einen kostbaren Fund. Dann befestigte er die mitgenommene Schnur, an der sie hingen, an zwei Tännlein und ließ seine Lieblinge sanft hin- und herschlenkern. Jetzt erst atmete er ganz befreit auf. Eine große Ruhe kam über ihn. Dann begannen seine Wangen zu glühen, seine Augen bekamen einen Glanz und heftig pochte sein Herz. Alles vergessend, von einer kranken Hitze durchströmt, lag er zuletzt da und heftete seine Blicke ohne Unterlaß auf seine Puppen ....

Er trieb jeden Tag das Vieh vor den Hügel und am Abend, wenn er heimtrieb, kroch er vorsichtig durch den Heckenzaun, auf die Eiche zu und legte seine Kleinode wieder in die Erdhöhle. –

Um diese Zeit waren die großen Herbst-Viehmärkte in Viertelbach drüben, bei denen die Bauern der ganzen Umgebung zusammenkamen. Auch der Bürgermeister Kranzler ließ einspannen. Die Bäuerin aber kam auf einmal aus der Kammer gerannt und schwang schimpfend ihre schwerseidene Sonntagsschürze. Ein großes Viereck war daraus geschnitten.

»Ja–ja! Jaja! Wer macht denn jetzt sowos?! ... Jaja, dös is ja doch kaam zum Glaabn, jaja, jetzt do schaug!« schrie die Kranzlerin, und alle schauten erstaunt auf die zerschnittene Schürze.

»Hm!« machte der Bauer endlich: »G'wiß is's wieder der sell Lausbua, der nixnutzi! ... Wen fallert denn sunst sowos ei ...« Und alle nickten. Am Abend, kaum daß er richtig zur Tür hereinkam, flog der Beni an die Wand, daß es ihn einige Male überwarf. Ganz außer Rand und Band packte ihn alsdann die Bürgermeisterin bei den Haaren und riß daran, was sie konnte.

»Du Sauhammi, du elendiga! ... I werd' dir ünser guats Gwand derschneidn!« bellte sie.

»Mach daß d' mir aus'n Gesicht kimmst, sog i! ... Bist net wert, daß ma si an dir vergreift!« stieß der Kranzler alsdann heraus und zerdrückt wankte Beni aus der Küche.

In dieser Nacht plapperte er in einem fort im Schlaf. Weit offen stand sein Mund und ab und zu kräuselten sich seine Lippen zu einem seltsamen Lachen. Eine Zeitlang hörten sich die erwachten Knechte das an. Der Mond fiel hell in die Kammer. Die Oberkörper hoben sich.

»Loß dir Zeit!« lispelte der Oberknecht dem Drittler zu, welcher schon ausholen wollte: »Wart!« flüsterte er, stieg geräuschlos aus seinem Bett und beugte sich auf den schlafenden Knaben nieder.

»Ch–ch–cht!« machte er, der Oberknecht, und spie dem Träumenden einen richtigen Batzen in den offenen Mund, daß dieser jäh aufschrie und erstickt schluckte. »Wart', i mach dir glei an solchern Lärm bei der Nocht, du dappiga Hund, du!« brummte der Knecht befriedigt und alle lachten schüttelnd. Der Beni drehte sich hustend an die Wand, verhielt sich eine Weile völlig still und schnarchte bald wieder weiter. –

Die Zauner-Vev lag manchmal am abschüssigen Rand des Kranzlerschen Heckenzauns und strickte. Einmal dumpften rasche Schritte hinter ihrem Rücken und neugierig wandte sie den Kopf herum. Atemlos, kreidebleich stand Beni da. Einen großen Packen bunter Flecke hatte er in einer Hand.

»Du–du–du ...?« stotterte die Überraschte. Aber eh' sie sich ganz herumdrehen konnte, war Beni verschwunden.

Zufällig in der nächsten Sonntagsfrühe ereignete es sich, daß, während Vev die Milch beim Kranzler holen wollte, die Dirn in die Küche rannte und schreiend ihr neues Umschlagtuch herumschwang, von dem die Fransen abgetrennt waren. Die Vev schaute stumm zu, wie die Bürgermeisterin und die Dirn auf den Beni einschlugen.

»Huarnteifi, verreckter! Bist es gwen oder net? ... Red!!« schrie die wütende Dirn. Aber der Bub gab keine Antwort. Steinern stand er da, seine Lippen schoben sich vor und unverwandt, wie geistesabwesend, starrte er auf die Vev. So ohnmächtig bittend und angstgeladen war dieser Blick, daß das Mädchen wie von einer großen Furcht ergriffen auf einmal den leeren Milchkübel nahm und eilsam zur Türe hinaushumpelte.

Aus einem unbestimmten Grund legte sich Vev von jetzt ab stets an die Stelle am Bürgermeister-Heckenzaun, wo sie mit dem Beni auf so merkwürdige Weise zusammengetroffen war. Ja, es hatte sogar manchmal den Anschein, als ob sie nach dem Buben ausschaue. Doch der kam nicht mehr. Unter der Eiche war an einem Tag die Erde aufgewühlt, die Grasstücke lagen umher und das Loch, das die Puppenschachtel geborgen hatte, war leer. Als nach dem Mittagessen die Kranzlerin das Taubenfutter ausstreute und ihre Lockschreie hinauf zum Giebel rief, rührte sich nichts mehr dort droben. Der Schlag war verschlossen, und nachdem man hinaufstieg und öffnete, flogen die Federn heraus. Die Tauben waren allesamt tot. Gräßlich zerschunden, mit heraushängenden Gedärmen lagen die blutigen Körper am Boden. Einigen war der Kopf abgeschnitten, andere schienen zertreten oder erdrosselt worden zu sein. –

Diesmal hatte Beni Glück. Tags zuvor nämlich hatte der zweite Knecht mit dem Kranzler gestritten, stieß dabei wüste Drohungen aus und verließ auf der Stelle den Hof. Dem schrieb man die Untat zu.

Niemand entdeckte die Puppenschachtel, die tief zwischen dem mit Brettern verschlagenen Balkengerüst steckte. Es war jedesmal eine aufregende, schwere Arbeit vor dem Viehaustrieb, bis Beni Kasperl und die Prinzessin aus dem Versteck herausbrachte.

Droben im Jungholz – jeden Tag – bekleidete er sie. Mit großer Fingerfertigkeit schnitt er mit einer gestohlenen Schere die erbeuteten Flecke zurecht und nähte Röckchen und Mäntelchen. Ein völlig fremdes, überirdisches Glück durchrieselte ihn dann, wenn seine zwei Lieblinge bunt und schimmernd hin- und herschlenkerten. Ein Brennen war's zuletzt, ein zehrendes Zucken vom Unterkiefer bis hinauf zum Rand der Haare. Aller Jammer über das von den Menschen Erlittene, alles Dumpfe, alle Qual schienen von ihm abgefallen. Das Dunkel, das alles Wirkliche um ihn herum ausgelöscht hatte, wurde auf einmal greller, immer greller durchstrahlt von diesen zwei leblosen Puppen. Übermächtig flammte seine unterdrückte Seele auf. Seine Pulse begannen zu trommeln, seine Glieder erstrafften. Eine unnennbare Kraft wuchs unaufhörlich in ihm, mit rasender Schnelligkeit. –

Dann, ganz sacht – wie durch die Luftschwaden einer großen Ferne – schlug eine Kuhglocke oder das langgedehnte »Muuhu« an sein Ohr. Es fing zu regnen an und das Niederfallen der Tropfen wurde ihm gewiß, oder ein Wind erhob sich und langsam, ruckweise fast, nahm wieder alles ein tägliches Gesicht an.

Traurig erhob er sich, verbarg seine Kleinode unter der Joppe und trieb das Vieh heimwärts ...

V

Es war schrecklich, grauenhaft. Nichts war mehr sicher vor Beni. Die Sucht, seinen Lieblingen alles zu geben, sie in die größte Pracht zu hüllen, trieb ihn zu immer unheimlicheren Waghalsigkeiten. Von Kranzlers Samtweste fehlten eines Tages die schweren Silberknöpfe, die Riegelhaube der Bäuerin war zerschnitten und zerpflückt, Vorstecknadeln und Anhänger verschwunden, wahllos schnitt der Bub Stücke aus Halstüchern, seidenen Schürzen und Röcken. Das Prügeln half nichts mehr. Mochte man alles noch so einsperren und verriegeln, mit fast traumwandlerischer Sicherheit gelangte Beni überall hin. Ja, je größer die Hemmungen, desto seltsamer wurden seine Listen und Finten.

Noch mehr.

»Is ja wia aus Gußeisn, der Kerl! ... Is ja grod ois wia wenn er gor nix mehr gspürt! ... Schlogn konnst, solang oist willst, er ist maiserlstad!« brummte der Bürgermeister einmal mißgünstig und ließ den Halbtotgeprügelten los. Beni blieb stehen. Eine dünne, fast überlegene Verachtung zuckte aus seinem häßlichen Gesicht. Dann ging er, wie wenn gar nichts gewesen wäre, in den Stall hinüber.

Das war nicht mehr menschlich. Dieses scheinbare Gefeitsein gegen jede Mißhandlung und die verheerenden Beutezüge Benis erfüllten schließlich das ganze Kranzlerhaus mit Unruhe. –

»I möcht doch wissn, worum er grod oiwai vors Junghoiz hintreibt, der Saubua,« sagte der Bürgermeister einmal nach der Brotzeit und ging querfeldein, auf die Hügel-Lende zu. Erst nachdem er, ungefähr zwei Wurfweiten entfernt, im Feld pfiff, schreckte Beni im Dickicht von seinem Puppenspiel auf und lugte atemlos durch die schützenden Zweige.

»Beni? ... Hundsbua! ... He, Beni!« schrie der Bauer erneut. Niemand gab an. Mit aller Hast riß Beni seine zwei Puppen von der

Schnur, raffte seine Flecke zusammen und kroch behende durchs Dickicht hügelaufwärts.

»Beni! ... Lausbua!?« gellte es abermals und viel drohender von unten herauf. Beni kroch schneller. Die dürren Äste knackten, die jungen Zweige schlugen in sein Gesicht, er stolperte, die Flecke entfielen ihm. Ein abgebogener Zweig, der eben wieder emporschnellte, traf den Knäuel und schleuderte ihn rückwärts, daß das bunte Gewirr auseinanderflog und auf den niederen Tännlein hängen blieb. Einen Augenblick hielt der Bub inne. Hilflos und vernichtet besann er sich. Aber schon vernahm er das Keuchen des Bauern und dessen massige Schritte. Fest umklammerte er seine beiden Puppen, sprang auf und rannte wie rasend durchs hemmende Gebüsch. Sein ganzer Körper kochte gleichsam. Wie über nachgiebige Wellen flog er auf dem weichen Moosboden dahin. Das Geräusch seines Verfolgers entfernte sich. Es ging abwärts. Er jagte mit letzter Kraft weiter, da auf einmal gab die Erde unter ihm nach, brach auseinander, und mit einem entsetzten Schrei fiel er in eine dunkle, enge Tiefe und nach etlichen Sekunden auf etwas Weiches, Schwabbliges, das wie ein Gummiball nachgab. Fassungslos und schlotternd blieb er liegen und sah ins Hohe. Ein ganz schmaler Lichtschein fiel schräg herab. Der erkaltete Schweiß rann in dicken Rillen an Benis Körper herunter. Seine Augen schmerzten ihn, als ätze eine Säure an ihren Rändern, und ein betäubender Gestank herrschte rundherum. Seine Finger steckten tief in etwas Lehmigem, Glitschigem.

Aber es war still. Der Zufall hatte ihn gerettet. Hier kam keiner mehr nach. Es war fast, als habe ihn irgendeine unsichtbare Riesenhand im gefahrvollsten Moment jäh aus der Welt in eine geschützte, unauffindbare Tiefe geworfen.

Der Beni schrie nicht. Langsam kam eine seltsame Ruhe über ihn. Er schaute wieder aufwärts und erhob sich endlich, um seine Puppen zu suchen. Vorsichtig tastete er herum. Wurzelwerk und Gerill fühlte er überall und seine Füße stießen immerzu, bei jeder Bewegung, an einen weichen Haufen, der pfiff, als wäre er mit Wasser gefüllt. Er beugte sich erschauernd neugierig nieder und griff wieder in das Lehmige, blieb stecken mit den Fingern, fuhr tiefer und spürte auf einmal etwas wie Knöpfe, dann Stoff und etwas Glattes wie eine Manschette. Der üble Geruch verstärkte sich und drang bis in sein Gehirn. Verzweifelt tastete er herum nach seinen Lieblingen und

stieß auf Schuhwerk, schnellte entsetzt empor und fiel ohnmächtig auf die verfaulte Leiche. –
Als er nach einiger Zeit aufwachte, würgte ein Ekel in seiner Kehle. In allen seinen Gliedern tobte ein Zittern. Er fuchtelte sinnlos herum und fing zu schreien an, bis er abermals zusammenbrach. Sein Kopf schlug an die wurzelige Wand und die hängengebliebenen Puppen fielen herab auf seinen Schoß. Mit letzter Verzweiflung umschloß er sie und drückte die Augen zu. – –
Der Kranzler, der das Klagen gehört hatte, rannte nach vergeblichem Suchen ins Dorf und holte die Knechte und Dörfler. Die ganze Nacht suchte man den Wald ab, pfiff, schrie und fluchte und wollte schon wieder ins Dorf zurück, als auf einmal der erste Knecht vom Bürgermeister mit einem Fuß durch das schwarze Loch glitt. »Hoit auf! ... Do! Do!« schrie der Drittler und half ihm heraus und alle rannten herbei.
Der Beni rührte sich nicht drunten. Er stopfte die Puppen tiefer in seine Joppe und drückte den Oberkörper nieder auf die hochgezogenen Knie. Steiniges Geröll fiel auf ihn herab und grell stach das Licht der Stallaternen in den unheimlichen Schacht. Die Erde bebte ganz leise. Stimmen drangen ins Tiefe. »Beni!« schrie wer. Dann wurde es wieder still. Abermals schrie es und erregter wurden die Stimmen.
Dem Beni schlug das Herz. Er schob geräuschlos seine Gestalt empor, biß die Zähne fest aufeinander, preßte mit aller Kraft seinen dünnen Körper dicht an die nasse Erdwand und wühlte in ungeheurer Angst sein Gesicht hinein. Er hörte ein Schieben, wieder bröckelten Erdstücke ab und plumpsten nieder auf ihn. Es wurde ganz still, es flackerte, und eine Leiter rutschte langsam nieder. Tief bohrten sich ihre spitzen Enden in die nachgiebige Leiche. Unter den schweren Schuhen knarrten die Sprossen. Der Kranzlerknecht stieg herab.
Beni drückte verzweifelt gegen die Erdwand, grub seine Knie, bohrte seine Finger in die lockere Erde und stieß besinnungslos mit dem Kopf dagegen. Da brüllte auf einmal hinter ihm der Kranzlerknecht und packte ihn. Haltlos brach der Bub in die harten Arme, die ihn umspannten und hochhoben, mit ihm aufwärts stiegen.
Langsam wurde es kühl und häßlich hell. Ein Gemurmel umgab den Beni. Mit festverschlossenen Augen, die Arme eng um den zitternden Körper gepreßt, lag er auf dem Moosboden. Nichts an ihm lebte, als sein Herz, das so mächtig klopfte, als wie wenn Hämmer an seine Wand schlügen.

»Eiskoit is er ... Und wia er zittert,« hörte er Ogls Stimme und spürte ihre harte Hand auf seinem kaltschwitzenden Gesicht. Ihr warmer Atem umkroch ihn.
»Ja–ja? ... Jaja, jetz sowos, ha! ... Jetz is do a Loch, ha? ... Th–thm–ha, a so a Gruabn, ha? ... Hm-hm-hm ... Und do hot ma bis jetz gor nix gsehng, ha! ... Hm–hm! ... Und do flackt jetz scho woaß Gott wia lang dö Leich drinn, ha! ... H–hm–ha, wos's doch ois gibt, ha! ... Und do foit er nei, ha–ha–hm!« redeten Stimmen durcheinander.
Der Beni biß die Zähne noch mehr aufeinander, daß sie krachten. Und rührte sich nicht. Aber seine Kraft zerbröckelte schon. Die Menschen hatten ihn wieder! Jetzt hob man ihn vom Boden auf. Dabei rutschten seine zwei Puppen aus der Joppe. Sein Blut stockte und erstarrte.
»Do! ... Do schaug! ... Seine zwoa Popn!« hörte er die Ogl rufen. Jetzt war alles zu Ende. Lahm fielen seine beiden Arme herab und schleiften mit. Er zerfiel gleichsam. Die Luft, die auf ihn langsam eindrang, konnte er nicht aufhalten. Aller Widerstand entglitt ihm, floß weg ...
Man trug ihn ins Gemeindehaus und der Kranzler holte auf der Stelle von Viertelbach drüben den Hofrat Nerlinger.
»Nerven!« sagte der am Bett des Kranken.
»Jaja, gellns, Nervn? ... Nervn ... Jaja, freili, freili san dös Nervn,« murmelte die Kranzlerin überschnell und faltete die Hände über dem spitzen Bauch. Alsdann endlich ging man aus dem Gemeindehaus »Wennst hoit wos brauchst, gell, Ogl, loß üns fei wissn,« sagte die Bürgermeisterin beim Hinausgehen und: »Jaja, geht's nu,« gab ihr die Orgl mürrisch zurück. Still wurde es in der Schlafkammer. Nur das langhingezogene Brummen des sich entfernenden hofrätlichen Gespanns erschütterte noch ein klein wenig die Fensterscheiben.
Die Ogl saß stumm da und streichelte immerzu Benis Kopf.
»Beni? ... Mei Beni! Beni!« summte sie schwer.
»Beni? ... Mei arma Beni!« wiederholte sie immer wieder zärtlich. Die Starrheit auf dem Gesicht des Buben wich allmählich, die Wangen erschlafften, das Kinn begann leise zu zittern und seine Augen brachen auf. Ohnmächtig und herzzerreißend fing er zu weinen an.
»Beni! ... Mei Beni!« klagte die Ogl stockend und verlor vollends die Kraft. Ihr Oberkörper knickte ab, ihr schwerer, großer Kopf sank aufs Bett nieder. »Ste–e–erbn mächt i! Ste–e–erb–n–n!« heulte Beni grenzenlos verzweifelt. –

Der Pfarrer, dem die Zaunerin die Nachricht gebracht hatte, trat durch die Tür und blieb einen Moment stehen. Die Ogl richtete sich schweigend auf und wischte sich hastig die Tränen ab, ging vom Bett weg. Mit einem jähen Ruck riß sich der Beni herum und verbiß sich in die Kissen. Alles sanfte Einreden des geistlichen Herrn half nichts. –
»Renkt sich alles wieder ein«, meinte am andern Nachmittag der Hofrat Nerlinger. Beni schlief.

Selbst als er nach etlichen Stunden die Augen wieder aufschloß, schien alles an ihm leblos zu sein. Die Ogl zeigte ihm die zwei Puppen und lächelte gezwungen. Einige Male ließ sie die hölzernen Dinger hin und her schaukeln, aber der Beni glotzte nur stumm und unangerührt ins Hohe.

So lag er nun Tag für Tag, ließ sich das Essen einlöffeln, schluckte mechanisch und starrte. – –

VI

Es läßt sich leicht denken, daß man über diesen ungewöhnlichen Vorfall allerhand herumredete im Dorf. Erstens schon einmal die unbekannte Leiche, von der kein Mensch konstatieren konnte, ob es sich nun da eigentlich um einen Ermordeten oder um einen Selbstmörder handle! Dann die geheimnisvolle Grube, die bis jetzt niemand gekannt hatte! Und endlich, daß gerade der Beni da hineinfallen mußte. Das war schon recht seltsam alles.

Kurzum aber, es kam eine Gerichtskommission, untersuchte das unheimliche Waldloch, die Leiche, oder vielmehr ihre Reste, wurde im Beisein aller Banzenbacher herausgeholt und der Kranzlerknecht mußte sie nach Viertelbach auf die Bahn fahren. Von dort wurde die Kiste in die Stadt geschickt. Schon dies allein gab ausgiebigen Gesprächsstoff. Hauptsächlich beredete man, wie die Leiche gestunken habe. Es gab oft lange, eingehende Diskurse darüber und gewohnterweise knüpfte man daran dann seine verschiedenen Betrachtungen, was eigentlich im Grunde genommen ein Mensch schon gar anderes sei, als wie ein Haufen Dreck? –

Doch das Interesse für Leiche und Grube schwand bald und jetzt ging es vor allem um den Beni. Die Zaunerin, welche schon lange auf den Bürgermeister eine geheime Wut hatte, weil er ihr diesmal das

Ährenlesen auf seinen abgeernteten Feldern verboten hatte, bezog seitdem die Milch vom Irschenhofer. Ihre Vev hatte sich im Laufe der Jahre eher zurückentwickelt. Spindeldürr war sie und stotterte und lallte wie ein zweijähriges Kind. Zu nichts war sie zu brauchen und sie hockte nun jeden Tag vor Benis Krankenbett.

»Daumadicke Pinkln (Beulen) hot er überoi, der Beni,« ereiferte sich die Zaunerin in der Irschenhoferstube und setzte gehässig hinzu: »Dö san net von Obifliagn in d' Gruabn…Nix anders hobn's gmacht bein Bürgamoasta, als nei'ghaut und neipufft a den Buabn, ganz dappi gschlogn hobn's 'n, dö saugrobn Siach, dö saugrobn!« Und diese Behauptung ging weiter. Allenthalben verbreitete sich gegen den Bürgermeister Kranzler eine unwillige Stimmung, und bei der nächsten Gemeinderatssitzung gerieten dieser und der Irschenhofer hart aufeinander.

»Waisnhaus hi, Waisnhaus her!« schrie der Bauer über den Tisch: »Zoin (Zahlen) muaß 's ja doch Gemeinde und du – d u host den ganzn Saustoi o'gricht mit dein Grobsei! A Schand und a Spott is's, wia ma mit den Buabn umganga ist, Siach narrischer!…Und wos is's jetz! …Jetz hobn mir d' Vev vo der Zaunerin u n d an Beni auf da Gemeinde! … Jetz is's bessa, weil ma für zwoa aufkemma müassn, saudumma Lackl, saudumma!«

Und alle waren auf seiner Seite. Der Kranzler wurde kleinlaut und sagte schließlich kein Wort mehr. Mit unbehaglich-schuldbewußten Mienen ging man im Bürgermeisterhaus herum. Ins Waisenhaus kam der Beni nicht. Jetzt erst recht nicht. Sogar der Reifhammer war dagegen, als die Ogl gelegentlich einmal sagte: »Jetz' wolln's iahnere Schandtatn aus'n Weg raama! Aba der Beni bleibt bei mir, für dös garantier' i, daß er net a 's Waisenhaus kimmt …« – –

Die Zaunerin ging von Haus zu Haus und trug die unglaublichsten Geschichten herum über die Zustände beim Kranzler. Überall hörte man auf sie. Zur Ogl war sie e i n e Freundlichkeit und dieser war es wirklich eine Wohltat, daß die Vev jeden Tag den Beni hütete. Gerade an solchen Spätherbstnachmittagen nämlich hatte sie vollauf zu tun und fuhr am Tage oft zwei- und dreimal ins Holz. Es kam ihr auch vor, als wenn sich der Kranke mit dem krüppelhaften Zaunermädchen recht gut vertrage, denn eines solchen Nachmittags, als sie hinter dem Haus gerade ihre Fuhre ablud und dabei flüchtig durchs Fenster lugte, sah sie, wie er nach dem Häkelknäuel der Vev haschte. Das Mädchen stotterte fast freudig auf und lächelte seltsam, und auch der Beni schien gar nicht scheu zu sein. Er sah sogar neugierig auf die Vev und zog erst den Kopf wieder hurtig unter die Decke, als Ogls Schatten über das Bett fiel.

»Er rührt si schon wieda, Herr Hofrat,« erzählte die Häuslerin andern tags dem alten Arzt und berichtete.

»Hm, hm ... Vorübergehend ... Nur vorübergehend!« brümmelte der, ließ sich von ihr die zwei Puppen geben und schlenkerte sie über Benis Gesicht.

»Na? ... Na–na?! ... Jetzt spieln wir bald wieder, was?« sagte er ermunternd. Aber der Bub machte keinen Muckser. Ein schweigender Haß glomm in seinen Augen und störrisch schob er die Unterlippe vor. So blieb er liegen die ganze Zeit.

»Hm! ... Noch ein bissl zu früh,« meinte der Hofrat und gab der Häuslerin die Puppen zurück, und bedrückt legte diese sie in die Kommodenschublade. Benis Pupillen liefen unausgesetzt hin und her jetzt, und erst als die Zauner-Vev eintrat, beruhigte er sich wieder.

»Brav bist, Vevei, brav!« sagte die Ogl, brachte die Milch herein und stellte sie auf den Nachttisch: »Do stell i dir's her, gell! ... Wenn er Durst hot, gell?« Einige Male ruckte das Mädchen schwerfällig ihren Kopf auf und nieder. Die Ogl ging. Erst lange nachdem ihre Gestalt schattend am Fenster vorbeigehuscht war, bewegte sich Beni im Kissen. Erleichtert wandte er den Kopf herum und schaute das Mädchen aufmerksam an. Seine Wangen färbten sich. Langsam griff er mit der Hand aus der Decke, faßte schnell den Garnknäuel und zog ihn zu sich heran.

»Hja-ha! – Ha-ha-hja –!« gurgelte die Vev belustigt. Benis Stirn faltete sich sogleich streng. Ein böses Rot flammte über sein Gesicht, die Lippen öffneten sich ein wenig und die hart aufeinander gebissenen Zähne wurden sichtbar.

»Bssst!« zischte er hastig. Vev aber gluckste nur noch freudiger und langte nach ihm. Er wich zurück.

»Hjä-ha-hjä-hä!« stieß sie stotternd heraus und haschte dreister nach dem Garnknäuel. Ihre Hand legte sich auf die vom Beni, der auf einmal, wie von einem jähen Ekel angerührt, zurückprallte und mit dem Kopf dumpf an die Wand schlug. Groß und unruhig flackerten seine Augen. Jetzt wurde auch die Vev jäh ernst. Verwirrt und angstvoll glotzte sie auf den Kranken und, vollkommen ihre Gebrechlichkeit vergessend, richtete sie sich hastig auf, daß ihr Schemel umfiel.

Sie wankte und fiel plötzlich mit einem dumpfen Knall rücklings, in gestreckter Länge auf den Boden. Wie erstarrt lag sie da, kein Laut war aus ihr gekommen. Der abgerissene Faden fächelte langsam auf sie herab. Gläsern stierte Beni in dieses Fächeln. –

Jetzt rauschten die Schläge der Wanduhr durch die Stille. Der Kranke lauschte witternd und stieg vorsichtig aus dem Bett. Mit einem Satz beugte er sich nieder auf die reglose Vev und berührte seltsam ihre dürren Arme, ihren knochigen Körper. Er zitterte, als er sich wieder aufrichtete. Seine Nasenflügel erbebten, seine Augen fingen eigentümlich zu glänzen an und leicht glitt seine Zunge aus den aufgebrochenen Lippen. Ohne die Hingefallene aus den Augen zu lassen, tappte er behutsam zur Tür, öffnete sie schnell, kroch wie ein behender Affe durch die Räume und riß aus allen Schubladen das Bunteste, was sie enthielten. Mit einem großen Packen Tücher und bunter Schürzen kam er zurück. Auf allen vieren umschlich er etliche Male die Ohnmächtige, betastete sie wieder, fuhr sacht, dann immer schneller streichelnd, wie aus einer irren Herzlichkeit heraus, über ihr Haar, über ihre kalten, hölzernen Arme, über ihren Körper und behing sie mit den Silberketten und seidenen Schürzen von der Ogl.

»Brav Vevei, brav, brav! Mei Vevei, brav, brav!« lispelte er unausgesetzt und legte langsam und ganz behutsam die Schlinge des Wäschestrickes um den starren Hals der Vev: »Mei Vevei, brav, brav, mei bravs Vevei!« Dann stellte er einen Stuhl an den großen Schrank mit den schnörkeligen Ecktürmchen, schlang den Strich um eines derselben und hüpfte wieder herab. Und langsam zog er an, mit aller Kraft. Als die hagere, phantastisch gewandete Mädchengestalt schimmernd und glitzernd an der Schrankwand hing, stieß er sie leicht, daß sie hin und her schwankte.

»Brav! Brav! Brav – brav! Vevei, brav Vevei, brav! Mei Vevei, mei Vevei, Vevei!« hauchte er verzückt. Wieder und wieder fuhren seine Hände zitternd an ihrem Körper herab, fort und fort und zuletzt mit einer rasenden Schnelligkeit. Sein keuchender Mund begann zu schäumen. Gräßlich verloren glommen seine Augen.

Noch einmal erstrahlte sein finsteres Nichts! Das Wesen, das einmal am Weihnachtstag wie ein totes Stück auf den Boden gefallen war, schwebte lebendig und groß über ihm.

»Ve-ve-vei! Brav-brav-brav-brav-Vevei-vei-vei. Vevei! Brav Vevei!« schluchzte er stürzend. Ein Zucken befiel ihn und es war, als umfinge ihn eine Flamme, erfasse alle seine Glieder und züngle aufwärts, durch die Decke, ins Unendliche.

»Ve–ve–ve–vei!!!« schrie er schrill und brach ohnmächtig zusammen. – –

»Ganz recht hot er g'habt, der Schoilehra! A Zuchthäusla wia er im Buach steht!« plärrte der Bürgermeister Kranzler, als ganz Banzenbach am Abend das Entsetzliche in der kleinen Kammer des Gemeindehauses umstand. Gerechtfertigt richtete er sich auf. Breit stand seine Brust.

»Wos?! ... Ins Irrnhaus?!« schrie er den Hofrat Nerlinger grob an: »Sowos g'härt derschlogn wia a räudiga Hund, schon ehvors d' Augn auftuat!«

Und kühn schaute er im Kreise herum, auf die anderen Dörfler. Und die nickten und wußten selber nicht warum ...

Der Martl

I

Der Amplezer-Martl – zweiter Sohn des seligen Joseph Amplezer und der noch lebenden Ehefrau desselben – der Amplezer-Martl – wie er mit gewissem Nachdruck manchmal betonte und stets unterschrieb: »Ökonomssohn von Berfelfing« – erkannte eines Tages: So geht's nicht mehr weiter.

Er erkannte es nicht nur. Er sagte es plötzlich an einem Tag während des Mittagessens zu seinem älteren Bruder Sepp, zu seiner Schwester Rosl und zu seiner Mutter direkt und ohne jede weitere Erklärung.

»So geht's nimma weida!« sagte er ganz einfach und ließ es dabei bewenden. Der Tag verlief zwar genau wie jeder andere, die ganze Woche haspelte sich ab wie jede andere Woche. Der Martl hatte nun einmal gesagt: »So geht's nimma weida!« und damit war's genug. Er war jetzt siebenundzwanzig Jahre alt, hatte den Krieg überstanden – und der Ederergirgl und der Mehringerfeschl, das waren nichts als hinterlistige Konsorten. Nicht im mindesten war auf sie Verlaß. Überhaupt die ganze Sache da mit der Poltererfanni von Naunzing – das zweite Zwanzigmarkstück hatte der Martl jetzt dem Girgl und dem Feschl schon gegeben, immer hatten sie ihm die Ohren vollgeredet mit ihrem: »Ganz g'wiß ist's wohr! ... Mir hob'n g'red't mit ihr, ganz g'wiß! ... Du brauchst bloß amal richtig red'n mit ihr ...« und wenn er dann wirklich an einem Sonntagnachmittag zum Polterer hinüberkam und mit der Fanni ein richtiges Wort reden wollte, was war's dann? Erstens war sie nie allein daheim. Und zweitens: Sie verzog recht vorlaut ihr Gesicht, sagte, als wie wenn gar nichts sei: »Soso! ... Der Feschl und der Girgl? ... Dö zwoa? ... Soso! ... O mei Gott, Martl, dö zwoa ...!« Und wenn er dann so von hinten herum vom Heiraten zu reden anfing, meinte sie: »Soso ... heiraten möchst, Martl? ... Soso?« und lachte recht spöttisch .... Überhaupt! Kurz und gut, die Sache mit der Poltererfanni war unsicherer als unsicher. Der Feschl und der Girgl, die hatten es bloß auf die Goldstücke abgesehen, auf sonst aber schon radikal nichts. – –

Trotzdem, mit der den Amplezers eigentümlichen Gründlichkeit beschäftigte sich der Martl mit der Angelegenheit. Schließlich und endlich: Zwei Zwanzigmarkstücke? Die wirft man doch nicht so mir nichts und dir nichts zum Fenster hinaus! Und immerhin: die Fanni hatte doch hin und wieder recht zweideutig gelacht. Und überhaupt: Heiraten? So was geht nicht von heut' auf morgen! – Am Ende hatten der Feschl und der Girgl doch nicht unrecht, wenn sie zu ihm sagten: »Rindviech, Martl! ... Du muaßt ihra doch wos schenka, wennst a Weibsbüld rumkriagn wuist ...!«

Herumhorchen, die anderen reden lassen und sich aus allem für seine Zwecke das Beste heraussuchen, diese Gewohnheit war seit jeher bei den Amplezers heimisch. Der Martl ließ sich die Anregung seiner Kriegskameraden mit der größten Ernsthaftigkeit durch den Kopf gehen. Hartnäckig überlegte er hin und her. Die ganze Woche dachte er über eine einigermaßen günstige Lösung dieser Frage nach und kam endlich zu einem guten Schluß.

»Kaufst ihr was, kost's einen Haufen Geld, und heirat's dich nachher doch nicht, bist du der Ausg'schmierte! ... Zurückverlangen? ... So was hat seinen Haken,« sagte er sich.

»Schenkst ihr nichts, beißt's nicht an! ... Obst magst oder nicht: du mußt ihr also was schenken,« schloß er und war mit sich einig.

Am Samstag, nachdem die Amplezerin und die Rosl zum Rosenkranzbeten in das kleine Dorfkirchlein hinübergegangen waren, schlich er sich in die Kammer seiner Mutter, machte den Glasschrank auf, in welchem die verschiedenen geweihten Wachsstöcke, Sterbkreuze, die porzelanenen Teller, Tassen und Krüge, der Familienschmuck und die verschiedenen Uhren lagen, und nahm das schwarze Schächtelchen mit den zwei schweren Ohrringen seiner Mutter heraus, steckte es in seine Hosentasche und ging wieder hinunter in den Stall.

Er war aber doch ein wenig im Zweifel, als er sich alles nochmal überlegte, und ging nach Feierabend zum Ederergirgl hinüber, zeigte ihm die Ohrringe und erkundigte sich, ob dieser meine, daß so was genug wäre für die Fanni.

Um neugierigen Blicken zu entgehen, zog ihn der Girgl in den Stall hinüber, schüttete die Ohrringe in seine Handhöhle und wog sie nachdenklich prüfend unter dem elektrischen Licht.

»Host dö kaaft, z' Auzhofen drent?« fragte er nach einer Weile den Martl und sah ihn genau an.

»Glaabst, daß sie si' do weita herbeiloßt, d' Fanny?« erkundigte sich der Martl statt jeder Antwort.

»Dös is doch Goid? ... Oda?« forschte Girgl weiter und musterte den Martl abermals.

»Ja, ja! – – Hobt's ös nochmoi gred't mit der Fanni?« fragte dieser und lächelte verlegen.

»Wos hob'n denn dö zwoa Ohrringl kost't?« wollte der Girgl wissen.

»Gib mir's,« sagte der Martl jetzt ein klein wenig ängstlich und griff nach den Dingern.

Der Girgl zog seine Hand weg und prüfte die Ohrringe noch genauer.

»Dös san ja oite ... Dö host doch deiner Lebtag net kaaft,« sagte er jetzt fast triumphierend und musterte den Martl noch schärfer: »Wo host denn dö her ...?«

»Gib mir's ... Geh weida!« wiederholte dieser und wich ihm aus mit den Blicken. Er wurde auf einmal angstrot und wagte nicht mehr recht, nach Girgls Hand zu greifen.

»Dö host gstohln, gell ...?« fragte dieser aufdringlich. »Dö san vo deina Muatta, gell?«

Der Martl war jetzt ganz verlegen und versuchte mit Gewalt zu lächeln. Aber es gelang ihm nicht. Er war wirklich der Gewalt des anderen ausgeliefert.

»Sauba! Sauba! ... Do host es«, sagte der Girgl endlich und gab ihm die Ohrringe zurück. »Stehl'n tuast ...? Sauba! Dös wenn i an Feschl verzoi ...?«

Der Martl schwitzte schier vor Angst und Scham, und wie das immer geht, wenn man bei einer üblen Sache ertappt wird und nicht mehr aus und ein weiß – er versprach dem Girgl ein Goldstück Schweigegeld und schließlich noch eines, als dieser darauf bestand. Die ganze Nacht drückte er sich im Bett herum und in aller Frühe am Sonntag kam er zum Ederer in den Stall hinüber und brachte dem Girgl das Versprochene. Selbstbewußt und herablassend steckte der die Goldstücke ein und brummte geringschätzig: »Noja, i wui stad sei ...« Er sagte auch wirklich niemandem was davon, nicht einmal dem Mehringerfeschl. Einen Augenblick nur blieb er stehen, schnalzte dann mit der Zunge und machte bei den Pferden die Streu zurecht.

Im Berfelfinger Dorfkirchlein war nur alle heilige Zeit eigene Messe. Gotzing ist der Pfarrort. Dort kamen jeden Sonntag die Bauern und die Weiber der ganzen Umgebung zusammen.

Da ging man also auch heute paarweise und in Gruppen oder schließlich auch einzeln aus dem Dorf. Eifrig unterhielt man sich über die Ernte, über das Kuhkälbern, über die neuen Steuern und dergleichen. Und so, was sich so die ganze Woche an Neuigkeiten angesammelt hatte, erfuhr man da.

Dem Martl war es gar nicht recht, daß der Ederergirgl, der Hauniglwiggl und der Mehringerfeschl auf ihn warteten, als er aus dem Dorf kam. Weiß der Teufel, was die wieder im Sinn hatten mit ihm. Er schnitt aber doch ein freundliches Gesicht und lachte, wie man so Sonntags lacht. Schon während er sich den Burschen näherte, legte er sich einen rettenden Einfall zurecht und griff scharf aus mit seinen langen Füßen.

»Wett ma, daß koana vo enk Schritt hoit'n ko mit mir?« sagte er. »Wett ma…?« Und ging in solchem Tempo dahin, daß die anderen überhaupt nicht zu Wort kamen.

»Derenn' di', Rindviech« riefen ihm schließlich die drei Burschen nach und ließen ihn laufen.

»Mei Liaba… dös is a so a Arschloch!« brummte der Feschl und verlangsamte den Schritt.

»Dös?… Dös is a ganz a Hintervotziger!« meinte der Wiggl. »Der gstellt sich bloß recht saudumm…«

Bei diesem Ausspruch sahen der Feschl und der Girgl einander verschmitzt in die Augen und meinten dann gleichgültig: »Ah!… Er spinnt hoit a bißl…«

Dann redete man wieder von was anderem.

Diesmal war der Martl nicht im Burschenbetstuhl auf der Empore. Die drei fanden ihn erst nach einiger Zeit drunten im Kirchenschiff neben dem alten Lufflinger. Auch nach dem Hochamt, draußen auf dem Platz vor der Kirche, trafen sie diesmal Martl nicht, obwohl sie es gerade heute auf ihn abgesehen hatten. Der Hauniglwiggl ja weniger. Er ging nach dem größten Gespräch mit dem Lufflinger nach Hause. Der Girgl erzählte auf dem Heimweg dem Feschl die Geschichte von den gestohlenen Ohrringen, sagte aber nichts weiter von den zwei Goldstücken.

Hellauf lachte der Feschl. »Herrgott! Ist dir dös a Rindviech! Na, na, so was…!« stieß er in einem fort belustigt heraus und schüttelte dann den dicken Kopf. Und genau wollte er es wissen, ganz genau, w i e Angst der Martl gehabt hatte.

»Pass' auf, den müass' ma schon noch an richtig'n Poss'n spuin, ehvor er's kennt, daß iahm d' Poltererfanni nix wui,« meinte er, als die beiden auseinandergingen.

»Awa richti …!« rief der Girgl zurück und ging lachend weiter. – –

Der Martl war nicht nach Berfelfing zurückgegangen. Als alles sich aus der Kirche zwängte, verschwand er, lief aus dem Gottesacker und bis an die Naunzinger Waldlende. Dort watete er in das hohe Korn und lauerte auf die Fanni. Er wußte, hier mußte sie unbedingt allein vorbeikommen, denn der Polterethof lag etwas abwärts vom eigentlichen Dorf und außerdem hatte er heute beobachtet, daß außer der Fanni niemand von den Polterers im Hochamt war.

Er stand gebückt und lauschte angestrengt. Er hielt sogar von Zeit zu Zeit den Atem an. Er griff in seine Hosentaschen, zog das Schächtelchen heraus, öffnete es und besah sich die blinkenden Ohrringe, steckte sie wieder ein und horchte von neuem. Er hörte die fernen Gespräche durch die linde Luft dringen. Sie kamen näher und verschwammen dann wieder. Er hörte einige Hunde anschlagen im Dorf drüben und einen Hahn krähen. Der Rücken tat ihm schon weh. Schon wollte er sich wieder hinsetzen. Da dumpften Schritte in der Nähe und er spähte durch die Halme. Ja, es war die Fanni. Er ging schnell aus dem Korn und lachte verlegen, als er sah, daß die Bauerntochter ein wenig zusammenschrak. Er fand das Wort nicht gleich und hustete gewaltsam.

»Ja, Martl …? Was tuast denn jetzt du in' Korn drinn …?« fragte endlich die Fanni und schaute ihn an.

»I moanat, zu zwoat geht 's si' bessa … Moanst net, Fanni?« erwiderte der Martl unbeholfen und ging neben ihr her.

»So …? Noja, wennst moanst! … Konnst ja mitgeh, meinatweg'n«, sagte diese gleichgültig. Sie ging nur ein wenig schneller.

»A neie Gsottmaschin' hob'n ma jetzt,« wollte Martl eine Unterhaltung aufnehmen.

»So …?«

Das Gespräch stockte ein wenig.

»Hm, hm! … Gch-gchchck!« räusperte sich Martl, hüstelte wieder und lachte abgehackt.

Beharrlich versuchte er Fannis Blicke aufzufangen. Ebenso hartnäckig sah diese an ihm vorbei und lächelte. Inzwischen war man schon am großen Heckenzaun des Poltererhofes angekommen und der Martl wurde unruhig. Er schwitzte fast, gab sich auf einmal einen Ruck und stellte sich soldatisch stramm vor die Fanni, daß sie mit ungewisser Verwunderung fragte: »Ja, was soll denn jetz dös ...?«

»Ich meune ... Ich meune,« zwang der Martl stockend in jenem Hochdeutsch, das er beim Militär gelernt hatte, aus sich heraus, »ich meune, wennscht meune Braut wärerscht, Fanni?«

Benommen glotzte er auf das Mädchen und verzog vergeblich seine dicken Lippen. Aus Verlegenheit ließ er bald den rechten, dann wieder den linken Fuß etwas vorrutschen, zog die eine, dann wieder die andere Schulter ein wenig zuckend nach oben und probierte immer wieder ein anzügliches Augenzwinkern.

Die Fanni hatte nun ihre Fassung wieder gewonnen. Deutlich glänzte der Spott in ihren stahlgrauen Augen.

»Hob'n,« sagte sie unverhohlen verächtlich, »... hob'n dir dös der Feschl! und der Girgl o'glernt, Martl, ha ...? ... Hob'ns di' rausgsuacht für iahnare Fax'n,« und noch spitziger setzte sie hinzu: »Konnst ös iahna ausricht'n ... ich geh net auf iahnern Leim, gell ...! ... Und jetzt loß' mi geh, traamhapperter Lattierl, traamhapperter ... Geh zua!«

Der Martl aber wollte absolut nichts wissen davon. »Nana, Fanni! ... Nana! ... Ich muaß 's wiss'n jetzt!« hastete er heraus und zog seine Ohrringe aus der Hosentasche. Nicht wich er aus. »Do ... Do! ... Ich hob dir a was kaaft ... do!« sagte er und faßte plötzlich Fannis Arm: »Do! ... Nimm's! ... Ohrringl san's ... Do!«

Da wurde die Fanni aber denn doch ärgerlich und riß sich mit aller Gewalt los von ihm. Die beiden rangen buchstäblich einige Minuten. Grob packte der Martl an und versuchte in einem fort der Fanni das Schächtelchen ins Mieder zu stecken. Aber sie war flinker, entwischte ihm, schlug ihm mit aller Wucht eine ins Gesicht und lief davon.

»Saudummer Stier, saudummer! ... Loß' di' nu nimma sehn'g!« schrie sie zurück und verschwand im Gartentürl. Einen Augenblick stand der Martl wie ein begossener Pudel da, schaute nach links, nach rechts, zwang sich wieder zu einem Lächeln, schob hastig die Ohrringe wieder in die Hosentasche, hustete und lief Hals über Kopf über die Felder, auf das Naunzinger Gehölz zu.

Er war ein seltsamer Konsort, der Martl. Zwischen den Bäumen blieb er auf einmal stehen, hob den Zeigefinger, lächelte in sich hinein und murmelte immer wieder: »Is a Rasse, d' Fanni! ... Is a Rasse ... muaß'd ös anderscht probier'n.«

Als er jetzt das Schächtelchen aus der Hosentasche herausnahm und die Ohrringe betrachtete, verzog er wohl das Gesicht ein wenig. Er schien auch an die verlorenen Goldstücke, die er dem Girgl gegeben hatte, mit Unbehagen zu denken und brummte: »A Bazi! ... A rächta Bazi!«

Aber er kam heim, nicht im mindesten anders als sonst.

II

Es gibt kein Geschlecht, das nicht irgendeine Eigenheit hat. Bei den Amplezers war es eine in Fleisch und Blut übergegangene Geizigkeit, die sich fort und fort vererbte. Schon vom Vater des verstorbenen Amplezer erzählte man sich, er habe fast sein ganzes Leben mit seinen vier Geschwistern herumprozessiert, weil er sich stets und ständig weigerte, ihnen ihr Vermögen auszubezahlen. Von den alten Berfelfingern wird sogar behauptet, er sei buchstäblich verhungert aus Geiz.

Und vom Amplezer pflegte man zu sagen: »Der fressert am liebsten seine eigenen Kinder z'amm, so hungrig ist er.«

Die Amplezerin war so und Sepp, Martl und Rosl waren nicht um ein Haar anders. Man konnte das am besten sehen, wenn die vier essend am Tisch saßen. Nicht etwa, daß man einander gierig die größten Brocken wegschnappte. Das nicht. Es standen meistens sowieso nur acht gleichgroße Schmalznudeln und zwei Schüsseln Zwetschgentauch, die gleiche Anzahl Dampfnudeln mit Birnbrühe oder für alle Sonntage knapp dreiviertel Pfund zähes Fleisch mit Kohlraben auf dem Tisch. Es war immer so eingeteilt, daß kein Streit herauskam. Man stritt überhaupt nicht beim Amplezer. Griff aber eins hastiger als sonst zu beim Essen, trafen ihn die Blicke der anderen dermaßen vorwurfsvoll, daß er ein zweitesmal nicht mehr so zugriff. Und meistens sagte dann irgendeiner an der Tischrunde: »Geh! ... Scham di doch, Ruach! ... Is ja grod, ois wia wenn nix do waar! ... Tuast scho glei, ois wia wenn ma da's net gunnt.«

Und das war alles.

Es läßt sich also leicht denken, wie dem Martl zumute war wegen der zwei Goldstücke, die er so zwecklos demEderergirgl gegeben hatte. Er legte die Ohrringe wieder in den Glaskasten und vermied es ängstlich, mit seinen beiden Kriegskameraden noch einmal näher zusammenzukommen. Er wollte scheinbar überhaupt nichts mehr wissen von der ganzen Heiraterei. Vielleicht hatte er sich's auch anders überlegt mit der Poltererfanni. Weiß Gott, so eine glänzende Partie wäre das ja doch nicht gewesen, mit der Fanni. Den Poltererhof bekam ja doch der Toni. Und dann war außerdem noch der Alois da.

Der Martl dachte hin, der Martl dachte her. Der Martl ließ sich nicht mehr sehen, nirgends mehr. Traf ihn wirklich wer, wich er aus mit Blick und Wort, fing allen möglichen Unsinn zu reden an und lachte sein räuperndes Lachen.

»Freili! Freili! ... Jaja – jaja – jaja–!« war seine ganze Antwort, wenn man mit ihm zu reden anfing. Er schielte einen zeitweise zweifelnd an und lachte wieder. Der Vorfall mit der Poltererfanni sprach sich – man wußte nicht wie – herum in Berfelfing und in der ganzen Pfarrei. Man dichtete noch viel mehr dazu. Überall verzog man spöttisch die Mundwinkel, wo man den Martl sah. Und gerade deshalb, weil er so offensichtlich auswich, versuchte man es mit um so größerer List, ihn in ein Gespräch zu ziehen, und fing von dieser und jener Bauernstochter an.

»I sog dir, Martl ... d' Poltererfanni? ... Wos derheiratst dir denn do scho gor? ... Dös lumpert Heiratsguat, dös wo dö scho kriagt! ... A so a Mannsbuid wia du, dös ghärt doch in 'ran richtinga Hof nei! ... A Bauernsuh, der wo heint heirat't, muaß an Hof hob'n oder oan derheirat'n,« fing der Fingerer einmal an, als er den Martl zufällig in der Frühe zum Mähen hinausgehen sah.

»Jaja – jaja – jaja ... freili, freili!« wollte der Martl ausweichen, aber der Fingerer ließ nicht locker.

»Red doch net so deppert daher, Martl! ... Här mi o, sog i! ... Do nimmst s' Radl und fahrst zu da Nerlingerleni auf Furt num ... i sog dir, do werd's wos! ... I wett' mein Kopf ... Brauchst bloß sog', i hob di' gschickt,« fuhr er fort und erzählte von der Nerlingerleni mehr. Die einzige Tochter sei sie. Den Riesenhof bekäme sie.

»Und a Weiberts, Martl! ... Du triffst koane mehr in der ganz'n Pfarrei! ... Dö arbei' üns oi zwoa an Bod'n nei .... Und a stad's Leid, sog i dir! ... A richtigs Leid! ... Und a stramm's Weiberts!« schloß er.

So eindringlich redete er, daß der Martl wirklich schwankte und einen Augenblick stehen blieb.

»No ja! ... Freili, freili! ... Jaja – jaja, waar net dumm! Freili, freili!« hastete er alsdann wieder heraus und ging eilig weiter.

»Freili! ... Freili! ... Rindviehch, lapperts!« bellte ihm der Fingerer nach und ging in den Stall zurück. In einem fort schüttelte er den Kopf und brummte geärgert vor sich hin.

Der Martl hielt diesmal oft und oft vom Mähen inne und wetzte immer wieder seine Sense. Er schien irgend etwas zu denken.

»Waar net ohne ... Waar net ohne!« brümmelte er dann und wann kaum hörbar und ruckte seinen Kopf hin und her.

Scheu und unbemerkt fuhr er am nächsten Sonntagnachmittag aus dem Dorf Furt zu. Nur eine Angst hatte er: daß ihn wer treffen könnte, der ihm die ganze Rechnung verpfusche. Nur einen Gedanken hatte er: Wie pack' ich's am besten an?

Wie aber der Teufel sein will. Wenn man's recht austüftelt, geht's gewiß schief. Um es ja nicht so erscheinen zu lassen, als er gerade ausgerechnet zur Nerlinerleni wolle, fuhr er vorerst beim Nerlinger vorbei und auf die Wirtschaft zu, die seit vorigem Jahr dem Simon Reblechner gehörte.

Ohne besondere Fährnisse gelangte Martl in die geräumige Wirtsstube. Es saß auch weiter kein Bekannter an einem der Tische. Es sah überhaupt bloß der Wirt nach ihm und der Bäcker Limmerl, der die Amplezers zwar kannte, aber nur so von der Weite, wie man sagt.

Der Martl hockte sich hin. Der Wirt erhob sich mit seiner ganzen Dicke, schnaufte, hustete geräuschvoll und sagte so von der Seite: »A Hoibi oder a Maß ...?« Und als er »A Hoibi!« als Antwort erhielt, brachte er's. Er beugte sich tief in den leeren Tisch, an dem der Martl allein saß, so daß das Fett seines Bauches auseinanderquoll und über die Kanten hing, und fragte mit der gewohnten Land-Legerität: »Wo seid's denn jetzt ös her, daßt's enk gor so alloans sitzt's ...?«

Der Martl linste ihn mißtrauisch an und antwortete: »Vo Berfelfing ... von Amplezer ... ja – ja ...«

»Vo Berflfing ...? ... Von Ampleza? ... Soso, von Amplezer seid's ös? ... Soso?! ... Jaja, der Ederergirgl und der Mehringerfeschl, dö san hie und do herent .... Na seid's ös gwiß der Martl?« wurde der Unterwirt jetzt gesprächig und ließ sich auf die Bank nieder: »Jetz dös is guat ... Ja, jetzt hob' i amoi a sowas ghärt, daßt's ös heirat's?«

Der Martl ruckte unbehaglich auf der Bank hin und her und wußte absolut nicht, was er anfangen sollte vor Verlegenheit. Am liebsten wäre er auf und davon gegangen, aber er antwortete schließlich doch: »Ja – ja – jaja ... heiratn! ... Dös waar net ohne! ... Waar net ohne!« Der Wirt wurde noch zutraulicher und drückte seinen listigen, massigen Mondkopf aus dem Hals.

»Waar net ohne! Waar net ohne? ... Wia dös? ... I moanat, jetz gaab's doch Bauerntochtern gmua?« rückte er dem Martl unwiderstehlich zu Leibe. Er schien richtig in seinem Element. Er war ein Interesse. Er war ein echter Wirt. Man sah es. Mit geradezu erdrückender Vehemenz machte er die Sache seines Gastes zur eigenen. Der Martl kam kaum mehr zu Wort. Er konnte höchstenfalls hin und wieder nicken, ein wenig lächeln oder sein gewöhnliches »Jaja – jaja« herausstoßen.

»Soso, na seid's ös von Amplezer ... Von Amplezer seid's ös ... soso? ... Ja, jetz wia gsogt, do herent hob'n der Feschl und der Girgl in oan furt verzoit, ös heirats? ... Ja – und jetz här i vo Enk, daßt's erst oane suachts,« begann der Wirt von neuem, nahm eine Prise Tabak, schnupfte rasselnd mit der Nase und fuhr mit vertrauenerweckender Bedächtigkeit fort: »Ja ... jetz loßt's mi amoi nochdenka ... Wos waar'n jetz do für Heiratn z'macha?« Er besann sich ein wenig und glotzte in die rauchige Stubenluft, nahm seine rechte Faust unterm Tisch herauf, legte seinen dicken linken Zeigefinger an den rechten Daumen und begann nacheinander mit den Fingern zu zählen: »Do waar also jetz amoi d' Langerer-Afra z' Murling drent ... Da waar d' Harpfernist-Ogl z' Staffelberg drent ... nacha bei üns do d' Lochmo-Zenzl, d' Zingerl-Liesl und d' Amlochner-Christina ... «

Er hielt inne und besann sich abermals. Der Martl war jetzt aufmerksam geworden. Was war denn das? Die Nerlinger-Leni war ja gar nicht dabei.

»Sunst koani mehr ...?« fragte er schüchtern.

»Jaja ... loßt's mi nu nochdenka!« erwiderte der Wirt hastig. Er schien wirklich zu grübeln.

»Und wia is's nachher? ... Do kriagert a jede an Hof, oda?« fragte der Martl interessierter zwischenhinein.

»Nana, dös net ... Bloß d' Amlochner-Christina, sovui i woaß,« gab der Reblechner Auskunft und fuhr auf einmal auf: »Ja ... jetzt hätt i ja boid dös wichtigst vergessen! ... Ja freili, freili ... D' Nerlinger-Leni! ... Dö kriagt a an Hof ... aba bei dera is's net so leicht ... Do muaß's oana scho a Gwiefter sei ... Dö, moan i, geht net so mir nix, dir nix her ... Und nacha, sovui i woaß, is ja scho der Langerer-Peta dahinta ... Scharf a no ... Der hot an Zingerl-Hans scho a Loch in'n Kopf gschlog'n, desweg'n ...«

Der Martl bekam ein trostloses Gesicht und trank schnell aus. Der Wirt griff geschwind nach dem Glas und wollte aufstehen. Aber der Martl bezahlte. Er war nicht mehr zu halten. Der Wirt walkte sich aus der Bank, als jetzt aus einem der nächsten Tische nach Bier gerufen wurde. Martl nahm sein Rad bei der Lenkstange und drehte sich nicht mal mehr um, als der Reblechner ihm mit aller Freundlichkeit »Pfüat Gott beianand« sagte. Mißmutig schwang er sich auf sein Rad, der Martl. Geradewegs wollte er nach Hause und da – da kamen der Ederergirgl und der Mehringerfeschl die breite Dorfstraße dahergeradelt. Schon von weitem schrieen sie und schienen höllisch erfreut zu sein.

»Absteigen!« brüllte der Girgl kommandomäßig.

Die beiden fuhren heran und stiegen ab, aber der Martl kam ihnen glücklicherweise zuvor, trat mit aller Kraft auf die Pedale, und eh' sie sich's versahen, war er beim Dorf draußen.

»Paß auf! Paß auf! Der suacht da herent wieda noch oana! ... Paß auf, ob i net recht hab,« sagte der Feschl und beide lachten wiehernd.

»Dös ...? ... Dös werd ma glei heraus hob'n, wos den do rum treibt,« sagte der Girgl und beide fuhren auf die Reblechner-Wirtschaft zu.

Der Martl war bereits an der Furter Anhöhe angelangt und stieg jetzt, nachdem er sich nicht verfolgt sah, vom Rad, um sich ein wenig auszuschnaufen. Langsam trottete er den bewaldeten Hügel hinan und schaute immer vor sich hin. Wohl tat ihm die Kühle des Schattens. Er schwitzte und rieb sich mit der blanken Hand die Nässe aus dem Gesicht. Erstmalig in seinem Leben schien er ungemütlich zu sein. »Sauwirt! Sauwirt!« knurrte er von Zeit zu Zeit vor sich hin und dann dachte er wieder an die verschiedenen Bauernstöchter, die der Reblechner aufgezählt hatte, an den Langererpeter und an die Nerlingerleni, an das Loch im Kopf vom Zingerlhansl und sagte schließlich ganz laut: »So geht's nimma weida!« Ganz entschlossen sagte er es und richtete sich fester auf. Er schrak richtig zusammen, als er auf einmal die Dirn vom Löffelbauern von Furt vor sich sah, die ihm freundlich ins Gesicht lachte.

Er warf sich sofort wieder in Positur und fing ebenfalls zu lachen an. Im Nu war er wieder obenauf und, vielleicht aus Ärger über das Mißlingen seiner wiederholten Freiersfahrten, vielleicht auch, weil ihm nun endlich die Geduld ausgegangen war und er nun wirklich einmal Klarheit haben wollte mit einem Frauenzimmer, er packte die Gelegenheit so gut es nur möglich war beim Schopfe. Im Augenblick schien es ihm wirklich gleichgültig zu sein, ob er nun einen Bauernhof erheiraten würde oder nicht. Er dachte jetzt einfach nur: Jetz will ich doch zum Teufel einmal sehen, ob ich keine Hochzeiterin krieg', basta – –

Die Löffelbauern-Dirn, von der wußte jeder – Mannsbild war ihr Mannsbild. Begegnete man ihr, fing sie zu lachen an, dann ging es auch weiter. –

»Wally, waar net ohne ... hjä-hjä ... wo gehst denn hin?« fing also der Martl an und blieb, sich über das Rad lehnend, stehen.

»Der Nosn noch ... Aber wennst moanst, Martl, i konn ja a bißl mit dir geh,« schien die Dirn ihm zu helfen, packte den anderen Griff von der Lenkstange und beide gingen weiter, hügelhinan. Den Martl hatte ein Prickeln erfaßt. Er schnaubte unregelmäßig und wagte kaum, die Dirn richtig anzusehen.

»Heiratst jetzt eigentli, Martl?« fragte die Wally keck.

»I mächt scho,« erwiderte der Martl und schielte auf die Dirn.

»Ist's mit der Politererfanni nix?« darauf diese.

Aus Martls Lachen konnte man leicht das »Nein« heraus lesen. Wally blieb stehen und beugte sich entgegenkommend über das Rad. Ihren warmen Atem fühlte der Martl. Was wollte er tun, er mußte auch stehen bleiben.

»Woaßt, Martl, dö Weiberleit in dera Gegend, dö san oisam protzi,« fing Wally wieder an. »Dö teahna oisam, ois wia wenns woaß Gott wos waarn ...« Einschmeichelnd klang es. Martl nickte.

»I ...? I tat ünseren Herrgott danka, wenn i an soichan Mo kriagert wia du,« machte es die Wally noch deutlicher. »Schaug mi o! ... Zu der Polterer fanni und zu dö Bauerntöchter, dö wo do umanand san, konn i mi oiwei noch hinstelln! ... Glaabst?«

»Ja – ja,« brachte Martl endlich heraus und schaute sie mit unsicheren Blicken an, in denen schon ein Glanz war.

»Hoaß ist's, Martl ... narrisch hoaß ... geh weita, hock ma üns a bißl hin do,« sagte die Wally und lenkte das Rad an den Straßenrand, ins Gebüsch. Willenlos tappte Martl daneben her. Eine Hitze, die unablässig seinen Körper auf und ab rieselte, tobte in seinen leicht zitternden Gliedern, als er sich neben Wally ins weiche Moos niederließ.

Er war auf einmal todernst geworden und völlig verstummt. Weich fühlte er Wallys runde Schenkel an den seinen. Er hörte nicht mehr, was sie sagte. Er fiel auf einmal plump mit dem Oberkörper auf sie, umklammerte zitternd den ihren und begann zu stöhnen.
»Wally! ... Mei Wally! Wally – Wally!« hauchte er in einem fort und hatte sein heißes, schwitzendes Gesicht auf ihren Backen und mit einem Ruck rieß ihn die Dirn zu sich nieder ...
Erst nach langer Zeit, nachdem er längst wieder ruhig neben ihr hockte, kam es ihm vor, als wäre jetzt die Luft klarer und leichter. Viel deutlicher sah er jeden Baumstamm, viel näher war alles in seinen Blick gerückt. Eine große freie Wohligkeit empfand er. Seine schwielige Hand hatte ihre nackten Schultern umklammert. Ihr Gesicht lag auf dem seinen. Backe an Backe lagen eng aneinander.
»Mei liaba Martl ... Martl!« sagte die Wally, hörte er öftere Male. Plötzlich aber, als er jetzt zu sprechen versuchte, kam die Verlegenheit wieder und von allen Seiten wieder etwas wie Feindschaft und Härte.
»Na, na ... ja, ja ... na, na müaß ma scho heiratn jetzt, Wally ... hm, ja, ja!« stotterte er wie immer und argwöhnisch, ängstlich und hilflos setzte er mit aller Hast hinzu: »Derfst aba koan wos sog'n, Wally! ... Nix sog'n.«
»Dös spannt koa Mensch, Martl! ... I geh jetz nacha auf Furt eini und du fahrst hoam ... Mei Fensta is ja hinten raus, da konnst ja jede Nacht kemma, wennst wuist,« tröstete ihn die Wally. Und man erhob sich.
»Oiso, Martl ... heiraten tuast mi?« sagte Wally jetzt bestimmt. »Gsogt host ös?!« Wieder nickte Martl. Wieder lächelte er verlegen und schlug die Augen nieder.
»Schod is's ja, daß d' koan Hof host ... aba schliaßli – mir bringas ja zu oan! ... An richtinga Batzen Geld werst ja hobn ...?« meinte die Dirn sachlich, gab ihm einen Kuß und lief den Hügel hinunter.
Verwirrt und erschöpft schob der Martl sein Rad vorwärts. Halb war es Unlust, halb war es Ratlosigkeit, was auf seinen Zügen lag.
Seit diesem Vorfall war er ein völlig anderer Mensch. Man sah ihn nur selten lachen. Und immer tappte er fast schleichend herum. Es konnte vorkommen, daß er wie von einem Schrecken erfaßt plötzlich zu laufen anfing, wenn ihn der Ederergirgl, der Mehringerfeschl oder der Fingerer sah. Zu Hause war er die meiste Zeit auf der Tenne und suchte recht sonderbar herum. Die Rosl entdeckte ihn einmal sogar in

ihrer Kammer. Er blieb erstarrt stehen, wurde ganz blaß und rannte dann ohne ein Wort durch die Tür. Aus einem Grund, der ihr selber nicht gleich klar war, öffnete Rosl hastig ihren Schrank, begann in den Strümpfen herumzuwühlen und suchte die Schachtel mit ihren Goldstücken. Nur die Masche des Bindfadens, mit dem diese zugebunden war, war gelöst. Von den Goldstücken fehlte nicht eines. Die Rosl hielt es aber doch für ratsam, ihren Schatz wo anders zu verstecken und verfolgte von da ab den Martl auf Schritt und Tritt mit offensichtlichem Argwohn. Sie ließ zwar von dem sonderbaren Vorfall nichts verlauten, aber sie war auf der Hut. Und beim Martl war es, als habe er eine Höllenangst vor ihr. Er konnte ihr nicht mehr gerade ins Gesicht schauen.

Zitterig, tölpisch und unsicher war der Martl jetzt. Er schien in eine Sache verstrickt, aus der er nicht mehr herauskam. Er ließ sich bei der Wally nie sehen. Er wollte nichts wissen von dem Vorgefallenen. Er versuchte, alle Erinnerungen daran mit Gewalt wegzulöschen; aber plötzlich kam ihm wieder die Angst, die Wally möchte reden und erzählen. Gott sei Dank, er schlief allein, hinten im Kammerl. Nach langem Überlegen stieg er eines Nachts aus dem Fenster und ging nach Furt hinüber zum Löffelbauern. Eine gute Stunde umschlich er das weit auslaufende Dorf und gelangte unbemerkt an Wallys Fenster. Das leuchtete noch. Er atmete auf. Auf den Zehenspitzen tappte er an die Hausmauer heran. Plötzlich schlug beim Reblechner drüben der Hund an.

Das Herz blieb ihm stehen. Angstschweiß brach aus allen seinen Poren. Er hielt den Atem an und drückte sich an die Mauer.

»Wally! Wally!« flüsterte er nach einer guten Weile, als es wieder still war, und griff nach dem Fenstervorsprung, klopfte etliche Male an das Blech, wartete atemlos. Er mußte es gut erraten haben, denn sogleich öffnete die Dirn geräuschlos das Fenster und beugte sich heraus.

»Wally! ... Wally! ... I bins, der Martl,« antwortete es von unten leise. Die Wally streckte wie gewohnt ihren nackten Arm herunter, der Martl faßte, ein Ruck und – durchs Fenster verschwand er. Das Fenster schloß sich wieder und verlosch dann. – –

Der Mond stand bleich am Himmel und zeichnete die Schatten scharf auf die Flächen, als der Martl aus Furt herausschlich. Weit und breit war es still.

Martl lief jagend über die Stoppelfelder und verschwand im dunklen Gehölz. Er wagte nicht auf der Straße zu gehen. Er ging zwischen den hohen Fichten dahin und schrak bei jedem Astknistern zusammen. Auf dem Gipfel der Anhöhe blieb er stehen und sah nach Berfelfing hinein. Jedes Hausdach musterte er und endete schließlich beim Amplezerhof mit dem Blick.

»Herrgott! Herrgott! ... Soi's der Teifi hoin ... Herrgott! Herrgott!« stieß er schwer heraus. Er mußte sich an einen Baum lehnen, so durcheinander tobten seine Gedanken. Furchtbar mußte es gewesen sein in der Wally ihrer Kammer. Furchtbarer aber noch schien all das zu sein, was in ihm herumfuhr.

So weit war es noch nie gekommen, daß er mit einen Weibsbild mehr gemacht hatte, als man sozusagen immer noch ansehen konnte. Diese schlaue Dirn aber hatte ihn vollkommen aus seinem bisherigen Leben gerissen. Sein ganzer Körpei brannte. Sein Blut jagte. Er konnte keinen festen Gedanken mehr fassen. Alle seine Kräfte mußte er zusammenraffen, damit er weitergehen konnte.

Am andern Tag hatte er ein schlafverquollenes Gesicht und schreckte manchmal mitten in der Arbeit zusammen wie ein furchtsames Kind ...

III

Das mußte man ihr lassen, der Wally, sie war schweigsam wie ein Grab. Niemand in der ganzen Umgegend wußte etwas von ihrer Liebschaft mit dem Martl. Die beiden kamen auch nur ganz selten zusammen. Sonntagnachmittags höchstens, irgendwo tief im Gebüsch des Waldes.

Der Herbst lichtete bereits die Bäume. Die Felder waren leer. Eine Weite stand rings um die Dörfer der Pfarrei. Der Ederer baute eine neue Beton-Mistgrube. Beim Mehringer wurde das Haus heruntergestrichen. Der Amplezer-Sepp kaufte sich einen Dynamo-Motor und ließ sich das »Elektrische« einrichten. Mit seltsam benommener Neugier verfolgte der Martl all diese Veränderungen. Er verfolgte auch noch etwas anderes mit größerer Aufmerksamkeit. Das Arzhofener Wochenblatt las er jedesmal vor vorne bis hinten aus. Besonders die Inserate interessierten ihn. Es gab dann Sonntage, an denen er weit über Land fuhr und sich den oder jenen Bauernhof ansah, der zum Verkauf angeboten worden war. Das Seltsame aber war, daß er nie etwa hineinging in ein solches Haus und sich erkundigte nach Preis und Art des Objekts. Unverrichteter Dinge kam er stets nach Berfelfing zurück, und niemand wußte, was er gemacht hatte.

Einmal sah man lang in der Nacht noch Licht im Martlkammerl. Martl hockte auf dem Bettrand und zählte in einem fort seine Goldstücke, zählte und zählte und schien dann zu rechnen. Sein ganzer Körper war gespannt. Hin und wieder hielt er inne, breitete beängstigt seine großen, harten Hände über die Goldstücke und lauschte angestrengt, und als er jetzt in der Nähe einen Hahn krähen hörte, löschte er schnell das Licht aus, raffte sein Geld zusammen und legte sich vorsichtig ins Bett. Er schlief nicht. Er hörte seine Mutter über die Stiege hinuntertappen, hörte, wie es allgemein laut wurde im Dorf, und erhob sich.

Den ganzen Tag fuhr er Mist auf die Felder und da begegnete ihm der Fingerer. Es war unmöglich, ihm auszuweichen.

»Wos is's jetzt, Martl? ... Jetz härt ma ja gor nix mehr, daß du heiratn wuist?« fing der Fingerer an. »Worum bist denn zu der Nerlingaleni nia num ganga?«

»Dö Weiba, dö Weiba ... dö soit da Teifi hoin ...!« antwortete Martl nur hastig und trieb seine Ochsen an.

»Dummer Teifi, dummer ... Beim Nerlinga hättst doch an Hof derheirat ... und a so? ... A so konnst schaug'n, daßt erst amoi oan z'kaafa kriagst ...!« rief ihm der Fingerer nach; aber der Martl nickte nur beiläufig und hieb ein paarmal wütend mit der dicken Peitsche auf die straffen Rücken seiner Ochsen ein, daß sich die Tiere erschreckt in den Kummet rissen und schier zu traben begannen.

Die Woche verging. Der Martl traf sich wieder im Furter Forst mit der Wally. Sie schaute ihn ein wenig verlegen an, lächelte ebenso und sagte auf einmal: »Martl ...? I bin in der Hoffnung vo dir ...!«

Der Martl wurde angstblaß und brachte kein Wort heraus.

»Du muaßt fei dei Wort scho hoit'n, Martl«, sagte Wally abermals, »sünst muaß i's oi Leit ehvor scho sog'n...Jetz siehcht ma ja no nix.« So wie sie es immer getan hatte, versuchte sie seinen Arm zu nehmen und drückte sich an ihn, lachte wieder.

Aber der Martl blieb stocksteif, daß sie ein wenig erschrak.

»Wos host denn, Martl ...?« fragte sie.

»Wally, Wally ...? I konn fei koan Hof kaafa ... nana, dös geht net,«, erwiderte der Martl endlich.

»Noja! ... Von dem sogt ja aa koa Mensch was ... aba heiratn muaßt mi!« sagte die Wally jetzt bestimmter. Unverblüfft und resolut blickte sie drein. Und als der Martl nicht antwortete, zog sie ihn weiter ins Gebüsch, auf den Boden nieder und meinte: »Noja! ... Vorlaifi siehcht ma ja no nix bei mir ... Geh weita, hock di' her ...«

Wieder befiel den Martl die Hilflosigkeit. Wieder stieg ihm die Hitze auf.

»Konn ma denn dös net wegmacha ...?« fragte er plötzlich mit dumpfer Kraft, aber es zerglitt. Es ging unter in ihrer gelassen-lächelnden Widerrede.

»Aba sog'n tuast nix ... Gwiß net?« murmelte Martl, als er sie umklammert hielt. Seine Augen funkelten wild. Er drückte sie, daß die Dirn kaum noch zu Atem kam und sich plötzlich dagegen wehrte.

»Loß aus, sog i! ... Martl! ... Loß aus! ... I schrei sunst!« keuchte die Wally erschreckt und rang mit beiden Armen.

Der Martl ließ nach und sank neben sie aufs weiche Moos.

»Sowos ...?! Tjhä ... du spinnst ja!« stieß sie geärgert heraus und richtete ihre Kleider und ihr Haar.

»Martl?«

Sie rüttelte an ihm.

»Jaja! ... Ja, Wally! ... I heirat di' scho! Ganz gwiß, jaja!« stotterte er abgehackt und glotzte geradeaus. Er war verstrickt in irgend etwas. Ganz merkwürdig war er. Die Wally konnte nichts mehr sagen und stand auf.

» Jaja, Wally! ... Ganz gwiß heirat i di' ... ganz gwiß, aber stad muaßt sei, Wally!« wiederholte der Martl und erhob sich gleichfalls. — — —

In dieser Nacht glaubte die Amplezerin wen in der Tenne gehört zu haben. Als der Sepp in der Frühe das Gsott (Häcksel) herunterwerfen wollte, hörten Martl und die Rosl im Stall auf einmal einen furchtbaren Schrei, dann einen dumpfen Fall. Erschrocken lief die Rosl auf den Holzverschlag des Häckselbehälters zu und riß die Schiebetür auf.

»Ö-ö-öchch-öchch!« stöhnte es grauenhaft und war dann still.

»Um Gotteswillen! Um Gotteswillen, der Sepp is obagfoin, helfts, helfts!« plärrte die Rosl und rang die Hände. Der Martl stand benommen neben ihr und glotzte in die finstere Höhlung, und plötzlich, als die Rosl aus dem Stall lief, gab er sich einen Ruck, stieg hastig in das Gsottloch und zog den toten Sepp heraus. Zusammengeknickt und zerschunden war der Körper des Verunglückten, schwer sackte sein blu-

tender Kopf in die Brust, schlaff hingen die Arme herab. Er mußte sich das Genick gebrochen haben durch das Herunterfallen. Es hatte wer am Abend vorher den Deckel nicht auf das Häcksselloch gelegt und in der Dunkelheit war der Sepp hineingetappt und durchgefallen. – – –
Der Martl hielt den Toten zitternd mit beiden Händen und zuckte jetzt ein wenig zusammen, als die Amplezerin und die Rosl jammernd in den Stall gelaufen kamen. Die drei trugen die Leiche in die Kammer hinauf und legten sie aufs Bett. Verzweifelt heulten die beiden Weiber. Steif stand der Martl da und murmelte in einem fort: »Jaja ... der is tot! ... Der hot si' derfoin!« –
Die Rosl lief endlich aus der Kammer und holte Leute aus der Nachbarschaft. Der Martl stieg auf sein Rad und fuhr zum Doktor nach Arzhofen hinüber.
Am übernächsten Tag gab es eine Beerdigung, wie sie die Pfarrei Gotzing schon lange nicht mehr gesehen hatte. Der halbe Friedhof war voll von Leuten. Jeder Mensch sah auf die drei Amplezerleute mit aufrichtigem Mitleid. Ganz verzweifelt weinten Rosl und die Amplezerin und auch dem Martl rannen dicke Tränen über die Backen. Er schlotterte wie ein nasser Hund. Beharrlich rieb er sich die Augen aus und sah immerzu starr ins Grab hinunter. Als er einmal den Kopf hob, traf ihn der Blick der Wally, die ihn seltsam ängstlich ansah. Er fing aber sogleich wieder zu weinen an und senkte den Kopf. – –
Von diesem Tage ab wurde es stiller um das Amplezerhaus herum. Die Dorfleute besprachen noch lang den Unglücksfall. Man war wirklich ergriffen davon. Kein Mensch kümmerte sich mehr um den Martl. Er sah auch aus, als ginge ihm der unerwartete Tod seines Bruders arg nach. Er lachte nicht mehr, er war ein ganz anderer. Sein Blick hatte etwas Unstetes. Er arbeitete für drei jetzt.
Der Mehringerfeschl und der Ederergirgl natürlich, die konnten ihr vorlautes Maulwerk nicht halten und meinten einmal: »Jetz hot er an Hof, der Martl! ... Is grod, ois wia wenn's der Teifi so wolln hätt'!« Trotzdem wagte niemand mehr, Martl zu hänseln. Es schien auch, als sei ihm durch den Unglücksfall das Heiraten vergangen. Man sah ihn sonntags in keiner Wirtschaft mehr, man sah ihn nur manchmal aus dem Dorf gehen, auf den Furter Forst zu.
Um jene Zeit – es war inzwischen schon Spätherbst geworden, unwirtliches Wetter herrschte seit etlichen Wochen – um jene Zeit redete man in der Pfarrei Gotzing und Sonntags in den Wirtschaften viel von

der schwangeren Löffelbauerndirn und machte sich darüber lustig unter den Mannsbildern. Man kannte ja die Wally. Beim Reblechner in Furt erzählte man allerhand.

»Dö ...?« meinte der Reblechner einmal, als man wieder bei diesem Thema war, »dö ...? Do muaß, wenn's soweit is, daß a Kind kimmt, ausglost werdn, wer da Vata is! ... Und paßt's auf, der Dümma muaß d' Allimentn zoin ...«

Furter und Berfelfinger Bauernburschen saßen beisammen. Jeder fast zog den Kopf ein und lachte verkniffen in sich hinein.

»Jaja! ... Wer mog, scho!« brummte der Mehringerfeschl hämisch und wieder lachte man.

Das merkwürdigste war, daß die Wally selber nicht im mindesten bedrückt war wegen ihrer Schwangerschaft. Im Gegenteil, keck und schlagfertig gab sie den jeweiligen Spöttern heraus und ließ sich absolut nicht in die Enge treiben. Nach der großen Kirchweih trat sie beim Löffelbauern aus dem Dienst und fuhr in die Stadt und man sah und hörte nichts mehr von ihr.

Einigen nur fiel es auf, daß der Amplezermartl von jetzt ab öfter in der Stadt zu tun hatte und einmal sogar erst am anderen Tag wieder heimkam. Es verging ein Monat und noch einer. Tief in der Adventszeit war es schon, als der Martl einmal denEderergirgl beim Holzheimfahren anredete und ihn unvermittelt fragte, ob er nicht heirate.

Der Girgl war so verblüfft, daß er ganz ernst wurde. Er wußte nicht einmal eine Antwort darauf und gewann erst die Fassung wieder, als der Martl ihn zerschlissen anlächelte.

»Jetz dös is doch amoi a ganz seltsame Frog, Martl? ... Wia kimmst denn jetz do drauf?« fragte endlich der Girgl und schaute Martl in die Augen.

»I moan hoit ... D' Rosl, moan i, waar grod rächt für di', Girgl,« sagte der aufgeräumt und ruckte ein paarmal mit dem Kopf hin und her.

»D' Rosl ...? ... Wia dös?«

»Noja, i moan hoit,« wich der Martl aus und lächelte zweideutig. Dem Girgl schien auf einmal ein Licht aufzugehen. Es trat jäh ein Mißtrauen in seinen Blick. Er musterte den Martl scharf, beinahe durchdringend. Er schwieg einen Moment und bekam wieder seine abgefeimte Miene.

»So! ... D' Rosl? Hm ... jaja, i kunnt's ja amoi vosuacha, wennst moanst,« sagte er mit jener trockenen Listigkeit, die ihm eigen war.

»Werert ma Schwogasleit, Girgl! … Waar net ohne!« meinte der Martl und lächelte unbeholfen.

»Hm, ja … ja! … I wui ma's amoi überlegn,« erwiderte Girgl und trieb seine Ochsen an.

Der Martl tat das gleiche. Und, merkwürdig, er fing auf ein- mal ganz gemütlich zu pfeifen an. Er pfiff, als sei ihm die beste Sache von der Welt gelungen. Der Girgl drehte sich um und sah ihm kopfschüttelnd und argwöhnisch nach.

»Hm! … Aiso s o laaft der Hos'!« brummte er für sich. »So … so!« und verfiel in ein Nachdenken …

Er überlegte sich vielleicht wirklich, ob er die Amplezerrosl nicht heiraten sollte. Wußte er doch, da kam was ins Haus, gut wie bar Geld. Und für so etwas war derEderergirgl immer zu haben. Er dachte vielleicht noch an viel mehr. Beim Ederer waren fünf Geschwister. Er hatte das Kreuz, mit allen einmal fertig zu werden. Nun, das ging immer noch – aber wenn er so bedachte, der Amplezerhof und das Edererhäusl dagegen? –

Er wurde plötzlich kreuzfidel und begann ebenfalls zu pfeifen, schlug kräftig auf die Ochsen ein, schritt straffer dahin und pfiff, pfiff als sei ihm die beste Sache von der Welt eingefallen …

IV

Was noch nie vorgekommen war bis jetzt, ereignete sich nun manchmal im Amplezerhaus. Seit der gerichtlichen Entscheidung, daß ihm das Haus gehöre, war der Martl schier unerträglich. Lauten Streit gab es zwar nie, aber die Amplezerin – keine gesprächige Person sonst – klagte jetzt manchmal über ihre Kinder. Recht betrübt sah sie drein dabei.

»Jetz hob'n mir doch seiner Lebtog g'arbat … da Joseph selig, der Sepp und i! … A jed's hot sich plogt früah und spat … aber der Martl, d e n konnst ja überhaaps nimma arbatn gmua … den ganzn Tog treibt er,« jammerte sie bei der Hauniglin. Und bei jedem Mittagessen brumme er, der Martl, erzählte sie. Ständig sei ihm alles zu viel, was auf den Tisch komme.

Sowas von der Amplezerin, die die Sparsamkeit in Person war, zu hören, gab gewiß zu denken. Die Berfelfinger redeten allerhand.

»Dös is ganz einfach,« meinte der Fingerer, »dös is haarklar ...! A l l o a mächt er hoit sei auf sein Hof, der Martl! ... Dös is a ganza hintervotziga! Jetz kuniert er's recht, seine Weiba ... Dö Oit, daß' boid verreckt und dö Jung, daß' boid heirat!«

Und jeder gab ihm recht. Man munkelte auch so was, daß der Ederergirgl es auf die Rosl abgesehen habe. Etliche Male hatte man ihn schon aus dem Amplezerhaus herausgehen sehen, und mit dem Martl schien er ein Herz und eine Seele zu sein. Das war überhaupt eine recht seltsame Geschichte! Woher hatte denn der Girgl auf einmal die Kapitalien, daß er überall herumfragte, ob der und der Acker, der und jenes Hektar Holz zum Kaufen sei?

Er tat sich auf einmal groß, der Ederergirgl. Und fragte man ihn dann: »Ja zu wos wuist denn jetz auf oamoi absalut a Großbaur werden, Girgl? ... Host denn dös groß Los zogn? ... Host denn sovui Geld? ... Kunnst es denn glei zoin?« Dann verzog er hämisch seine Lippen und meinte: »Dös kriagert ma scho! ... Dös waar dös wenigste ...!«

Direkt unheimlich wurde es zuletzt mit ihm. Seine ganzen Brüder und Schwestern waren gegen ihn. Mit ärgerlichen Blicken verfolgten sie ihn auf Weg und Steg. In ganz Berfelfing ging schließlich ein unterdrücktes Mißtrauen herum. Selbst der Mehringerfeschl war nicht mehr gut auf den Girgl zu sprechen. – –

Der Hauniglwiggl kam einmal von Furt nach Hause und erzählte, daß die Wally einen »Abgang« gehabt habe. »Der Reblechner moant, voreh hätt's sie's scho gwißt, daß koan Bankertn auf d' Welt bringt ... drum soi's so lusti gwes'n sei, wia ma's derbleckt hot mit ihran dickn Bauch,« berichtete er weiter.

»Hm, hm! ... Dös Saumensch, dös gräusli ... hm, hm!« brummte die Hauniglin und drehte sich um. »Vo wen soi'sn nacha in da Hoffnung gwes'n sei ...?«

»Dös woaß ma net ... sie is bloß beim Löffelbauern drent gwes'n und hat gsogt, daß in der nächsten Zeit heirat't,« gab der Wiggl zur Antwort.

»Dö ...? ... H e i r a t n? ... Wer nimmt denn d ö ..?«

»Do sogts nix, hoaßt's ... hoam is jetz, über d' Isa num zu ihrerna Leit! ... An großen Bauern, hot's g'sogt, kriagts,« wußte der Wiggl weiter.

Die Hauniglin schüttelte in einem fort den Kopf und brummte: »Dö größt'n Menscha hob'n dös größt' Glück!«

Kurz nach dieser Kunde sah man den Martl einmal im Sonntagsgewand nach Arzhofen gehen. Er fuhr in die Stadt und blieb wieder über Nacht aus. Mürrischer noch kam er zurück. Er drückte herum und drückte herum und sagte plötzlich beim Mittagessen zur Rosl: »Jetz derferst scho amoi schaug, daß d' heiratst! ... Bist ja do scho oit gmua ...!«

Er wollte es – wenigstens merkte man das – eigentlich nur so hingesagt haben, aber er machte ein verlegenes Gesicht dabei, so verlegen, als wisse er selber nicht mehr aus noch ein. Die Augen hatte er niedergeschlagen. Er war rot um und um.

Die Rosl sagte gar nichts darauf. An ihrer Stelle antwortete die Amplezerin einsilbig über den Tisch hinweg: »Heiratn is oiwai no früah gmua! ... Du kümmerst di' scho gor arg jetz oiwai ... Wos host denn in oana Tour ...?«

»So geht's aa nimma weida!« brummte der Martl mißvergnügt und verschlang mit benommener Hast seine Schmalznudel.

»Is dir dös wos mit enk ...!« meinte die Amplezerin zum Schluß und verzog wehleidig ihr Gesicht. Man schwieg. Man stand vom Essen auf wie immer.

Kurz vor dem Auseinandergehen aber ereignete sich etwas Ungewöhnliches. Die Rosl, die sich bis jetzt still verhalten hatte, stemmte auf einmal ihren Körper drohend gegen den Martl und fragte ihn, was er denn damals in ihrem Kasten gesucht habe, als sie ihn in ihrer Kammer ertappte.

Der Martl wurde jäh kreidebleich und geriet in sichtbare Verwirrung. Steif stand er da, mit offenem Mund und glotzenden Augen. Die Amplezerin wollte der plärrenden Rosl ins Wort fallen, aber die war nicht mehr zu halten. Jetzt schon gar nicht mehr, weil sie sah, daß ihr Bruder unterlag.

»Und wos host denn nachha mit'n Ederergirgl ausgmacht, ha, du Saukerl, du dreckiger! Ha?« stieß sie kläffend heraus und gemahnte an eine leibhaftige Furie, als sie jetzt mit geschwungenen Armen auf Martl zurannte und ihm mit den kratzenden Fingern ins Gesicht fuhr.

»Ha? du Lump, du mistiga, ha?!« bellte sie. »Ha? ... Goldgeld hast ihm versprocha, wenn er mi überfoit und in d' Hoffnung bringt, du Hundskerl! ... Ha?!« Sie schlug mit aller Gewalt auf den verstörten Martl ein, sie kratzte, sie schäumte vor Wut und schrie wie eine Irrsinnige, daß die Amplezerin sie erschreckt zurückriß und fassungslos zur Höhe sah, während der Martl aus der Küche stürzte und sich nicht mehr blicken ließ.

»Der Hund, der nackert! ... Der Saulump, der schlächt! ... Der Huarnteifi!« schrie die Rosl schlotternd und fing vor Wut zu weinen an. Alles erzählte sie. Der Ederergirgl sei einmal nachts in der Stube drunten gewesen und habe in einer Tour gesagt: »I mach's, Martl! Aba' z'erst muaßt ma' dö zwanzg Goldstückl geben ... sünscht mog i net, sünscht sog i's!«

Die Amplezerin fing schließlich auch zerknirscht zu weinen an und wehklagte unablässig: »Um Gotteswilln! ... Um Gotteswilln! Jetz sowos! Sowos!!« – –

Der Martl stand zitternd im Stall und lauschte mit angehaltenem Atem.

»I woaß noch vui mehra! ... Vui mehra!« hörte er jetzt die Rosl schreien und rannte plötzlich wie von einem furchtbaren Grauen erfaßt auf die Tenne, versteckte sich wie ein ängstlicher Schulbub im Heu. Immer wieder lauschte er, immer wieder bohrte er sich tiefer in den dichten, festen Haufen, bis es stumm und still um ihn war. Lang lag er so. Er hörte verschwommene Rufe und gab nicht an. Es wurde wieder totenstill.

Er war gefangen. Er hatte sich selbst verraten. Es gab kein Zurück mehr. Was sollte er nur tun?

Er rang auf einmal die Hände hilflos ineinander und versuchte zu beten; aber es ging nicht. Wie sollte es jetzt weitergehen?

Was war denn das, was die Rosl mit »noch viel mehr« meinte? Was denn, was?!

Eine rasende Angst befiel ihn. Er konnte seine Gedanken nicht mehr zusammenhalten, mochte er sich auch noch so anstrengen. Alles wirbelte durcheinander. Er drückte fest die Augen zu und biß die Zähne aufeinander, stieß den Kopf noch tiefer, noch verzweifelter ins Heu. Alles war vergebens.

Sollte er jetzt auf und davon laufen? Sein Geld mitnehmen und einfach verschwinden? Einfach nichts mehr hören lassen? Was war dann mit seinem Hof?

Sollte er zur Wally hinüberfahren über die Isar und ihr einfach sagen: »Do host mei ganz' Goldgeld, aber heiratn konn i di' net, sunst kimmt ois auf! ... Do nimm's! Aber sei stad, sog nix!?«

Nein! Nein, das ging nicht. Die Wally wartete ja schon. Die ganze Zeit hatte sie gedroht. »Martl! Mach jetz amoi, sunst sog ich's!« hatte er immer wieder hören müssen.

Martl schwitzte. Er zitterte, er wimmerte. Herrgott, warum mußte auch alles so saudumm gehen. Warum mußte er auch die Wally damals getroffen haben?! Warum hatte er auch denEderergirgl wieder anreden müssen?!

Er preßte seinen Kopf fest mit beiden Händen zusammen, so als wollte er ihn zerdrücken zu lauter Mus.

Aber das Bild wich nicht in seiner plötzlichen Erinnerung. Da – da, in der Dunkelheit, vor ihm stand der Girgl.

»Jetz ghärt da Hof dir, Martl, ha? ... Da Sepp liegt unter der Erdn?« fragte der Girgl. Genau so hämisch lächelnd wie damals bei den Ohrringen sah er ihn an.

Und wehrlos gab der Martl drauf Antwort: »Ja! ... Der is obagfoin durchs Gsottloch ...« und schaute am Girgl vorbei.

»Weil der Deckel net drobn glegn hot, gell, Martl? Gell?« fragte es wieder aus der Dunkelheit, und dem Martl stiegen die Haare zu Berge vor Grauen.

»Ja! ... Ja!« schrie er auf einmal grell. »Ja!« Er keuchte wie ein Sterbender.

Jetzt war es heraußen, das schreckliche Wort. Jetzt war ihm leichter. Er arbeitete sich aus dem Heu. Es half ihm kein Überlegen mehr. Er war verloren.

»Wenn ich's sag ... eingesperrt werd' ich vielleicht, aber nachher bleibt mir der Hof doch und mein Goldgeld!« dachte er flüchtig, während er sich durchs Dunkel der Tenne tastete, zur Tür hin, die in den oberen Gang führte.

Als er jetzt die eiserne Klinke in der Hand hielt, blieb er noch einmal stehen. Sein Herz jagte. Der kalte Schweiß stand auf seiner Stirn.

»Und nachher ... nachher ko mir d' Wally a nimma o! ... Nachher is ois gleich!« brummte er gedämpft, wie im Banne eines grausigen Traumes und öffnete.

Er stand auf dem Gang. Er lauschte. Es war still, ganz still. Hitze und Kälte stürzten auf einmal auf seinen Körper. Das Blut drohte durchs Hirn in einem peitschenden Strahl hochzuschnellen. Sein Kopf trommelte.

Er machte jäh einen Satz auf die Tür der Kammer seiner Mutter zu und klopfte.

»Muatta! ... Muatta, hoit's an Schandarm! ... I hob an Sepp durchs Gsottloch obifoin loss'n, Muatta!« keuchte er hastig. »I hob an Sepp umbrocht, Muatta! Hoits an Schandarm!« rief er lauter, und als Rosl und die Amplezerin endlich erschreckt die Tür öffneten, lehnte er an der Wand und wimmerte immerzu das gleiche ...

Und auf einmal rannte er die Stiege hinunter. Man hörte die Haustür zuschlagen. Knirschende Schritte tappten und entfernten sich. Still war es.

Erschüttert sanken die Amplezerin und die Rosl auf die Knie, falteten die Hände und jammerten kläglich: »Um Gotteswillen! ... Der Herr sei ihm gnädig!« – –

Am andern Tag kam der Gendarm von Arzhofen und erzählte, daß der Martl sich selber bei der Polizei gestellt habe.

Den Rosenkranz sollte er mitbringen, richtete er aus, und »einen schönen Gruß, sie sollten nur alles zusammenhalten und beten für ihn«.

Auf der Dorfstraße hatten sich die Leute in Gruppen zusammengestellt und redeten eifrig ineinander.

»I hob's ja glei gsogt! ... I hob's oiwai gsogt, dös is a ganza hintervotziga!« brummte der Hauniglwiggl. »I hob's enk oiwai gsogt, der bringt di um um a Goldstückl, wenn's sei muaß ...!«

Und alle schimpften über den Ederergirgl, der nicht zu sehen war.

»Is's wia's mog!« sagte der Lehrbacher resolut. »Ös hobt's gnau so vui Schuld! ... A jeda hot auf den narrerten Lattierl eingredt und do kimmt nia wos Gscheits raus!«

Und betroffen sahen ihm alle nach. In jedem war ein gewisses Unbehagen der Schuld ....

Die Ballade vom Peter Greiner

Weit außerhalb Darching, wo der lehmige Feldweg in den dunklen Wald rinnt, baufällig und verwittert, stand dem alten Greinerpeter seine Hütte. Sie s t a n d da – was man heute dort noch sieht, gleicht einer zerbröckelten Ruine.

Mit Judenstricken waren die morschen Gartenpfähle zusammengebunden, dahinter sah ein verwildertes Pflanzgärtlein heraus, bewachsen mit üppigem Unkraut, Königskerzen und etlichen Brombeerstauden. Die gucklochartigen Fenster waren fast alle demoliert, mit Zeitungspapier verklebt und hinten im Stall, wo eine einzige Ziege meckerte, mit Stroh verstopft. Rundherum breiteten sich die einstmaligen Greinerfelder aus, wohlbestellt und friedlich. Sie und der breit auslaufende Hof, dort am Ausgang des Dorfes, gehören jetzt dem Ignaz Leitner. Gelb und höhnisch blinken nachts die Fenster ins weite Land ....

Ja, alles hatte einmal dem Witwer Peter Greiner gehört. Ihm und seinen zwei Söhnen, dem Sepp und dem Jakl. Die Felder, ein ziemliches Stück Wald und der nunmehr adrett hergerichtete, frischgetünchte Leitnerhof.

Dort hausten sie, die drei, stumm und ein wenig eckig zueinander, fleißig ein jeder und alle fromm, sehr fromm, beinahe bigott.

1914 mußten Jakl und Sepp fort. Der eine fiel kurz darauf in Belgien, und der Sepp später vor Verdun. – Droben im Pfarrort Leimberg, auf der Kriegergedenktafel, stehen ihre Namen an erster Stelle. –

»Oana loßt' si' ja verwindn, schliaßli, Greiner! ... San sovui draußn! ... Und der Sepp, in Gottsnam, den werd's net aa noch treffa,« meinte damals, als die Nachricht von Jakls Tod eintraf, der fettkopfige, asthmatisch schnaufende Leitner, musterte erst das klapperige Greinermännchen, dann den umfänglichen Hof wie prüfend, und ging dann seinem Haus zu. –

Es war auch so. Den Jakl verwand er noch, der Greiner. Er ließ drei Messen für den Gefallenen lesen und betete von da ab außerdem noch abends zwei Vaterunser nach dem Rosenkranz, damit dem Sepp nichts zustoße. Die einzige Dirn, die er seit Kriegsanfang eingestellt hatte, sah ihn während des Betens manchmal an. Er hatte die dürren Hände eng aneinandergelegt, den Hals gestreckt. Sein Gesicht sah zur Höhe. Zusammengezogen war es, ohnmächtig bittend. –

Den Jackl verwand er noch der Greiner, ja, aber als der Sepp fiel, war es aus mit ihm. Er zerfiel förmlich. Nicht eigentlich der Schmerz und die Trauer waren es, was ihn niederriß. Nicht das plötzliche Bewußtsein des Alleinggelassenseins nahm ihm die Hoffnung. Er zweifelte am Herrgott selber. Er verlor den Glauben. Wie immer zwar ging er in die Seelenmesse für den Gefallenen. Er kniete sich hin, zog seinen Rosenkranz heraus und sein Gebetbuch. Er sah auf die Leute um ihn herum, auf den Altar, auf den Priester, er landete mit dem Blick endlich bei den hohen, leuchtend farbigen Kirchenfenstern, die Ministranten schellten ihre Glöcklein. Er erhob sich auf einmal und tappte wie traumhaft aus dem Betstuhl, ging aus der Kirche. Die Leute meinten, es wäre ihm schlecht geworden. Der Leitner ging ihm nach und fragte ihn draußen vor der Kirche auch so etwas. Aber der Greiner gab nicht mehr an. Er schüttelte nur stumm den Kopf, schritt weiter, aus dem Gottesacker und nach Hause. Als die Dirn vom Mähen heimkam, traf sie ihn in der niederen Küche. Er hockte zusammengesunken, mit leblosen Zügen, auf der hölzernen Bank. Laß hingen seine Arme herunter, und starr sah er ins Leere. Er rührte sich nicht und gab nicht an. Der Dirn wurde es unheimlich, als sie nach der Stallarbeit wieder in die Küche kam und ihn noch immer so dasitzen sah. Benommen ging sie an den Herd, nahm den dampfenden Kartoffeltopf und stellte ihn auf den Tisch. Sie brachte zwei Weigling saure Milch und setzte sich hin.

»So eßt's doch wenigstens was, Baur!« sagte sie nach einer Weile. Der Greiner nickte wieder stumm, aß nichts und blieb sitzen, so wie er saß. Der Dirn blieb der Brocken im Munde stecken. Das Essen verging ihr. Sie trug ab und ging zum Häusler Leitner hinüber. Sie erzählte und erzählte. Die Leitners hörten aufmerksam zu.

»Hmhmhm ... jaja, arg ist's scho, arg ist's,« meinte die Leitnerin: »So auf oamoi seine zwoa Söhn verliern! ... Dös bringt'n hoit draus.«

»Er hockt und hockt wia a Hackstock do! ... I woaß gor net, wos er hot! ... I fürcht' mi schier!« sagte die Dirn und sah recht unglücklich drein. »Wos soit i denn no grod toa? ... I trau mi fei nimma num heunt.«

Da wurde der Leitner ein wenig ungeduldig.

»Geh! ... Jetzt dö schaug net o!« brummte er und stand auf: »Mei Gott, er is hoit a oita Mo, beim Teifi nei! ... Der frißt di' doch net .... Geh weita jetz! Nachha geh i hoit mit in Gottsnam, daß a Ruah is!«

Und Dirn und Häusler gingen zum Greiner hinüber.

Die Küche war dunkel. Als sie Licht machten, war der Greiner nicht mehr da. Auf das Drängen der Dirn ging der Leitner schließlich in die Kammer hinauf und fand den Bauern im Bett. Er war nicht einmal verwundert, als er seinen Nachbarn mit erhobener Kerze vor sich stehen sah. Er drehte sich nur um, der Wand zu. Benommen machte der Leitner kehrt und verließ die Kammer.

»Noja, do siehchst dös jetz, lapperte Goaß, lapperte!« fuhr er die zitterige Dirn ärgerlich an: »Wia i gsogt hob! ... Er hat sich niedergelegt, dös is ois!« Brummend ging er. Die Dirn schlich sich auf ihre Kammer, lauschte und horchte mit klopfendem Herzen, zog sich endlich aus und ging zu Bett. –

Am andern Tag schien auf dem Greinerhof wieder alles wie immer zu sein. Wortkarg war er ja schon immer gewesen, der Bauer. Nach der Stallarbeit ging er mit der Dirn hinaus aufs Feld zum Mähen. Er fing an, machte einige Schwünge mit der Sense, hielt inne, fing wieder an, hielt wieder inne. Plötzlich schwang er die Sense über die Schulter und tappte ohne ein Wort durchs nasse, hohe Gras, ging heim. Schreckbleich blieb die Dirn stehen. Alle Entschlußkraft mußte sie zusammenraffen, um weitermähen zu können. Bis tief im Vormittag blieb sie auf dem Feld. Sie hatte Angst, heimzugehen. Am selben Abend noch lief sie davon und ging in das zwei Stunden weit entfernte Furt zu ihren Leuten hinüber. Trotz allen Einredens brachte man sie nicht mehr dazu, auf ihren Dienstplatz zurückzukehren.

Der Greiner arbeitete nun allein auf seinem Hof. Er lebte buchstäblich dahin, wie ein Stück Vieh. Er sprach mit keinem Menschen. Er ließ alles um sich herum laufen, wie es lief. Es schien ihm alles gleichgültig zu sein. Er arbeitete eigentlich nur, weil er noch lebte. Er fing da an und hörte wieder auf, begann was anderes. Er hielt auf einmal inne, wie um einen Gedanken zu fassen, und machte wieder etwas anderes. Die Nachbarsleute hatten ein Einsehen, sie halfen ihm da und dort, aber er antwortete kaum auf ihre Fragen, er dankte für keine Hilfe. Er glotzte einen an, daß man schier Angst bekam.

Besonders beim Leitner ließ man sich's angelegen sein um ihn. Der Leitner gar, der war jetzt manchmal mehr im Greinerhof drüben, als bei sich zu Hause. »An soichan oitn Mo ... an soichan Menschen, den muaß ma beisteh ...« sagte er bei jeder Gelegenheit, und es schien auch wirklich, als habe der Greiner zu ihm am meisten Vertrauen. Man konnte hin und wieder beobachten, daß der Häusler auf den Bauern einredete. Im Stall standen die beiden oder im Hof. Leitner redete und redete, und der Greiner schob hin und wieder seine halb geschlossenen Augendeckel hinauf, sah ihn an und nickte.

So verging ein knappes Jahr. Es redete sich in Darching herum, das Leitnerhäusl kaufe ein Schuhmacher aus der Stadt. Man sah den Käufer mit seiner umfänglichen Frau auch etliche Male beim Leitner aus und ein gehen.

»Thm ... Komisch! ... Der verkaaft jetz? ... Wos er nur grod im Sinn hot ...?« fragten sich die Darchinger: »Dö Massa Kinda! ... Und nachha, wos er aa schon kriagt für sei Kaluppn ...!«

Man dachte hin und her im Dorf über diese Verkaufsggeschichtte. Man wußte wirklich nicht recht, was man davon halten sollte. Sechs Kinder waren da beim Leitner und er und sie.

Es war ja auch ein wenig auffällig, daß sie's gar so heimlich machten mit ihrem Hausverkauf, die Leitners. Der Häusler fuhr jetzt manchmal nach Regelberg hinüber und anscheinend von da aus in die Stadt, denn er war jedesmal sonntäglich gekleidet.

»Wos teahnts jetz nachha, wennts verkaaft hobts? ... Will er wos pachtn? ... Wos Größers am End?« wollte der Lingl die Leitnerin einmal ausforschen, aber die wich fühlbar aus und zuckte nur die Achsel, sagte so nebenbei: »Ja mei ... i woaß no gor net .... Er redt ja nix!«

Diese Unklarheit hellte auf einmal ein Vorfall auf. An einem Morgen saß der alte Greiner neben dem Leitner auf dem Brückenwägelchen. Scharf trieb der Häusler den Gaul an.

Die Wanningerin sah durchs Fenster und brummte betroffen: »Hmhm!...I moan oiwai, do derlebn ma wos ganz wos Dreckigs! ... Dös gfoit mir scho gor net!«

Das war zwei Tage vor dem Einzug des fremden Schuhmachers ins Leitnerhäusl. In der Nacht erst kamen der Häusler und der Greiner zurück. Den Darchingern ging ein Licht auf.

Der Lingl als Beigeordneter und der Lermoser gingen schnurstracks am andern Mittag zum Leitner ins Haus. Einen mannhaften, fast erreg-

ten Schritt hatten sie. Der Leitner empfing sie ruhig und selbstsicher.
»Du werst doch net den oitn Mo sei Sach' obstehln wuin ... Wos host denn in der Teifls Willn im Sinn?« fragte der Lingl geradeheraus.
»Von Obstehln is koa Red ...!« gab der Leitner kurz zurück und ging mit den beiden Bauern zum Greiner hinüber. Der Bauer hockte dösig in der Küche und blickte immerzu auf das Zeitungsblatt, das die Liste der Toten von Verdun enthielt. Er hob kaum den Kopf, als die drei eintraten. Nur schien es, als hielte er das Zeitungsblatt noch fester.
»Greiner? ... Is's dein Willn, daß der Leitner dein Hof hobn soit?« fragte der Beigeordnete Lingl beinahe amtsmäßig und schaute den alten Bauern fest an.
» Jaja–ja!« brummte der Befragte gleichgültig und nickte.
»Bis dir denn gwiß? ... Host dir's denn richti überlegt, Peta?« fragte der Lingl abermals.
Aber immer wieder – er mochte gefragt werden, was und wie – immer wieder nickte der alte Mann interesselos.
»Jetz mächt i nacha do scho wissn, Himiherrgottsakrament-Kruzifix-Herrgottsakrament! ... Jetz mächt ich doch wissn, wos enk dös ogeht, wenn's der Notar schwarz auf weiß gmacht hot ...!« begann jetzt der Leitner mit einem Male kühn und musterte die beiden Bauern von oben bis unten. »Erkundigts enk, wenn enk net paßt, sog i! ... Kreizherrgottsakrament, höha gehts doch scho nimma! ... I hob mei Sach zoit und aus is's! ... Der Hof ghärt mir jetz, basta! ... Und der Peta bleibt ja sowiaso do! ... Wos wollts denn eigentli ...?«
»A Schand is's, daß'd es woaßt!« schrie der Lingl nur mehr und verließ mit dem Lermoser sozusagen unter Protest das Haus. Ganz Darching murrte. Aber es war gemacht. Der Schuhmacher zog ins Leitnerhaus und die Häuslerfamilie siedelte zum Greiner über. Das einzig Beruhigende für die Dörfler war, daß der Bauer auf seinem Hof bleiben durfte.
Nichts Auffälliges ereignete sich in der Folgezeit mehr auf dem nunmehrigen Leitnerhof. Der Tag bricht an und vergeht, die Wochen verlaufen, die Monate, Sommer und Winter wechseln ab, und man vergißt. Das Gewesene zerrinnt nirgends schneller als in einem Dorfe. Die Leute kümmerten sich nichts mehr um den alten Greiner. Der Ingatz Leitner mit seiner ganzen Familie arbeitete und arbeitete. Es ging vorwärts, aufwärts. Die Zeit war ganz dazu angetan, schnell in ein große Wohlhäbigkeit zu kommen. Der Krieg war verloren. Nur noch der feste Besitz stieg im Wert, und das Korn, die Milch, der Viehstand.

Ignaz Leitner brauchte keinen Knecht. Er hatte handfeste Kinder und wußte mit den Gründen, mit der Waldung Greiners was anzufangen. Heute ist er der zweitgrößte Bauer in Darching. –

Es gibt Dinge, die kann kein Mensch erklären. Mit dem alten Greiner wurde es immer sonderbarer. Ihm gefiel es auf einmal nicht mehr auf dem Hof. Eines Tages war er nicht mehr da. Man suchte herum und fand ihn draußen vor dem Dorf, in der baufälligen Wanningerhütte. Er ging nicht mehr heraus. Und der Leitner hatte ein Herz. Er einigte sich mit der Wanningerin, kaufte für Peter die Hütte und ließ sie vom Maurerfeschl ein wenig instand setzen.

Seltsam, der alte Greiner ging auch da nicht heraus, als man an der Hütte herumbaute. Es war nichts mit ihm anzufangen. Wie ein zerfallenes Stück Kreatur hockte er Tag für Tag in der Ecke. Die Leitnerbuben brachten ihm das Essen. Er sagte nichts. Er ließ sie den Kübel hinstellen, dem dampfenden Topf und die Teller. Und wenn alle weg waren, aß er etwas.

Eines Tages – niemand wußte woher – hatte er eine Ziege. Von da ab war er meistens im Stall hinten, wenn wer zu ihm kam.

Die Spinnwebhäute setzten sich mit der Zeit an die Wände und wurden dick und dicker. Überall roch es nach Ziegendreck, Staub und Moder, in der ganzen Hütte.

Die Leitnersephi putzte hin und wieder beim alten Peter heraus. Auch sonstig nahm man sich beim Leitner des alten Mannes an. Man wusch ihm die Wäsche und fuhr ihm jeden Herbst eine Fuhre gehacktes Prügelholz hinaus. Man warf es über den morschen Zaun, in den verschimmelten Gemüsegarten. Es blieb liegen und wurde allmählich weniger. Im Winter quoll spärlicher Rauch aus dem niederen Kamin der Hütte. Das war alles, was man vom Peter Greiner sah.

Im Frühjahr 1920, an einem Mittwochmorgen, als die Sephi zum Putzen kam, fand sie den Alten scheinbar eingeschlafen am Tische sitzend, den Kopf auf den dünnen, starren Armen, darunter das Zeitungsblatt mit den Toten von Verdun. Sie ging hin, redete ihn an, faßte ihn an, wollte ihn aufwecken. Sein Körper war starr und kalt.

Die hungrige Ziege meckerte unablässig hinten im Stall ...

Nachwort

Die Sammlung der sechs *Dorfgeschichten* erschien erstmals – und nur einmal – 1926 im Münchner Drei Masken Verlag. Unter seinen frühen Verlagen vor 1933 hatte Graf diesem die meisten seiner Bücher (sieben von insgesamt 18 Prosabänden) anvertraut. Ein Jahr zuvor war dort *Die Chronik von Flechting* erschienen, 1927 brachte der Verlag Grafs vielfach aufgelegten Welterfolg *Wir sind Gefangene* heraus. Bei dem vorliegenden Erzählungsband überschattete der Titel *Finsternis* und sein entsprechend einprägsames Motto allerdings den Verkauf, und erst nach 84 Jahren erscheint mit diesem unseren Neudruck eine zweite Auflage!

Dabei hatten diverse Journale schon früher und auch immer wieder danach, öfter mit neuen Titeln und in verändertem Wortlaut, einzelne Erzählungen gedruckt: Schon der Entstehungsvermerk der zwischen 1918 und 1924, also in sehr bewegter Zeit von Kriegsende und Revolution, entstandenen Geschichten musste Interesse wecken.

1962 stellte Graf im späten Sammelband *Der große Bauernspiegel* fünf der *Finsternis*-Erzählungen in den neuen Kontext von 34 Geschichten aus unterschiedlichen Werkphasen. Von den *Finsternis*-Titeln fehlt *Das Aderlassen*; der Text der fünf aufgenommenen Erzählungen ist mehrfach stark überarbeitet, wobei des Öfteren die ursprüngliche Kompaktheit der Texte von 1926 verloren gegangen ist. – Wulf Kirsten wählte für seine wichtige Auswahl von 47 Graf-Geschichten *Raskolnikow auf dem Lande. Kalendergeschichten* (Berlin, Weimar 1974) drei *Finsternis*-Texte aus: *Aderlassen*, *Martl* und *Peter Greiner*.

Der ursprüngliche Gattungsbegriff der Geschichten, den der Untertitel der späten Sammlung durch *Begebnisse von einst, gestern und jetzt* ergänzt und den die Kirsten-Auswahl durch den umfassenden der bekannteren Graf-Sammlung *Kalendergeschichten* von 1929 ersetzt, bedarf der Erläuterung: »Dorfgeschichten« sind primär durch ihren ländlichen, provinziellen, in jedem Fall begrenzten Stoff und die dialektale Sprache der Figuren definiert; das rückt Graf in die Nähe der um die Jahrhundertwende aufblühenden Heimatliteratur sowie – später und schlimmer – der zentralen völkischen Begriffe von »Blut und Boden«. Städtische Themen fielen damals unter die verpönte »Asphaltliteratur«: Das Landleben und die Ursprungsnähe der Bauern zur »Scholle« wurden in der NS-Ideologie idealisiert. Grafs Geschichten entsprechen, abgesehen von der nachdrücklichen Verwendung des Dialekts, der bei ihm selbst die Erzählersprache tingiert, keineswegs diesem Gattungsstereotyp. Und dementsprechend rechnet Jürgen Hein[1] sie auch in seiner Darstellung der Gattung Dorfgeschichte mit den Erzählungen der Lena Christ, Adam Scharrers und Hans Falladas zu den wenigen Ausnahmen von der sich vor allem nach 1920 vollziehenden »völkischen Umprägung des Genres«.

Was Graf in der späten Autobiographie *Gelächter von außen* (1966)[2] schrieb, lässt sich auch auf *Finsternis* beziehen: »Mir galt und gilt der Bauer schriftstellerisch immer nur als Mensch wie jeder andere Mensch, der nur zufällig ins ländliche Leben hineingeboren ist. Abgesehen von der Daseinsart, die ihm von seiner Umgebung aufgezwungen wird, ist er das gleiche fragwürdige, nutzungs- und triebgefangene arme Luder wie wir alle.« Jeremias Gotthelf und Leo Tolstoi, nicht aber Ludwig Thoma, gelten ihm schon früh als Vorbilder. Und klingt nicht der einleitende Absatz der ersten *Finsternis*-Erzählung wie eine Beschwörung des Lesers, sich mit den dörflichen Stoffen zu identifizieren, in die er nach Grafs später Reflexion »nur zufällig« nicht hineingeboren wurde?

Georg Bollenbeck[3] betont in einer wichtigen Interpretation, »daß gerade mit der Einschränkung auf den kleinen, überschaubaren Bereich die epische Fiktion über den provinziellen Handlungsraum hinauszuweisen vermag, indem sie als intensive Totalität Provinz vielgestaltig und beziehungsreich darstellt« – Grafs »Herkunft und Leben ermöglichen einen Erfahrungsfond, über den die meisten bürgerlichen Schriftsteller [...] nicht verfügen und der in einem komplexen Sinne die Grundlage des Erzählwerks ausmacht«.

[1] Vgl. Jürgen Hein, Dorfgeschichte. Stuttgart 1976. Sammlung Metzler 145. Das Zitat steht auf S. 118.
[2] Oskar Maria Graf, Gelächter von außen. Aus meinem Leben 1918–1933. München 2009, S. 224f.
[3] Georg Bollenbeck, Die aufgestapelten Erinnerungen. Weltaneignung und epische Gestaltung bei Oskar Maria Graf. In: H. L. Arnold (Hg.), Oskar Maria Graf. München 1986. TEXT + KRITIK Sonderband, S. 5–15, Zitat auf S. 6.

An der Vielfalt der Erzählerperspektiven auf das ländliche Leben in den einzelnen Geschichten lässt sich erkennen, wie weit der Autor über der gattungsspezifischen, aus dörflicher Enge resultierenden Monotonie der meisten vor und um ihn entstandenen Dorfgeschichten steht. Durch den Kommentar »wie grausam unser Herrgott oft sein kann« scheint die erste Geschichte auf einen metaphysischen Fluchtpunkt hinauszulaufen, der Fortgang des Textes senkt das Niveau dann aber auf Trivialitäten, den unberaten missglückten Anlauf des Zipfelhäuslersepp zur zweiten Ehe und seinen Selbstmord aufgrund der Angst vor einer angedeuteten Geschlechtskrankheit.

Der umfangreichste Text des Bandes, *Die Wachelberger Geschichte*, verbindet einen Kriminalfall mit einer wirtschaftlichen Fehlplanung und gibt den Blick frei auf jene Fehlentwicklungen, die in der Weimarer Republik das Jahr 1933 vorbereiten halfen. Die groß begonnene, aber von vielen Reibereien begleitete Gründung eines Sanatoriums erweist sich nicht nur dank Kriegsende und Revolution als Fehlinvestition: Viel stärker wirken Fremdheit und instinktive Auflehnung der Bauern gegen den verständnislosen Doktor, der für das Kurhaus, einen Fremdkörper in der dörflichen Abgeschlossenheit, den Bauern ihren Grund abhandelt. Der Erzähler aber belässt es nicht bei der traditionellen Front zwischen Stadt und Land: Die Erfahrungen der Dörfler, aus deren Perspektive, »der unsrigen«, mancher Teil erzählt wird, münden schließlich in einen von den historischen Umbrüchen in der Stadt nahe gelegten, wenn auch weitgehend unverstandenen Antisemitismus: Der in mehreren Texten Grafs auftretende »Viehjud Schlesinger«, das Mordopfer aus der eröffnenden Kriminalgeschichte, erscheint den Bauern schließlich dank seiner Sensibilität fürs Land näher als die gewinnorientierten Unternehmer, die man mehr oder weniger verständnislos unter dem nahe gelegten Hassbegriff subsumiert. Eine für die Entstehungszeit erstaunlich hellsichtige Erzählung!

Schon längere Zeit vor 1933 dokumentiert Graf auf diese Weise durch die nur scheinbar identifizierend gewählte Dörfler-Perspektive, wie sich »unsere Überzeugung«, der Judenhass, aufgrund verständnisloser Geschäftsinteressen bilden und später instrumentalisiert werden konnte.

Sympathie für die Bauernschläue des auf sein Erbe wartenden Bauernsohnes und das Mitgefühl für bäuerliche Antipathie gegen Advokaten und Rechtsanwälte grundiert Grafs Geschichte vom *Aderlassen*. Weil »die Herren, die über uns zu Gericht sitzen«, so wenig von den

Bauern verstehen, bleiben ihnen die Motive des Salvermoser-Wastl, seinen starrsinnigen Vater endlich zur Hofübergabe zu bewegen, verschlossen; die Strategie des Wastl lässt ihre »Gerechtigkeit« und ihre Welt lächerlich erscheinen.

Ganz aus der Opferperspektive und kritisch gegen die Verständnislosigkeit der Dörfler ist die *Kindergeschichte* vom Gemeindehäusler-Beni und der Zauner-Vev erzählt, die wie eine weit herabgestufte Fassung von Gottfried Kellers *Romeo und Julia auf dem Dorfe* anmutet. Sie passt mit ihrer Psychologie ebenso wenig ins Schema der Dorf- wie gängiger Kindergeschichten! Der Erzähler wählt eine entschieden neue Perspektive: Er nimmt Partei *für* die von Geburt und Körperkonstitution vorab zu Außenseitern Bestimmten und *gegen* das sich selbst in seinen Maßstäben genügende Kollektiv. Das perverse Urteil über den scheinbar so empfindungslosen Beni: »Das war nicht mehr menschlich« verkehrt sich durch die Erzählersprache für sensible Leser in eine Selbstverurteilung der Bauern. Die Schlusspointe – die Dörfler von ganz Banzenbach »nickten und wußten selber nicht warum …« – decouvriert die Fraglichkeit der inhumanen Gesellschaft.

Das heißt, Graf kritisiert radikal die prinzipielle Bejahung des Dorfes als einer idyllischen oder »gesunden« Einheit: Sie stand ja auch schon in der *Wachelberger Geschichte* aufgrund des differierenden Interesses der Bauern und der fragwürdigen Solidarität mit dem Mörder Schlesingers infrage.

In der Geschichte vom Lattierl (auch »Lattidel«, bair. Tölpel) Martl, »der Geschichte von einem Zurückgesetzten, einem zweiten Sohn, der sich dermaßen in die Enge getrieben fühlt, dass er seinen älteren Bruder aus dem Weg räumt, den Hof gewinnt und sich selbst ruiniert«, sieht der Verfasser der gründlichsten Monographie über den Autor, Gerhard Bauer, »eine von Grafs besten Geschichten«[4]. Ausgesetzt seinen Trieben ebenso wie den Zwängen seiner »Kriegskameraden« und einer geizdominierten Familientradition, kauft er sich durch Bestechung vom Gerede frei und erliegt den Schmeicheleien der schlauen Wally. Mitteilungsunfähig verkriecht er sich wie »ein ängstlicher Schulbub im Heu« und liefert sich den Gendarmen aus. Aus dem Gefängnis heraus bittet er zum Schluss nur noch um

---

[4] Gerhard Bauer, Oskar Maria Graf. Ein rücksichtslos gelebtes Leben. Durchgesehene und aktualisierte Ausgabe. München 1994, S. 165.

einen Rosenkranz, er verfällt einer passiven und einsamen Religiosität. Immerhin lässt der Erzähler das ganze Dorf »ein gewisses Unbehagen der Schuld …« empfinden – die Dörfler haben den Martl mit auf dem Gewissen, und diese Andeutung eines solidarischen Gefühls ganz am Schluss des Textes mit den zum Nachdenken öffnenden vier Punkten nimmt dann wieder für die Bauern ein.

Das »finstere« Buch beschließt eine auf besonders zeitnahe historische Ereignisse aufgebaute Geschichte: Blieben Krieg und Revolution in der *Wachelberger Geschichte* Hintergrund, so beruht der Stoff der *Ballade* – man denkt an die Schicksals- oder Schauervariante der Erzählgedichte – ganz auf Kriegsfolgen. Einerseits herrscht Aufregung im Dorf, als einem nach dem »Heldentod« seiner zwei Söhne in Depressionen verfallenden Bauer sein Grund von einem Häusler abgekauft wird, andererseits »zerrinnt das Gewesene nirgends schneller als in einem Dorfe« – man lebt dort im Rhythmus der Natur und vergisst selbst, wie sehr die Ereignisse der großen Geschichte einen ganz nahen und schuldlosen Menschen zerstören. Der Verfall des Peter Greiner berührt nur kurz, Umschichtungen im Besitz interessieren länger. Dass der Erzähler die Titelfigur schließlich über der Liste der vor Verdun Gefallenen sterben lässt, erscheint wie ein rührendes Kriegerdenkmal – als eine Art Gegenstück zu den offiziellen Denkmälern, die gerade in bayrischen Dörfern während der 20er Jahre in großer Zahl errichtet wurden und deren Einweihung der entschiedene Pazifist Graf in einer seiner Geschichten so nachdrücklich und treffend verspottet hat[5].

Beim Rückblick auf die sechs Geschichten widerlegen ihre komplexen Themen wie auch die je gewählte Erzählform jene Schlichtheit, die man der Gattung Dorfgeschichte so häufig zuspricht: Kaum ein Gedanke an Begrenzung oder Idyllik kommt auf. Dass sich Graf gerade während der 20er Jahre als »Provinzschriftsteller« titulierte, wird auf dem Horizont dieser Texte als heftige Ironie erkennbar.

Ulrich Dittmann

---

[5] Vgl. O. M. Graf, Kriegerdenkmals-Enthüllung. In: O. M. G., Bayrisches Lesebücherl. München 2009, S. 36–39. Das Exemplar der *Finsternis*-Erstauflage in der Sammlung des Herausgebers weist als früheren Besitzer die »Gesellschaft der Offiziere des Beurlaubtenstand in München« aus. Es wurde viel gelesen!

Editorische Notiz

Finsternis. Sechs Dorfgeschichten von Oskar Maria Graf erschien 1926 in der Drei Masken Verlag A.-G./München. Unsere Ausgabe, die Zweitauflage der Sammlung in ihrer originalen Zusammenstellung und Abfolge, gibt die ursprüngliche Fraktur in Antiqua-Schrift wieder, sie übernimmt die Dialekt-Übersetzungen und folgt in Orthographie und Interpunktion der Erstausgabe. Die für Grafs gestisches Erzählen so wichtigen Auszeichnungen durch Sperrungen und Interpunktion und die durch Punkte differenzierten Pausen beim Reden der Figuren, die im gedruckten Text mündliches Erzählen suggerieren, werden im Gegensatz zu den meisten späteren Nachdrucken genau beibehalten.

U.D.